레미제라블

Les
Misérables

빅토르 위고 지음
나 혜란 옮김

창문 너머로 비쳐 드는 아침 햇살을 받으며
나는 레미제라블을 끝냈다네. 이제는 죽어도 좋아.
1861년 6월 30일 아침 8시 30분

궁핍은 영혼과 정신을 낳고, 불행은 위대한 인물을 낳는다.

옮긴이 **나 혜란**

이 작품을 우리말로 옮긴 나 혜란은 1973년 출생, 숙명여자대학교 불어불문과를 졸업한 후 동대학원에서 불문학 석사를 취득하였다. 현재 전문 번역가로 활동하고 있다.

레미제라블
LesMiserables

초판3쇄 | 2023년 04년 11일
지은이 | 빅토르 위고
옮긴이 | 나 혜란
펴낸이 | 안 희숙
펴낸곳 | 밀리언셀러
등록일자 | 2009. 7. 30
등록번호 | 제2009-12호
주소 | 서울특별시 마포구 성산로2길 63 (태남빌딩202호)
전화 | 010-9229-1342 팩스 | 070-8959-1342
ISBN | 979-11-85046-20-4 (03860)
※잘못 만들어진 책은 구입처나 본사에서 교환해 드립니다.

레/미/제/라/블

LESMISERABLES

밀리언셀러
millon seller

차례

판틴
코제트
마리우스
플뤼메 거리의 연가
장 발장

작가소개
작품해설
연표

판틴

미리엘 주교

1815년 그 해, 샤를 프랑수아 비앵브뉘 미리엘 씨는 디뉴의 주교로 부임해 있었다. 그는 일흔다섯 살쯤 되어 보이는 노인으로 가족이라곤 누이동생과 늙은 하녀가 전부였다. 디뉴 주교관은 시 자선병원 바로 옆에 자리 잡고 있었는데 아름다운 석조 건물로 주교에게 당당하게 어울리는 저택이었다. 주교 전용 거실과 응접실, 서재 등을 비롯해 넓은 광장과 잘 가꾸어진 나무들이 있는 정원 등 모든 것이 웅장했다. 이와는 대조적으로 시에서 운영하는 자선병원은 좁고 낡은 이층 건물로 좁아빠진 뜰 하나가 있을 뿐이었다. 디뉴에 부임한 지 사흘째 되던 날, 주교는 병원을 찾아갔다. 가벼운 인사를 나눈 후 원장에게 단도직입적으로 말했다.

"지금 병원에 환자가 몇 명이나 있습니까?"

"스물여섯 명입니다, 주교님."

"그런데 침대들이 다닥다닥 붙어 있더군요."

"그렇습니다."

"병실이 너무 비좁고 바람도 통하지 않아 보입니다."

"저도 그렇다고 생각합니다, 주교님."

"원장님, 뭔가 확실히 이상하군요. 병원은 비좁은 방 여섯 개에 스물여섯 명의 환자들이 들어 있는데 비해 우리는 커다란 집에 단지 세 명이 살고 있습니다. 분명 제 눈에는 잘못되어 있는 것으로 보입니다. 이렇게 하십시다. 환자들을 내 집에 와서 살게 하고, 우리가 당신 집에 가서 살기로 하면 어떻겠습니까? 허락하실 줄 알고 저는 그만 돌아가겠습니다. 곧 병원을 비워주십시오."

 이튿날, 스물여섯 명의 가난한 환자들이 주교관으로 옮겨졌고 주교의 가족은 병원 건물로 건너왔다. 이삿짐은 의외로 간소했다. 미리엘 주교의 생활은 청빈 그 자체였다. 그에게는 재산이라고는 아무것도 없었다. 국가에서 받는 봉급은 세 사람의 생활비인 천 리브르를 빼고는 모두 자선사업에 쓰고 있었다. 동생 바티스틴 양도 거기에 철저히 따랐다. 그녀에게 미리엘 주교는 오빠인 동시에 주교였으며 친구이기도 했다. 누이동생과 하녀는 오로지 그를 사랑하고 숭배했으므로 그가 하는 행동에 언제나 복종하고 협력했다. 바티스틴 양의 알뜰한 살림과 하녀의 엄격한 절약 생활 덕분에 주교는 그런 대로 살 수 있었다. 그는 가난한 사람들에게 나누어주기 위해 부자들한테는 될 수 있는 대로 돈을 많이 거두어들였다. 있는 사람도 없는 사람도 모두 그의 문을 두드렸다. 어떤 사람들은 기부하러 오는가 하면 또 어떤 사람들은 그것을 받으러 왔다. 하지만 늘 그렇듯이 남을 도와주는 일은 밑 빠진 독에 물 붓기였다. 아무리 돈을 많이 받아도 그의 손에는 한 푼도 남지 않았다. 그럴 때면 주저 없이 입고 있던 옷까지 벗어주었다.

미리엘 주교의 청빈한 생활은 누가 보더라도 아주 장엄하고도 아름다운 광경이었으며 거룩한 종교에 어울리는 행위였다. 모든 노인과 대부분의 사상가들이 그렇듯이 그 역시 조금밖에 잠을 자지 않았다. 아침에는 한 시간 동안 명상을 하고 그 다음에는 성당이나 자기 집 기도실에서 미사를 드렸다. 잡다한 일과 미사를 끝내고 나머지 시간은 대부분 가난한 사람과 병든 사람과 고통에 빠져 있는 사람들을 위해 보냈다. 그러고도 남는 시간에는 자기 집 뒤의 작은 뜰을 가꾸거나 책을 읽거나 글을 썼다. 날씨가 좋을 때면 이따금 집을 나가 거리를 산책하기도 했다. 그가 나타나는 곳은 어디고 환영을 받았으며 잔치가 벌어지는 것 같았다. 그의 모습은 사람들을 포근하게 해주고 감싸는 따스한 한줄기 빛이었다. 어린아이와 노인들은 마치 햇볕을 쬐는 심정으로 주교를 맞았다. 우리가 알고 있는 천국의 모습마냥 그는 사람들을 축복하고, 사람들은 그를 축복했다. 무엇이든지 딱한 처지에 빠진 사람에게는 자신의 집을 가르쳐주고 언제든지 찾아오라고 일렀다.

저녁 식사는 아주 검소해서 주로 물에 데친 야채와 수프만이 식탁에 올랐다. 조촐한 식사가 끝나면 그는 바티스틴 양과 하루 일과의 이야기를 나눈 다음, 자기 방으로 가서 글을 썼다. 그는 작문에도 일가견이 있었고 학자이기도 했다. 때때로 손에 들고 있는 책이 무엇이든 간에 한참 읽다가 깊은 명상에 잠겨들었다. 집은 이층으로 꾸며져 있었다. 두 노부인이 이층을 쓰고 주교는 일층에서 살았다.

뒤뜰에 외양간을 하나 두고 신선한 우유를 제공받기 위해 젖소 두 마리를 키웠다. 침실은 꽤 넓은 편이라서 추운 겨울에는 좀처럼 따뜻해지지 않았다. 디뉴의 장작 값이 무척 비쌌기 때문에 그는 외양간에 판자로 칸을 막아서 방을 하나 더 만든 다음, 견디기 어려운 추위를 피해 대부분 저녁 시간을 거기서 보냈다. 방을 장식한 것이라곤 나무 탁자 하나, 짚 의자 말고는 아무것도 없었다.

식당도 예외는 아니어서 낡은 찬장 하나만 달랑 놓여 있었다. 주교는 그와 비슷한 모양의 찬장을 레이스로 덮어서 기도실에 갖다놓고 제단으로 사용했다. 그에게 감동해 은혜를 받은 부잣집 부인들이 주교에게 새 제단을 마련해주기 위해 몇 번씩 기부를 했지만, 그때마다 그 돈을 받아서 모두 가난한 사람들에게 가져다주었다.

"가장 훌륭한 제단은 주님께 위로 받아 감사하는 불행한 사람들의 마음입니다."

주교가 가진 사치품이라면 옛날 소지품 중에서 남은 은그릇 여섯 벌이 전부였다. 하녀는 그것이 초라한 테이블보 위에서 반짝일 때면 세상의 모든 행복을 다 얻은 양 기쁜 듯이 바라보았다. 하지만 그때마다 주교는 이렇게 말하는 것이었다.

"은그릇에 밥을 먹는 일을 그만 둬야 할 텐데, 여간 어려운 숙제가 아니야."

은그릇 말고도 그들에게는 대고모한테 물려받은 커다란 은촛대가 두 개 더 있었다. 촛대는 늘 벽난로 위에서 그들의 저녁을 밝혔다. 식사를 마치면 주교의 침실 머리맡 작은 벽장에 하녀는 은그릇 여섯 벌을 깨끗이 씻어서 넣었다. 물론 열쇠는 언제나 벽장에 그대로 놔둔 상태였다. 이 집에 자물쇠로 채워진 문이라고는 없었다. 성당으로 바로 통할 수 있도록 편리하게 만들어 놓은 식당의 문도 예전에는 감옥처럼 자물쇠와 빗장이 걸려 있었지만 주교가 모두 뜯어 버리게 했기 때문에 이제는 걸쇠만이 외로이 그 자리를 지켰다. 언제고 누구건 그것을 밀기만 하면 쉬 열 수 있었다. 두 노부인이 몹시 걱정스러운 눈빛을 보일 때면 주교는 나지막한 목소리로 이렇게 말했다.

"그렇게 걱정이 되거든 그대들 방에 빗장을 걸면 되겠구려."

시간이 제법 지나서 결국 두 사람도 주교처럼 마음을 놓게 되었지만 하녀는 가끔 불안한 표정을 지었다. 언젠가 한 사제가 아마 그녀의 부추김을 받았던 모양인지 주교에게 물었다.

"주교님께서는 누구나 들어올 수 있게 밤낮으로 문을 열어놓는 것이 조금은 경솔하다고 생각하지 않으십니까? 문단속을 그렇게 소홀히 하시다가 행여 불행한 일이라도 당하실까 봐 걱정스럽습니다."

그러자 주교는 사제 어깨에 손을 얹고 단호하면서도 따뜻한 음성으로 말했다.

"주님께서 지켜주시지 않는다면, 사람이 아무리 지켜도 헛수고일 뿐입니다."

겸손한 주교는 자신의 믿음을 넘어선 사랑의 소유자였다. 신의 모든 창조물을 자비로운 마음으로 아울렀으며 평생 동안 그 무엇도 멸시하지 않았다. 그는 진정 고통으로 신음하는 사람들과 죄를 뉘우치는 가여운 사람들을 사랑했고, 절망에 빠진 사람들을 인도하고 위로해 주려고 노력했다. 오로지 동정하고 위로할 수 있는 최선의 방법을 찾아내 그들에게 권하는 일에만 온힘을 기울였다.

불청객

 그해 시월 초, 해질 무렵 정체 모를 한 사나이가 디뉴의 거리로 들어서고 있었다. 사람들은 불안함과 경계심 가득 찬 눈초리로 그 낯선 사람을 지켜보았다. 사나이는 중간키에 뚱뚱한 몸집이었으며 나이는 마흔예닐곱쯤 되어 보였다. 누렇게 바랜 셔츠와 낡고 닳아빠진 무명 바지를 입은 초라한 차림새에, 등에는 불룩한 새 배낭을 짊어지고 손에는 커다란 지팡이를 들고 있었다. 가뜩이나 초라해 보이는 나그네는 땀과 더위와 먼지 때문에 더욱 지저분하게 보였다. 당시 디뉴에는 여관이 여러 군데 있었는데, 그 중 크루아 드 콜바라가 가장 고급이었다. 나그네는 그곳으로 걸음을 옮겨 한길 쪽으로 나 있는 문을 열고 한 걸음에 주방으로 들어갔다. 요리를 감독하느라 바쁜 주인이 화덕에서 눈도 떼지 않고 말했다.
 "뭘 드릴까요, 손님?"
 "식사를 하고 묵어갈까 하는데요."
 "그렇게 하세요."
 여관 주인은 그제야 고개를 들어 나그네를 훑어보았다. 사나이는 배낭을 벗어 문 옆에 내려놓고는 난롯가로 가서 의자에 앉고 있었다. 디뉴는 산간 지방이라서 시월만 되어도 저녁이면 추웠다. 그가 등을 돌리고 불을 쬐고 있는 동안 주인은 쪽지에 뭐라고 쓰더니 심부름하는 아이에게 건넸다. 아이는 뒤도 안돌아보고 시청 쪽으로 달려갔지만 사나이는 그것을 전혀 눈치 채지 못한 채 생각에 잠겨 앉아 있었다. 얼마 안 걸려 아이가 그 쪽지를 다시 가지고 돌아왔다. 주인은 그것을 주의 깊게 읽어보고는 나그네 쪽으로 한 걸음 다가섰다.

"손님, 방을 드릴 수가 없겠군요."

사나이가 몸을 반쯤 일으켰다.

"뭐요? 돈은 있습니다. 먼저 돈을 지불할까요?"

"그게 아니오!"

"그럼 뭡니까?"

"남은 방이 없어요."

"마구간이라도 좋은데요."

"안 되오."

"왜요?"

"말로 꽉 차 있으니까."

"그렇다면 헛간 구석이라도 좋소. 몸만 누일 자리만 있으면 상관없습니다. 그리고 우선 밥부터 먹고 봅시다."

"밥도 줄 수 없소."

"제기랄! 배가 고파서 죽을 지경이오. 오늘 해가 뜰 때부터 계속 걸었소. 120리나 걸어왔소. 여기 돈이 있소. 돈은 낼 테니 먹을 걸

좀 주시오."

주인은 그를 쏘아보면서 낮은 목소리로 말했다.

"당신이 누군지 알고 있소. 당신이 들어온 걸 보고 생각나는 게 있어서 좀 전에 사람을 보냈었지."

그렇게 말하면서 주인은 쪽지를 사나이에게 내밀었다. 사나이는 그것을 물끄러미 쳐다보았다. 주인이 다시 말을 이었다.

"난 누구한테나 공손하게 대하는 성격이오. 어서 나가시오."

사나이는 고개를 떨구더니 배낭을 집어 들고 밖으로 나갔다. 그는 한길로 걸어가는 동안 한 번도 뒤돌아보지 않았다. 만약 돌아보았다면, 여관 주인이 손님들과 길가는 사람들에게 둘러싸여 큰 소리로 웃고 떠들어대면서 자신을 손가락질하고 있는 것을 목격했을 것이다. 그리고 그 사람들의 의심과 미움에 찬 눈초리를 보았더라면 자기가 나타난 것이 머잖아 온 시내에 화제 거리가 되리라는 것을 짐작할 수 있었을 것이다.

그러나 그는 아무 것도 보지 않았다. 여지없이 짓밟힌 사람들은 뒤를 돌아다보지 않는다. 저주스러운 운명이 뒤에서 따라오고 있음을 너무도 잘 알기 때문이다. 그는 그렇게 한참을 걸었다. 슬픔에 잠긴 사람들이 으레 그러듯이 피로도 잊은 채 낯선 길을 정처 없이 걷고 또 걸었다. 그러다가 갑자기 더 이상 참을 수 없을 만큼 배고픔을 느꼈다. 어둠이 깔리고 있었다. 어디 쉬어갈 만한 곳이 없을까 하고 여기저기 둘러보았다. 고급 여관에서는 문전박대를 당했다. 그래서 허름한 주막이나 초라한 여인숙을 찾기로 마음먹었다. 마침 거리 끝에 있는 목로주점의 불빛이 보였다. 그는 조심스레 안으로 들어갔다. 몇몇 사람들이 술을 마시고 있었고 주인은 난롯가에서 불을 쬐고 있었다. 쇠고리에 걸어놓은 냄비 속에서는 음식이 맛있는 냄새를 풍기며 연신 보글보글 끓고 있었다. 하지만 불행히도 식탁 앞에 앉아 있던 사나이들 가운데 생선장수가 하나 있었다. 그는 여기 오기 두 시간 전쯤에 나그네를 쫓아낸 여관 주인을 둘러싸고 있던 군중들 가운데 섞여 있었다. 그는 슬그머니 술집 주인에게 눈짓을 한 뒤 구석으로 다가가 나그네에게 낮은 소리로 소곤거렸다. 이윽고, 술집 주인이 벽난로 옆으로 돌아와 사나이 어깨에 손을 얹고 말했다.

"나가줘야겠어."

사나이는 주인을 돌아다보며 힘없이 대답했다.

"당신도 알고 있군요."

"그래."

"좀 봐 줄 수 없겠소? 난 다른 여관에서도 쫓겨난 몸이라오."

"그런 건 상관없어. 여기서도 나가 줘야겠어."

"그럼 어디로 가라는 겁니까?"

"내 알 바가 아냐. 다른 곳으로 가 봐."

사나이는 초라한 모습으로 그곳을 나왔다. 여관부터 따라와 그가 나오기를 기다리고 있던 몇몇 아이들이 그에게 돌을 던졌다. 몇 번 참던 그는 화가 나서 뒤돌아보며 지팡이로 아이들을 위협했다. 아이들은 새떼처럼 소리 지르며 흩어졌다. 머지않아 형무소 앞을 지나갔다. 초인종에 매달린 쇠줄이 문에 늘어져 있었다. 그는 종을 쳤다. 샛문이 열리고 간수 하나가 머리를 내밀었다.

"간수님."

나그네는 공손하게 모자를 벗으며 말했다.

"오늘 하룻밤만 재워주실 수 있겠습니까?"

안에서 다른 간수의 목소리가 들려왔다.

"형무소는 여관이 아니야. 죄를 짓고 붙잡혀 오면 재워주지."

샛문은 이내 다시 닫히고 말았다.

손님

그날 저녁, 미리엘 주교는 꽤 늦게까지 자기 방에서 틀어박혀 있는 중이었다. 여덟 시가 넘도록 글을 쓰고 있는데 하녀가 들어와 여느 때처럼 침실 벽장에서 은그릇을 꺼내갔다. 주교는 식사 때가 된 줄 알고 식당으로 가기 위해 책상에서 일어났다. 식사는 준비가 다 되어 있었다. 식탁 가까이에 놓인 벽난로에서 불이 제법 잘 타올랐다. 주교가 식당에 들어섰을 때 하녀는 수다스럽게 이야기를 하던 중이었다. 상대는 늘 바티스틴 양이었고 주교도 이미 거기에 익숙해져 있는 참이었다. 그들의 주제는 다름 아닌 출입문 빗장에 관한 이야기였다. 하녀는 저녁 찬거리를 사러 시장에 나갔다가 어떤 소문을 듣고 온 모양이었다. 수상한 부랑자가 마을에 들어왔는데 다들 문단속을 철저히 해야 한다는 이야기였다. 주교는 그들의 이야기를 식탁 한 쪽에 앉아 묵묵히 듣고만 있었다. 바로 그때, 누군가가 세차게 문을 두드렸다.

"들어오시오."

주교가 식탁에 앉은 채 말했다. 잠시 후 한 사나이가 들어왔다. 어깨에는 배낭을 메고 손에는 지팡이를 들었으며, 두 눈은 거칠지만 지치고 사나운 빛이 어려 있었다. 어둠 때문인지 무시무시한 형상이었다. 사나이는 낯선 환경에 주저하는 듯 문을 열어놓은 채 한 걸음 걸어 들어오다가 멈춰 섰다. 하녀는 소리를 지르지도 못했다. 벌벌 떨면서 멍하니 서 있을 뿐이었다. 바티스틴 양 역시 깜짝 놀라서 자리에서 엉거주춤 일어섰다. 하지만, 천천히 고개를 돌려 주교를 바라본 그녀의 얼굴은 금세 지극히 침착하고 평온한 빛을 되찾았다. 주교는 말없이 사나이의 얼굴을 조용히 쳐다보았다.

"놀라지 마시고 잠깐만 들어보십시오. 전 장 발장이라고 합니다. 감옥에서 19년 동안 징역을 살았습니다. 나흘 전에 석방되어 지금까지 쉬지 않고 계속 걸어왔습니다. 저녁에 어떤 여관에 들었다가 쫓겨나기도 했습니다. 전과자의 누런 통행증 때문이었습니다. 어느 곳에 가든지 시청에 가서 신고해야 합니다. 다른 곳에서도 모두 쫓겨났습니다. 그런데 조금 전 어떤 친절한 분이 이 댁에 가보라고 말해주었습니다. 여긴 도대체 어딥니까? 돈은 있습니다. 19년 동안 감옥에서 일해 번 돈 109프랑이 있습니다. 배가 몹시 고픕니다. 먹을 것 조금과 하룻밤만 재워주시지 않겠습니까?"

"마글루아르 부인."

나지막한 목소리로 주교가 말했다.

"한 사람 몫을 더 가져오도록 해요."

사나이는 서너 걸음 걸어 나와 식탁 위에 있는 램프 옆으로 다가섰다. 불빛에 어린 그림자가 걸음을 옮길 때마다 크게 흔들렸다.

"괜찮으시겠습니까?"

그는 뜻밖이라는 얼굴로 말을 이었다.

"전 징역을 산 사람입니다. 죄수라고요."

그리고는 주머니에서 커다란 누런 종이 한 장을 꺼냈다.

"이게 제 통행증입니다. 이것 때문에 어디를 가든 쫓겨났습니다. '장 발장, 석방된 죄수. 19년 간 징역살이를 했음. 가택침입 절도죄로 5년, 네 번의 탈옥 기도로 14년. 극히 위험한 인물임!' 이렇게 쓰여 있습니다. 모두 절 쫓아냈지요. 그런데도 절 받아주시겠습니까? 식사도 하고 잠도 잘 수 있을까요?"

"마글루아르 부인."

다시 한 번 주교가 말했다.

"손님용 침대에 흰 시트를 깔아놓아요."

하녀가 주교의 명령을 따르기 위해 식당에서 나갔다. 주교는 사나이에게 천천히 몸을 돌렸다.

"당신은 많이 피곤해 보이는군요. 자, 앉아서 추위를 녹이도록 하시오. 곧 식사가 준비될 것이오."

그제야 사나이는 완전히 이해한 모양이었다. 그때까지 어둡게 굳어져 있던 얼굴에 놀라움과 기쁨의 빛이 떠올랐다. 안도의 숨을 내쉬며 그가 미친 사람처럼 중얼거렸다.

"정말 절 재워주시는 겁니까? 쫓아내시지 않고요? 저한테 반말을 쓰지 않고 당신이라고 불러주시는군요. 정말 좋으신 분입니다. 돈은 틀림없이 내겠습니다. 실례지만 주인어른 성함이 어떻게 되십니까? 돈은 얼마든지 내겠습니다. 당신은 참 좋은 분이십니다. 이곳 여관 주인이십니까?"

"난," 하고 주교는 말했다.

"여기 살고 있는 사제입니다."

"아, 그렇군요. 제가 몰라 뵈었습니다. 그럼 돈을 내지 않아도 된다는 말씀이신가요?"

"그냥 갖고 계시도록 하시오."

주교가 말을 이었다.

"109프랑을 갖고 있다고 했지요?"

"네."

"그걸 모으는데 얼마나 걸렸다고요?"

"19년입니다."

"19년이라!"

주교는 낮은 한숨을 내쉬었다. 그 사이 하녀가 그릇을 한 벌 더 가져와 식탁 위에 놓았다.

"마글루아르 부인."

차분한 어조로 주교가 말했다.

"그 그릇은 벽난로 가까운 곳에 놓도록 해요."

그리고는 손님 쪽으로 몸을 돌리며 다시 말을 이었다.

"알프스 밤바람이 무척 찹니다. 당신, 추우시지요?"

주교가 당신이라는 말을 할 때마다 사나이의 얼굴이 어둠속에서 밝게 빛났다.

"이 램프는 영 밝지가 않군."

하녀가 말뜻을 알아차리고 은촛대를 가져다가 불을 붙여 식탁 위에 놓았다.

"사제님."

사나이가 입을 열었다.

"사제님은 참 좋은 분이십니다. 절 깔보지도 않고 댁에 들어오게 하셨습니다. 그리고 제가 어떤 인간이라는 걸 아시면서도 저를 위해 촛불까지 켜주시는군요."

주교는 그의 옆에 앉아 조용히 손을 잡았다.

"이 집은 내 집이 아니라 예수 그리스도의 집입니다. 이 문은 들어오는 사람에게 이름을 묻지 않고 그 대신 고통이 있는가, 없는가만을 물어볼 뿐이라오. 당신은 고통을 받고 있고, 굶주리고 목마른 사람이니 이곳에 잘 오신 것입니다. 그리고 나한테 감사할 필요도 없습니다. 여기는 내 집이라기보다도 당신 집이오. 여기 있는 것은 모두 당신 것입니다. 보아하니 당신은 고생을 많이 했지요?"

"물론입니다. 사실 그렇습니다. 시뻘건 죄수복, 족쇄에 달린 쇠뭉치, 널빤지 잠자리, 더위, 추위, 노동, 매질, 하찮은 일에도 쇠사슬을 두 겹으로 채우고, 말 한마디 잘못하면 토굴 속에 집어넣고 병자한테도 쇠사슬을 채워놓지요. 19년! 그러느라 벌써 제 나이 마흔여섯이 되었습니다."

"잘 알겠소."

주교가 말을 받았다.

"당신은 어둡고 슬픈 곳에서 빠져 나왔소. 하지만 내 말을 들어보시오. 하느님께서는 흰 옷을 입은 의로운 사람 백 명보다 눈물을 흘리며 회개하는 죄인 한 명 쪽을 더 기뻐하신다오. 만약 당신이 그 고통스러운 곳에서 인간에 대한 증오나 분노를 갖고 나왔다면, 당신은 정말 가엾은 사람이오. 하지만 거기서 친절과 온정과 평화의 마음을 갖고 나왔다면, 당신은 누구보다도 훌륭한 사람이오."

하녀는 사제와 사나이가 대화를 나누는 동안 바고픈 나그네를 위해 저녁상을 차려놓았다. 물과 기름과 빵과 소금으로 된 수프, 베이컨 약간, 양고기 한 조각, 무화과, 신선한 치즈, 그리고 커다란 한 덩어리의 호밀 빵. 주교의 얼굴에는 손님 대접하기를 좋아하는 사람에게서 흔히 볼 수 있는 쾌활한 표정이 떠올랐다.

"어서 듭시다."

그가 기분 좋게 말했다. 주교는 평소 습관대로 기도를 드리고 손수 수프를 따랐다. 사나이가 정신없이 먹기 시작했다. 며칠 동안 아무것도 먹은 것이 없는 터라 음식이 코로 들어가는지 입으로 들어가는지 모를 정도였다. 갑자기 주교가 말했다.

"그런데 식탁에 무언가 빠진 것 같구려."

그 자리에는 저녁식사에 필요한 만큼 세 사람 몫의 은그릇만이 놓여 있었다. 하지만 주교가 누군가를 초대해 함께 식사를 나눌 때에는 순진한 허영심에서 비롯된 것이겠지만, 여섯 사람 몫의 은그릇을 모두 꺼내 식탁 위에 늘어놓는 습관이 있었다. 이렇게 사치스러운 행위는 가난을 기품 있는 분위기로까지 끌어올린 이 집안에서는 애교스러운 일이었다. 하녀는 주교의 말뜻을 알아차리고 식당에서 나갔다. 잠시 뒤에 나머지 은그릇 세 벌도 식탁 위에서 보기 좋게 반짝거렸다. 식사가 끝나자 주교는 촛대를 하나 들고 다른 촛대는 손님에게 건네주며 말했다.

"자, 당신 방으로 안내해 드리지요."

사나이가 그 뒤를 따랐다. 손님방을 가려면 주교 침실을 지나가야만 했다. 마침 그들이 그곳을 지날 때 하녀는 침대 머리맡 벽장에 은그릇을 넣고 있었다. 주교는 희고 깨끗한 잠자리가 준비된 방으로 그를 안내했다.

"그럼, 편히 쉬시도록 하시오."

"감사합니다, 사제님."

사나이가 대답했다. 그러더니 별안간 주교에게 돌아선 다음 험악한 눈초리로 그를 쏘아보면서 쉰 목소리로 지껄였다.

"고맙게도 사제님 곁에 절 재워주시는군요. 그런데 잘 생각해보셨습니까? 전 19년 동안 복역한 죄수입니다. 제가 흉악범인지, 살인범은 아닌지 어떻게 알고 이러시는 겁니까?"

주교는 낮고 차분한 목소리로 눈길을 천장에 둔 채 대답했다.

"그건 주님만이 아실 일이오."

도둑

장 발장은 가난한 농가에서 태어났다. 지지리 가난한 것도 모자라 아주 어려서 부모를 여의고 고아가 되었다. 가족이라고는 아이들 일곱을 데리고 과부가 된 누이 하나가 전부였다. 누이는 고아가 된 장 발장을 데려다 키웠고, 장 발장이 스물다섯 살 때 매형이 죽자 그 집안의 가장이 되었다. 그의 청년 시절은 고되고 힘든 노동의 연속이었다. 타고난 천성이 성실했던 그는 닥치는 대로 일을 했고 누이도 열심히 도왔지만, 일곱이나 되는 아이들 때문에 생활은 언제나 빈곤했다. 그러던 중 혹독한 겨울이 왔다. 그 당시 젊은이들의 처지가 그랬듯이 장 발장은 일거리를 찾을 수가 없었고, 집에는 아이들을 위한 빵이 없었다. 어느 일요일 저녁, 장 발장은 굶주린 조카들을 보다 못해 거리에 나가 빵집 유리창을 깨고 빵을 훔치다가 붙잡혔다. 그는 가택침입과 절도 혐의로 체포되었고 유죄판결을 받아 5년형을 받았다. 감옥에 있는 동안 그는 꼭 한번 누이 소식을 들었다. 여섯 아이들은 어떻게 되었는지 모르고 누이는 막내 하나만 데리고 파리 빈민가에서 살고 있다고 했다. 그 후로는 영영 아무 소식도 듣지 못했다. 감옥에 들어간 지 4년째 되던 무렵, 탈옥할 기회를 얻었다. 하지만 곧 붙잡혔고 그 죄로 형이 3년 연장되었다. 또 다시 탈옥을 시도했지만 얼마 안가 다시 붙잡혔고, 마침내 모두 19년이라는 긴 세월을 비참하게 감옥에서 보내야 했다.

　1825년에 그는 마침내 석방되었다. 유리창을 깨고 빵 한 조각을 훔친 죄로 감옥에 들어간 지 19년 만에 풀려난 것이다. 그는 자기의 신세를 한탄하면서 흐느껴 울기도 하고 몸서리를 치기도 하면서 감옥에 들어갔다. 하지만 그곳에서 나올 때는 아무 것도 느끼지 못하는 인간으로 변해 있었다. 들어갈 때는 절망감에 몸부림 쳤지만 나올 때는 희망도, 절망도 느끼지 못하는 음울한 성격으로 변해 있었다. 그는 원래 무지한 사나이였다. 읽고 쓰는 것을 배운 적도, 학교 근처라곤 지나가 본 적도 없는 무지렁이였다. 하지만 바보는 아니었다. 원래 타고난 지혜의 빛이 그의 마음에서 빛나고 있었다. 몽둥이 질을 당하고 쇠사슬에 묶인 채 감방에 갇혀 있으면서도, 뙤약볕 아래 노역장에서 혹사당한 끝에 죄수용 널빤지 에서 낡은 휴지조각처럼 뒹굴러 자면서도 그는 곰곰이 생각해 보았다. 그는 자기가 아무 죄도 짓지 않았는데 억울하게 벌을 받고 있는 것은 아니라고 인정하고 있었다. 자기가 잘못한 것은 누가 뭐라 해도 명백한 사실이었다. 하지만 지나치게 무거운 형벌을 받고 있다는 점은 확실했다.

　그는 자기처럼 가난한 집안에서 태어나 아무 것도 갖지 못한 사람들, 세상에서 가장 불쌍한 사람들을 사회가 이토록 가혹하게 대한다는 것은 옳지 못한 일이라는 생각을 갖게 되었다. 그래서 그는 잘못은 사회에 있다고 단정하고 사회에 대한 미움을 품게 되었다. 비

뚫어진 자기 운명을 모조리 사회 책임으로 돌리고 언젠가는 그 책임을 따져 묻겠다고 다짐했다. 사회가 그에게 해 준 것이라고는 고약한 기억뿐이었다. 그는 어려서부터 지금껏 따뜻한 말과 친절한 눈길을 만난 적이 없었다. 그렇게 고생을 거듭하면서 그는 점차 한 가지 확신에 도달하게 되었다. 인생은 싸움일 뿐이고, 자기는 그 싸움에서 졌다는 사실이었다. 그에게는 증오심 외에는 아무것도 남은 것이 없었다. 오직 그것만이 자신의 유일한 무기였다. 마침 감옥에는 성당에서 파견된 수도사들이 복역수를 위해 세운 학교가 있었다. 그는 배우고 싶었다. 아니, 그랬다기보다 충동적으로 배움의 열망이 자기도 모르게 가슴 속 밑바닥에서부터 끓어올랐다고 표현하는 것이 옳겠다. 마흔 살의 나이에 그는 읽기와 쓰기와 산수를 배웠다. 지식을 쌓는 것만이 곧 자기의 증오심을 다지는 것이라고 생각했다. 이렇게 고통스러운 생활을 19년이나 겪으면서 그의 영혼은 향상되기도 했지만 타락하기도 했다. 그는 천성이 나쁜 사람은 아니었다. 감옥에 들어갔을 때만 해도 선량한 사람이었다. 하지만 그곳에서 자기가 악해져 가고 있음을 느꼈다. 그는 말이 없었다. 웃는 일도 거의 없었다. 눈에 보이는 자연도 그에게는 존재하지 않았다. 태양도, 아름다운 여름날도, 빛나는 하늘도, 사월의 청명한 새벽도 그에게는 없었다. 해가 거듭됨에 따라 그의 영혼은 가뭄의 빈 뜰처럼 천천히 메말라갔다. 마음이 마르면 눈물도 마르는 법이었다. 형무소를 나올 때까지 19년이라는 세월 동안 그는 한 방울의 눈물도 흘린 적이 없었다.

 성당의 큰 시계가 새벽 두 시를 칠 때 장 발장은 소스라치게 놀라며 눈을 떴다. 침대가 너무도 포근했기 때문이었다. 침대에서 자본지 거의 이십 년이나 되었다. 그래서 잠이 제대로 오지 않았다. 다시 잠을 청하려 노력해 보았지만 그럴수록 이런저런 상념이 떠올라 잠을 이룰 수가 없었다. 머릿속에서 갖가지 생각들이 뒤엉켰다. 그 중에서도 자꾸 끊임없이 눈앞에 나타나는 것은 바로 식탁에 놓였던 은그릇이었다. 그가 자고 있는 곳에서 몇 걸음 안 되는 벽장 안에 하녀가 집어넣던 광경을 똑똑히 보아 둔 참이었다. 그릇은 순은으로 만들어진 것이었다. 적어도 2백 프랑은 나갈 것이다. 어림짐작으로 아무리 낮게 책정해도 19년 동안 자기가 번 돈의 곱절이나 될 것이다. 그는 양심에 다소 반발하면서도 꼬박 한 시간 동안 마음이 흔들리고 있었다.

 시계가 세 시를 치자 침대에서 일어났다. 집안은 쥐죽은 듯 고요했다. 그는 무슨 결심이라도 한 듯 배낭을 열고 거기서 쇠로 된 기다란 못을 꺼냈다. 그것을 오른손에 쥐고 옆방 문으로 다가갔다. 주교 침실 문은 살짝 열려 있는 상태였다. 장 발장은 귀를 기울였다. 아무 소리도 들리지 않았다. 소리를 죽이고 살며시 문을 밀고 들어가서 방안을 둘러보았다. 가슴은 두 방망이질을 치고 있었지만 망설이지 않고 단숨에 침대 옆으로 다가갔다. 거의 삼십 분 전부터 구름은 하늘을 뒤덮고 있었다. 마침 그 순간 구름이 갈라지며 한 줄기 달빛이 유리창으로 비쳐 들어와 주교의 해맑은 얼굴을 비췄다. 주교는 평화롭게 잠들어 있었다. 수많은 거룩한 일을 했던 손은 주교반지를 낀 채 침대 밖으로 늘어뜨려져 있었다. 얼굴은 온통 만족과 희망의 표정으로 어렴풋이 빛나고 있었다. 잠들어 있는 의로운 사람의 영혼은 신비로운 하늘을 바라보는 법이다. 그런 하늘의 빛이 주교 위에 잔잔하게 비치고 있었다.

장 발장은 쇠못을 손에 쥐고서 숭고한 빛에 싸인 노인의 모습에 몇 분 동안 넋을 잃은 채 꼼짝 않고 가만히 서 있었다. 지금까지 그는 그런 모습을 본 적이 없었다. 인간에 대한 믿음으로 가득 찬 노인의 모습이 오히려 그에게 공포심을 안겨주고 있었다. 장 발장은 재빨리 벽장으로 걸어갔다. 자물쇠를 부수려고 쇠못을 번쩍 들었다. 하지만 거기에는 열쇠가 이미 꽂혀 있었다. 그는 벽장을 열고 은그릇이 든 바구니를 들고선 천천히 방을 나갔다. 그리고는 은그릇을 배낭 속에 집어넣은 다음, 바구니는 뜰에 집어던진 후 아무렇지도 않게 담을 뛰어넘었다.

용서

이튿날 해 뜰 무렵, 주교는 늘 하던 대로 주교관의 뜰을 거닐고 있었다. 그때 하녀가 허둥대면서 달려왔다.

"주교님! 은그릇 바구니가 어디 있는지 아세요?"

"여기 있지요."

주교는 방금 화단에 떨어져 있던 그것을 주운 참이었다.

"은그릇은요?"

"그건 나도 모르겠는데."

"어머나, 그렇다면 어젯밤 그 사람이 훔쳐갔나 봐요."

하녀는 재빨리 침실로 들어갔다가 다시 뛰어나왔다.

"그 남자가 도망쳐버렸어요. 우리 은그릇을 훔쳐간 게 틀림없어요."

주교는 한동안 잠자코 있다가 정색을 하더니 부드러운 목소리로 말했다.

"그런데 그 은그릇이 우리 물건이었던가요?"

하녀는 어처구니가 없어서 멍하니 서 있을 뿐이었다.

"내가 은그릇을 그렇게 오랫동안 바로 옆에 간직해 두었던 것이 잘못이었소. 그건 원래부터 가난한 사람들의 것이라오."

"그러면 주교님은 이제부터 어디다 진지를 잡수실 작정인가요?"

"아, 그게 걱정이오? 놋그릇이 있잖소?"

"놋그릇은 냄새가 나는 걸요."

"나무그릇이라면 더 좋겠군요."

잠시 뒤 그들은 아무렇지도 않게 아침 식사를 했다. 식사를 하면서 두 노부인에게, 빵을 우유에 적셔 먹는 데는 나무그릇이 제격이라고 주교는 명랑하게 말했다. 그때 문을 두드리는 소리가 나더니 장 발장을 에워싼 헌병들이 주교관의 문간에 나타났다. 헌병 반장으로 보이는 젊은이가 주교 앞으로 씩씩하게 걸어왔다.

"주교님!"

그 말을 듣던 장 발장이 깜짝 놀라서 숙이고 있던 고개를 번쩍 들었다. 그리고는 나지막이 중얼거렸다.

"뭐라고? 주교님? 그럼 이 분이 주임사제였단 말인가!"

"닥쳐!"

헌병 하나가 말했다.

"이 분은 주교 어른이시다."

그러는 사이 주교는 있는 힘을 다해 재빨리 그들에게 다가갔다. 그리고는 장 발장에게 애서 눈을 마주치며 주교가 말했다.

"아니, 당신이 웬일이오?"

그런 다음 틈도 주지 않고 장 발장을 향해 외쳤다.

"어떻게 된 겁니까? 당신한테 촛대도 주었는데 그건 왜 갖고 가지 않았소?"

장 발장은 너무 놀라 눈을 크게 떴다. 이 거룩한 주교의 뜻밖의 말에 모두들 당황한 표정으로 서로를 바라보았다.

"주교님."

반장이 끼어들었다.

"그러면 이 사람 말이 사실입니까? 이 사람이 도망치듯 걷고 있기에 수상해서 조사해 보았더니 은그릇을 갖고 있어서요."

"사실입니다. 그건 내가 준 거요. 반장이 오해한 모양이구려."

헌병들은 그제야 장 발장을 풀어주었다.

"정말로 날 놔주는 겁니까?"

그가 물러서면서 꿈꾸듯 말했다.

"그래, 놓아주는 거다. 못 알아듣겠나?"

미덥지 못한 표정으로 퉁명스럽게 반장이 말했다.

"여기 당신한테 준 촛대가 있으니 어서 갖고 가시오."

주교는 난롯가로 가서 은촛대 두 개를 장 발장 앞으로 가져왔다. 두 노부인은 주교가 하는 일에 방해가 될 말은 한마디도 않고 가만히 보고만 있었다. 장 발장의 손이 떨리고 있었다. 그는 넋이 나간 사람처럼 촛대를 받았다. 헌병들이 이내 의심의 눈초리를 거두고 그 자리를 떠났다. 장 발장은 금방이라도 쓰러질 것만 같았다. 그때 주교가 그에게 다가가 나지막이 말했다.

"잊지 마시오. 절대로 잊지 마시오. 이 은그릇을 정직한 사람이 되는데 쓰겠노라고 약속한 일을 말이오."

 꿈에도 그런 약속을 한 기억이 없는 장 발장은 그저 어리둥절할 뿐이었다. 다시 한 번 주교가 엄숙한 말투로 말을 이었다.

 "장 발장, 내 형제여. 당신은 이제 악이 아니라 선에 속한 사람입니다. 내가 값을 치르는 것은 당신 영혼을 위해서입니다. 나는 당신 영혼을 어두운 생각에서 끌어내 하느님께 바치려는 것입니다."

눈물

장 발장은 도망치듯 사제관을 떠나 시내에서 빠져나왔다. 그는 정처 없이 들판을 걸으면서 방황하고 있었다. 말로 표현할 수 없는 갖가지 생각들이 온종일 그의 머릿속에 모여들다가 사라졌다. 그때 어디선가 기분 좋은 노랫소리가 들려왔다. 쾌활한 소년 하나가 노래를 부르며 장 발장 쪽으로 걸어오고 있었다. 소년은 이따금 걸음을 멈추고 손에 든 동전을 하늘 위로 높이 던져 공기놀이를 하고 있었다. 그러다가 공중에 던졌던 40수은화 한 개를 바닥에 떨어뜨렸다. 장 발장이 무심코 돈 위에 발을 올려놓았다.
"아저씨, 내 돈 주세요."
소년이 믿음에 찬 말투로 말했다.
"그게 무슨 소리냐?"
"아저씨 발밑에 내 돈이 있어요, 어서 주세요."
"돈이라고? 네 이름이 뭐냐?"
"프티 제르베라고 해요."
"그럼 이렇게 하자, 좋은 말 할 때 꺼져."
"아저씨. 내 돈 어서 주세요!"
장 발장은 들은 척도 않고 땅바닥만 뚫어지게 바라보았다. 소년은 돈을 달라고 외치면서 그를 잡고 마구 흔들며 돈을 밟고 있는 그의 신발을 밀쳐내려고 애썼다. 소년은 울고 있었다. 꿈쩍 않던 장 발장이 고함쳤다.

"어서 썩 꺼지지 못해!"

소년은 부들부들 떨더니 뒤도 돌아보지 않고 달아났다. 하지만 얼마쯤 가서는 숨이 가쁜지 발을 멈추었다. 장 발장은 멍하니 생각에 잠겨 있는 중에도 소년이 흐느끼는 소리를 들었다. 이윽고 그 소리는 들리지 않게 되었다. 주위에 어둠이 내렸다. 그는 여전히 가만히 서 있었다. 한참 그렇게 서 있다가 모자를 눌러쓰고는 지팡이를 짚어 올리려고 몸을 굽혔다. 그때 은화 하나가 눈에 띄었다. 은화는 발에 밟혀 반쯤 흙에 박힌 채 반짝이고 있었다. 그는 깜짝 놀라 동작을 멈추었다. 반사적으로 그것을 집어 든 다음, 몸을 일으켜 들판을 둘러보기 시작했다. 하지만 아무것도 눈에 띄지 않았다. 소년이 사라져간 쪽으로 달려가면서 힘껏 소년의 이름을 부르기 시작했다.

"프티 제르베! 프티 제르베!"

대답은 들려오지 않았다. 들판은 적막하고 음침했다. 주위에 있는 것이라고는 어둠과 고요뿐이었다. 미친 듯이 소년 이름을 부르며 돌아다니는 동안 어느새 달이 떠올랐다. 그는 기진맥진해서 커다란 바위 위에 쓰러졌다. 손으로 머리카락을 움켜잡고는 얼굴을 무릎 사이에 처박으며 부르짖었다.

"아, 난 어쩔 수 없는 놈이로구나."

그러자 가슴이 터질 것 같이 울음이 쏟아져 나왔다. 지난 19년 이래로 그가 운 것은 이번이 처음이었다. 북받치는 울음은 한 동안 그칠 줄 몰랐다. 주교 집에서 나왔을 때도 그는 자기 마음속에서 일어나고 있는 일이 무엇인지 이해할 수 없었다. 사실, 형무소라고 불리는 그 추하고 어두운 곳에서 나온 그의 영혼에 주교는 고통을 주었던 것이다. 그러나 장 발장은 깨닫지 못했다. 오직 그의 마음은 놀라움과 불안에 가득 차 있었다. 용서와 베풂에 대해서도 감사하는 마음이 생기지 않았다. 이런 상태에서 그는 소년의 돈을 훔쳤다. 그것이 고의든 아니든 중요치 않다. 그도 자기가 왜 그랬는지 확실히 설명할 수 없었다. 그가 감옥에서 갖고 나온 나쁜 생각의 마지막 유혹, 그 마지막 시도였다고 밖에 표현할 수 없을 것이다. 훔친 것은 결코 아니었다. 습관처럼 된 그의 짐승 같은 생각이 문득 그 돈 위에 발을 올려놓게 했던 것이다.

그가 저지른 이 마지막 죄는 그에게 결정적인 영향을 주었다. 무언가가 그의 지성을 뒤덮고 있던 어둠을 뚫고 들어가 깊숙이 가라앉아 있던 영혼을 불러일으켰다. 그는 그때, 어떤 신비로운 곳에서 한 줄기 빛을 보았다. 그 빛은 인간의 모습이었고 다름 아닌 미리엘 주교였다. 주교는 이 가엾은 사나이의 영혼 전체를 찬란한 빛으로 가득 채우고 있었다. 장 발장은 뜨거운 눈물을 흘리며 한없이 흐느꼈다. 비참했던 과거, 처음 저질렀던 죄, 차차 짐승처럼 변해버린 외모와 냉혹해진 마음, 인간에 대한 복수심으로 가득 차 기다렸던 석방,

주교 집에서 일어났던 일, 마지막으로 소년에게서 돈을 훔친 일, 주교가 용서한 뒤에 있었던 일인 만큼 더 비겁하고 더 흉악했던 그 죄. 그런 모든 것이 뚜렷하게 그의 머릿속에서 주마등처럼 스쳐 지나갔다. 그는 자기의 지난 삶을 바라보기 시작했다. 그것은 끔찍스러웠다. 그는 자기의 영혼을 바라보았다. 이제는 부드러운 빛이 그 삶과 영혼 위를 비추고 있었다. 그가 몇 시간이나 그렇게 울었는지, 운 다음 무엇을 했는지, 어디로 갔는지는 아무도 모른다. 하지만 한 가지 밝혀둘 것은, 바로 그날 밤 어떤 사람이 새벽 세 시쯤 디뉴 주교관 앞을 지나다가 정체모를 한 사나이가 어둠 속에서 기도를 드리듯 그 문 앞 길바닥에 꿇어앉아 있는 것을 보았다는 것이다.

종달새

그 당시 파리 변두리 몽페르메유에는 지저분하고 낡은 싸구려 여관이 하나 있었다. 여관은 테나르디에 부부가 운영하는 곳으로서 여관 출입문 바로 위쪽 벽에 자랑스러운 듯 널빤지 하나가 못질되어 붙어 있었다. 그 널빤지에는 한 사나이가 다른 한 사나이를 등에 업은 그림이 제법 상세하게 그려져 있었다. 등에 업힌 사나이는 장교 견장을 달고 피처럼 보이는 붉은 점들이 몸 여기저기에 묻어 있는 모습이었고, 다른 화면 부분은 자욱한 연기로 덮여 있는 것이 어딘지 모르게 전쟁 분위기를 내기 위해 애쓴 느낌을 주었다. 그림 아래쪽에는 '워털루의 중사에게' 라는 글씨가 큼지막하게 적혀 있었다. 이곳의 주인인 테나르디에는 워털루 전투 때 부상자나 시체의 소지품을 약탈하던 비열한 작자였다. 그는 병사들이 떼죽음을 당해 참혹하게 변한 싸움터에서 시체의 몸을 뒤져 금반지나 시계 등 돈으로 바꿀 수 있는 것들을 훔쳐냈다. 그 날도 예외는 아니어서, 다른 날과 마찬가지로 아군이 몰살당한 격전지 근처에서 주검처럼 보이는 한 장교의 몸을 뒤지고 있었는데, 기적적으로 정신을 차린 장교는 테나르디에의 그런 행위를 자기를 위험에서 구출하고 살려주기 위한 것으로 인식했다. 그래서 테나르디에를 자신의 생명의 은인으로 여기고 그에게 깊이 감사를 표시했던 것이다. 이것이 여관 문을 장식하고 있는 그림의 진실이다. 테나르디에는 물론 도둑질에 대해서는 말하지 않았고, 그 대신 자기가 워털루에서 용감하게 활약했으며 장교의 목숨을 구했노라고 사방에 떠들어댔다.

또한, 여관 문 앞에서 조금 떨어진 곳에 고장 난 짐마차가 언제부턴가 버려져 있었다. 쓸모가 없어지자 누가 버리고 간 것이겠지만 아이들의 유용한 놀이터 역할을 톡톡히 했다. 마차 쇠 굴대 밑, 가운데 부분이 땅바닥에 닿을 정도로 늘어져 있는 쇠사슬을 그네 삼아 그날 저녁 두 여자아이가 거기에 올라앉아 재미있게 놀고 있었다. 한 눈에 보더라도 아이는 두 살 반가량, 또 한 아이는 한 살 반가량 되어 보였다. 예쁘장하게 차려입은 아이들은 생기가 발랄해 보였다. 천진난만한 얼굴도 아주 귀여웠다. 퉁명스러워 보이는 아이들 어머니도 이때만은 자애로운 표정을 짓고서 아이들이 앉은 쇠사슬을 흔들어주면서 유행가를 흥얼거렸다. 그때, 아이를 안은 또 다른 어머니가 몇 걸음 떨어진 곳에서 이 광경을 보고 있었다. 아주 깨끗한 느낌을 주는 여자아이였다. 얼추 세 살쯤 되어 보였는데 옷에는 리본을 달고 고급 린넨 모자에는 레이스가 달려 있었다. 치마 밑으로 포동포동한 하얀 넓적다리가 보였다. 환한 장밋빛 얼굴은 건강하고 뺨은 사과처럼 발그레한 것이 몹시 귀여웠다. 눈은 잠들어 있어서 볼 수 없었지만, 속눈썹은 길고 아름다웠다. 반면에 어머니의 모습은 초라했다. 나이가 젊어 아름답다고 할 수도 있겠지만 차림새는 그렇지 않았다. 눈은 오랜 세월 동안 눈물이 마를 겨를이 없었던 사람 같아 보였고, 안색은 핏기가 없어 몹시 지쳐 보였다.

그녀의 이름은 판틴이었다. 고향을 떠나 파리에 일하러 왔다가 어떤 청년과 사랑에 빠졌지만 곧 버림을 받았는데, 그때는 이미 임신한 뒤였다. 아기를 낳고 생활이 어려워진 판틴은 고향인 몽트뢰유 쉬르 메르로 돌아가기로 결심하고 파리를 떠났다. 당시 프랑스 사람들은 미혼모나 사생아를 너그럽게 바라보지 않았다. 고향에 가면 아기가 있다는 사실을 숨겨야만 했다. 그래야 일자리를 얻을 수 있을 테니까. 사랑하는 아기를 어떻게 해서든지 떼어놓을 생각을 하면 가슴이 아팠지만 다른 선택의 여지가 없었다. 마음을 단단히 먹고 고향으로 걸어가던 중, 여관 앞에서 놀이에 열중하는 그 집 아이들을 보고는 그만 그 다정한 광경에 매혹되어 걸음을 멈추었던 것이다. 그녀는 아이들 어머니한테 나아가 무심코 말을 걸었다.

"따님들이 정말 귀엽네요."

어머니는 고개를 들어 고맙다고 말한 다음, 지나가던 여자에게 문가에 놓인 의자를 권했다. 두 여자는 이야기꽃을 피웠다. 판틴은 여자에게 자기의 신상 이야기를 대충 들려주었다. 파리에서 여공으로 일하다가 남편이 죽어서 고향으로 가는 중이라고 했다. 그 사이 아이가 잠에서 깨어나 웃기 시작했다. 판틴은 아이를 땅에 내려놓았다.

"셋이서 같이 놀렴."

테나르디에의 아내가 말했다. 그 또래 아이들은 곧 친해지는 법이라 일 분도 지나기 전에 함께 어울려 땅에 구멍을 파며 놀았다.

"댁의 아기는 몇 살인가요?"

테나르디에의 아내가 물었다.

"곧 세 살이 돼요."

판틴이 대답했다.

"어머, 우리 애와 같군요."

그 동안 아이들은 한데 모여 뭔가 신나는 일을 구경하고 있었다. 큰 벌레 한 마리가 땅에서 기어 나왔던 것이다.

"아이들이란 저렇게 금방 친해지지요. 누가 보면 친자매라고 하겠어요."

테나르디에의 아내가 큰 소리로 웃으며 말했다. 이 말이야말로 판틴이 기다리고 있던 구원의 불꽃이었다. 그녀는 조심스럽게 입을 열었다.

"우리 아이를 좀 맡아주지 않겠어요? 딸을 고향으로 데려갈 수가 없는 처지예요. 애가 딸리면 일자리를 구할 수가 없어요. 제가 이 앞을 지나가게 된 것도 어쩌면 주님 뜻인가 봐요. 따님들이 저렇게 귀엽고, 깨끗하게 차려입고서 노는 모양을 보고 전 어머니가 참 좋은 분일 거라고 생각했어요. 전 곧 돌아올 작정이에요. 그 동안 우리 애를 좀 맡아주지 않겠어요?"

"생각해 봐야지요."

테나르디에의 아내가 말했다.

"매달 6프랑씩 내겠어요."

이때, 사나이의 목소리가 여관 안쪽에서 울려나왔다. 굵직하지만 쉰 듯 기분 나쁜 목소리였다.

"7프랑 이하는 안 돼. 그리고 반년 치는 선불을 내야 돼."

"그렇게 하겠어요."

판틴이 대답했다.

"거기다 약속대금으로 따로 15프랑."

말소리가 안쪽에서 또 들려왔다.

"전부 합해서 57프랑이에요."

테나르디에의 아내가 거들었다.

"그렇게 하겠어요. 80프랑을 갖고 있으니까 그래도 여비는 남는 군요. 돈을 벌어 조금만 모이면 곧 아이를 데려 가겠어요."

그때 남자 목소리가 또 들려왔다.

"갈아입힐 옷은 있겠지?"

"우리 주인양반이에요."

테나르디에의 아내가 판틴에게 속삭였다.

"그럼요. 모두 고급 옷들이에요. 호사스런 옷들이고 두 타스로 되어 있는 걸요. 비단 드레스도 몇 벌 있어요."

"그걸 두고 가야지."

"물론이지요."

주인이 드디어 얼굴을 내밀었다.

"그럼 됐소."

흥정은 끝났고, 판틴은 그날 저녁을 여관에서 묵은 다음, 이튿날 아침 일찍 귀여운 딸아이를 두고서 떠났다. 판틴의 귀여운 아이의 이름은 코제트였다. 테나르디에 부부는 원래 미천한 계급과 몰락한 지식인으로 이루어진 잡다한 계급에 속해 있었다. 그들에게는 노동자의 씩씩한 열정도 없었고 중류계급의 고지식한 성실성도 없었다. 오직 어떤 어두운 불길이 조금이라도 마음에 일어나기만 하면 당장 흉악해져 버리는 뒤틀린 성질만을 갖고 있었다. 여자는 사나운 짐승 같은 성질이었고, 남자는 무지막지하고 음흉했다. 둘 다 나쁜 방면에 있어서는 죽이 잘 맞아서 아무리 지독한 일이라도 태연히 해치우는 인간들이었다. 하지만 악인이기만 해서는 장사가 번창할 수 없는 법이다. 이 싸구려 여관에는 손님이 별로 들지 않았다. 판틴이 준 57프랑 덕분으로 테나르디에는 빚을 갚을 기한을 간신히 넘겼다. 다음 달에 또 돈이 필요하게 되자 테나르디에의 아내는 코제트의 옷가지를 파리로 가져가 전당포에 잡히고 60프랑을 벌었다. 그 돈을 다 써버린 뒤부터 이들 부부는 아이를 공짜로 길러주는 것처럼 다루었다. 코제트에게는 이제 남은 옷이 없기 때문에 딸들이 입던 헌 치마나 못 입는 속옷 같은 누더기를 입혔다. 먹는 것도 그들이 먹고 난 찌꺼기를 먹였다. 가엾은 코제트는 테이블 밑에서 개와 고양이와 함께 나무접시에 담긴 음식을 먹었다.

판틴은 고향에서 자리를 잡은 다음, 딸의 소식을 알기 위해 사람을 시켜 달마다 편지를 썼다. 처음 6개월이 지난 다음부터는 달마다 정확히 양육비를 보냈다. 하지만 1년이 채 지나기도 전에 테나르디에는 7프랑이 아닌 12프랑씩 보내라고 요구했다. 판틴은 딸이 행복하게 잘 있다고 믿고 있었으므로 순순히 그 요구에 응했다. 세상에는 한쪽을 사랑하면 다른 한쪽을 미워하지 않고서는 못 견디는 성질의 인간이 있는데, 바로 테나르디에의 아내가 그랬다. 자기 딸들은 몹시 사랑했지만 코제트는 이유 없이 미워했다. 게다가 그녀는 그런 부류 여자들이 흔히 그렇듯이 그날그날 일정한 양의 매질을 하고 욕을 퍼붓지 않고는 그냥 넘어가는 적이 없었다. 만약 코제트가 없었다면 분명히 그 딸들이 코제트가 당하는 일을 모두 당했을 것이다. 그런데 마침 남의 딸이 있으니 얼마나 다행인가. 가엾은 코제트는 그 딸들을 대신해서 매일매일 매를 맞고 욕을 먹었다. 테나르디에의 딸들은 여전히 그저 귀여움만 받고 자랐다. 하지만 무슨 일을 하던 간에 코제트 머리 위에는 항상 심한 벌이 빗발처럼 쏟아졌다. 세상 물정도 모르는 이 가엾은 아이는, 바로 곁에서 자기와 같은 두 아이가 행복하게 살고 있는 모습을 보면서 끊임없이 벌을 받고, 꾸중을 듣고 갖은 매를 맞으며 자라났다. 그럼에도 불구하고 마을에서는 테나르디에 부부를 칭찬하고 있었다. 버려진 아이인 코제트를 긍휼히 생각하고 키워준다고 생각했기 때문이었다. 한편, 테나르디에는 어떤 경로를 통했는지는 몰라도 코제트가 사생아라서 판틴이 자기에게 딸이 있다는 사실을 숨기고 있다는 사실을 알아냈다. 그리고는 코제트가 커서 이제 많이 먹게 되었으니 한 달에 15프랑을 내지 않으면 아이를 돌려보내겠다고 위협했다. 결국 판틴은 그 돈을 지불할 수밖에 없었다. 시간이 흐르면서 아이는 자랐지만 그럴수록 고생도 늘어갔다. 아직 어렸을 때 코제트는 다른 두 아이의 놀림감이었다. 조금 자라나자 다섯 살도 채 되기 전에 그녀는 여관의 하녀가 되어 버렸다. 온갖 심부름을 했고, 방과 안마당과 바깥 길을 쓸고, 접시를 닦고 무거운 짐을 나르는 일까지도 했다. 이제는 판틴이 돌아와도 자기 아이를 쉽게 알아보지 못할 지경이 되었다.

처음 왔을 때 그렇게도 귀엽고 포동포동했던 코제트는 이제는 야위고 핏기 없고, 어딘지 모르게 수심에 잠긴 얼굴을 하고 있었다. 옛 모습이라고는 오직 아름다운 눈뿐이었는데 그것을 브면 더욱 가엾게 느껴졌다. 눈이 큰 만큼 더욱 많은 슬픔이 어려 있는 것처럼 보였다. 특히 겨울에는 이 가엾은 아이의 모습은 더없이 애처로웠다, 아직 여섯 살도 채 안 된 아이는 누더기를 입고 떨면서, 커다란 눈에 눈물을 글썽이고 새빨갛게 언 손으로 커다란 비를 들고서, 해도 뜨기 전에 마당을 쓸어야 했다. 마을에서는 그녀를 종달새라고 불렀다. 새보다도 더 조그만 것이 언제나 벌벌 떨며, 날마다 그 집에서나 마을에서 가장 먼저 일어나 날이 밝기 전에 한길을 쓴다든지 밭에

판틴 47

나가 일을 하고 있기 때문이었다. 하지만 이 불쌍한 종달새는 결코 노래를 부르는 일이 없었다.

마들렌 아저씨

 판틴은 어린 코제트를 테나르디에의 집에 맡겨 놓고 계속 길을 걸어 고향인 몽트뢰유 쉬르 메르에 도착했다. 그녀가 고향을 떠난 지 만 10년이 흐른 뒤였다. 그곳은 이제 완전히 변해서 더 이상 가난한 고장이 아니었다. 2년 전쯤 어떤 발명이 일어나서 날로 번창했기 때문이었다. 아주 오랜 옛날부터 이곳 사람들은 영국이나 독일에서 생산하는 까만 유리구슬의 모조품을 만드는 특수한 공업에 종사하고 있었다. 하지만 원료가 비싸서 임금을 제대로 지불할 수 없었기 때문에 언제나 형편은 좋지 않았다. 그런데 그녀가 돌아왔을 무렵에 이 장신구 제조법에 아주 커다란 변화가 일어나고 있었다. 1815년 말, 다른 지방의 사람 하나가 여기에 와 살면서 구슬 제조법을 새로 고안했던 것이다. 구슬에 바르던 수지 대신 칠을 쓰고, 특히 팔찌를 만들 때는 납땜을 한 둥근 쇠 대신에 그냥 둥근 쇠고리를 썼다. 이 작은 변화 하나 때문에 원료비가 굉장히 줄어들었다. 그래서 임금을 많이 지불할 수 있게 되어 이곳 사람들에게 혜택을 주었고, 값이 싸졌으므로 소비자에게도 좋은 일이었으며, 훨씬 싼 값으로 팔면서도 판매는 세 배나 더 잘 되었기 때문에 제조업자에게도 큰 이익이 되었다. 삼 년도 되기 전에 이 새로운 제조법 발명자는 부자가 되었다.

게다가 주위 사람들도 덩달아 넉넉하게 되었다. 그는 다른 지방 출신으로 그에 대해서 아는 사람은 아무도 없었다. 소문에 의하면 겨우 몇 백 프랑에 지나지 않는 돈을 갖고서 이곳에 들어왔다는데, 이 발명으로 마침내 자신은 물론이고 지방 전체를 부유하게 만든 것이었다. 이곳에 처음 도착했을 때 그는 노동자 같은 옷차림을 하고 있었다. 12월 어느 해질녘에 배낭을 메고 지팡이를 짚고서 그가 도착했을 때, 그 날 마침 시청에 큰 불이 났다고 한다. 사나이는 생명을 걸고 불 속으로 뛰어들어 두 아이를 구해냈다. 마침 그 아이들은 헌병대장의 자식들이었고 그 때문에 아무도 그에게 통행증을 보자는 사람이 없었다. 그때부터 그는 여러 사람들에게 알려지게 되었다. 그의 이름을 사람들은 마들렌 씨라고 불렀다. 쉰 살쯤 된 사나이인 마들렌 씨는 모두에게 친절했다. 그에 대해서 말할 수 있는 것은 이것뿐이다.

마들렌 씨의 수익은 대단한 것이어서 2년도 채 안 돼 이미 커다란 공장을 갖게 되었다. 굶주린 사람은 누구든지 그곳으로 가기만 하면 일자리와 빵을 얻을 수 있었다. 그가 이곳에 오게 된 것은 하느님의 은혜요, 하늘의 뜻이었다. 그가 오기 전까지만 해도 이 지방은 모든 것이 침체되어 있었다. 아마 프랑스 전역을 통틀어서 가장 낙후되고 못사는 지방이었을 것이다. 그러나 지금은 모든 것이 활기를 띠고 실업이나 궁핍은 이제 자취를 감추었다. 아무리 가난한 사람이라도 호주머니에 얼마간의 돈이 들어 있었고, 아무리 어려운 집안이라도 작은 기쁨을 찾아볼 수 있었다. 사업이 하늘을 찌르듯이 번창하고 있어도 그는 돈벌이를 우선으로 여기는 것 같지는 않았다. 누가 보아도 그랬다. 1820년, 은행에 그의 이름으로 63만 프랑이 예금되어 있다는 사실이 알려졌다. 하지만 그는 이미 그 이전에 시와 가난한 사람들을 위해 백만 프랑 이상을 쓰고 있었다. 시내 병원 시설을 위해 돈을 기부했고, 학교를 두 개나 세웠다. 보육원은 물론, 늙고 병든 노동자를 위해 구제기금을 모으기도 했다. 이 지방은 그에게 대단한 은혜를 입었으며 가난한 사람들은 모든 면에서 그에게 은혜를 입고 있었다. 그러므로 그를 존경하지 않는 사람은 없었다. 누구나 그를 사랑했고 자랑스러워했다. 특히 그의 직공들은 그를 신앙처럼 숭배하고 있었다. 하지단 그는 그런 숭배를 슬픔에 젖은 눈길로 담담하게 받아들일 뿐이었다. 그가 부자라는 것이 세상에 널리 알려지자 사교계 인사들마다 그에게 고개를 숙였고 모두가 그를 마들렌 씨라고 부르며 칭송을 아끼지 않았지만, 직공들과 어린아이들이 마들렌 아저씨라고 부르는 것을 그는 더 좋아했다.

  1819년 이곳에 정착한지 4년째 되던 해, 그는 지역에 다방면으로 끼친 공헌을 인정받아 시장에 임명되었다. 하지만 그는 그 직함을 정중히 사양했다. 같은 해 공업박람회에 출품된 그 발명품으로 레지옹 도뇌르 5등 훈장이 수여됐지만 그것도 역시 거절했다. 하지만 5년째가 되던 해 다시 시장으로 임명되자 즉 이상은 고사할 수가 없게 되었다. 여러 가지 이유를 들어 거절하더라도 주민 모두가 들고일어나 그가 시장이 되기를 원했기 때문에 결국 수락하고 말았다. 그러나 그는 처음 이곳에 왔을 때와 마찬가지로 여전히 소박한 생활을 영위하고 있었다. 머리는 희끗희끗했고 눈에는 진지한 기색이 감돌았으며, 얼굴은 노동자처럼 햇볕에 그을리고, 항상 철학자처럼 깊은 생각에 잠긴 표정을 지었다. 또한 언제나 챙 넓은 모자를 쓰고 값싼 프록코트를 걸쳤다. 그는 시장의 임무를 성실히 수행하고 있었지만 그 밖에는 아주 쓸쓸하게 살았다. 사교계의 수많은 모임에 참석하더라도 간단한 인사말만을 나누고는 얼른 자리를 피했고, 이야기를 오래하지 않는 대신 말없이 웃음만 지었다. 그는 언제나 책을 읽으면서 혼자서 외로이 식사를 했다. 그는 책을 좋아했다.

재산이 많이 모이자 덩달아 한가한 시간도 많이 생기게 되었는데 사람들이 보기에 그는 그것을 정신수양에 쓰는 모양이었다. 그곳에 와서 해를 거듭함에 따라 그의 말씨는 점점 더 공손해지고 세련되어지고 부드러워졌다. 이미 젊다고는 할 수 없는 나이였지만 모두들 그를 놀랄만한 힘의 소유자라고 인정했다. 쓰러진 말을 일으키고 수렁에 빠진 수레바퀴를 밀어주고, 도망치는 황소의 뿔을 잡아 붙들기도 했다. 집을 나설 때는 언제나 호주머니에 잔돈이 가득 찼지만 돌아올 때는 텅 비어 있었다. 그가 마을을 지나가면 누더기를 걸친 아이들이 즐거운 듯이 쫓아와 파리 떼처럼 그를 에워쌌다. 사람들은 단 한 번도 그가 아이들을 향해 인상 쓰는 모습을 본 적이 없었다.

자베르

 1821년 초, 신문들은 디뉴의 주교 미리엘 씨의 죽음을 일제히 보도했다. 디뉴의 주교가 82세로 성자처럼 눈을 감았다는 기사가 난 이튿날 마들렌 씨는 상복을 입고 모자에는 상장을 달았다. 시내에서는 거기에 대해 의견이 분분했다. 사람들이 모인 장소마다 그곳이 어디든 상관없이 마들렌 씨에 대한 이야기꽃을 피우기 바빴다. 사람들은 그가 그 훌륭한 주교와 무슨 관계가 있음이 분명하다고 결론을 내렸다.
 "디뉴의 주교 때문에 상복을 입었다."
 사교계에서는 저잣거리의 사람들보다 말이 더 많았다. 이 일로 해서 마들렌 씨의 지위는 더욱 높아졌고 그곳 귀족사회의 존경을 받는 존재가 되어버렸다. 마들렌 씨는 노부인들의 경의가 한결 더해진 것을 보고 자기 지위가 높아졌음을 직감했다. 어느 날 상류사회의 우두머리 격인 한 노부인이 물었다.
 "시장님은 돌아가신 디뉴 주교님과 친척 간이신가 보지요?"
 "그렇지 않습니다, 부인."
 그가 짤막하게 대답했다.
 "하지만 시장님께서는 상복을 입고 계시잖아요?"

"젊었을 때 그분 댁에서 하인 노릇을 한 적이 있습니다."

세월이 지나면서 그는 모든 사람의 진정한 존경을 받았다. 그래서 1821년 무렵에는 그곳에서 시장님이라고 하는 말은 1815년 디뉴에서 주교 어른이라고 하던 말과 똑같은 뜻이 되었다. 먼 곳에서부터 사람들이 그에게 자문을 구하러 찾아왔다. 사람들의 방문은 시간이 갈수록 끝없이 이어졌다. 그는 싸움을 말리고 소송을 그만두게 했으며 원수들을 화해시켜주었다. 그에 대한 존경은 마치 전염이라도 된 것처럼 점차로 그 고장 전체로 퍼져나갔다. 그럼에도 불구하고 그 존경에 감염되지 않은 사람이 하나 있었다. 그는 마들렌 씨가 어떤 일을 하든 언제나 의심을 품고 있었다. 마들렌 씨가 사람들의 존경을 받으며 거리를 지나갈 때마다 그의 모습을 적의 가득 찬 차가운 눈길로 좇았다.

그는 자베르라고 하는 경찰관이었다. 그는 아주 단순한 사람이었다. 비교적 착한 성품이기는 했지만 권력에 대한 존경과 반역에 대한 과장된 증오를 품고 있었다. 그에게 반역이란 사실 대단한 것도 아닌 도둑질이나 살인, 그 밖의 다른 모든 범죄를 말하는 것이었다. 관직에 있는 사람은 무조건 신뢰하면서도 일단 법을 어기고 범죄를 저지른 사람은 모두 경멸하고 미워했다. 절대로 용서하는 법이 없었고 예외도 없었다. 물론 타협도 없었다. 자기 아버지라도 형무소에서 탈옥을 했다면 체포했을 것이고 어머니라도 법을 어기면 고발할 사람이었다. 강직한 경찰관이면서도 잔인할 정도로 성실하고 무자비한 감시자였다. 그는 언제나 무언가를 캐내려는 눈으로 마들렌 씨를 끊임없이 쳐다보고 있었다. 본능적인 호기심을 갖고서 마들렌 씨의 과거 발자취를 몰래 찾고 있었다. 그러면서도 한편으로는 자연스러운 마들렌 씨의 태도와 침착함 때문에 약간 당황하고 있었다. 마들렌 씨는 자베르의 의혹에 조금도 변화가 없었다.

그러던 어느 날, 자베르에게 강한 인상을 심어준 일이 일어났다. 그날 아침 마들렌 씨는 길을 가다가 사람들이 떠들썩하게 외치는 소리를 듣고 그리로 달려갔다. 웬일인지 말이 쓰러진 그 옆으로 포슐르방이라고 불리는 노인이 말이 끌던 짐수레 밑에 깔려 있었다. 노인은 늙고 보살펴주는 가족도 없는 불쌍한 마차꾼이었다. 말은 뒷다리가 부러진 모양인지 거친 호흡만 계속했고 바퀴 사이에 낀 채 마차 전체가 가슴에 얹힌 노인은 괴롭게 신음을 토해내고 있었다. 마차를 들어올리기 전에는 그를 끌어내기란 불가능해 보였다. 사고 소식을 듣고 늦게 도착한 자베르가 기중기를 가지러 사람을 보냈다. 이윽고 근심어린 군중들 사이에서 마들렌 씨가 나타나자 사람들이 경의를 표하면서 한쪽으로 물러섰다.

"기중기가 없습니까?"

"가지러 사람을 보냈는데 빨라도 15분은 걸립니다."

한 농부가 그의 말에 대답했다.

"15분이나 기다릴 수는 없소."

심각한 표정으로 마들렌 씨가 다시 말했다.

"마차 밑으로 사람이 하나 들어가 등으로 들어 올려야겠소. 잠깐이면 저 불쌍한 노인을 끌어낼 수 있소. 금화 다섯 닢을 낼 테니 누가 좀 해 보시오."

하지만 아무도 움직이는 사람이 없었다. 여간 힘이 세지 않으면 자기도 깔려죽을지도 모르는 일이기 때문이었다. 그때 지켜보던 자베르가 나섰다.

"마들렌 씨, 이런 마차를 등으로 밀어 올리려면 여간 힘센 사람이 아니면 안 됩니다."

그리고는 마들렌 씨를 쳐다보며 한마디 한마디에 힘을 주면서 다시 말을 이었다.

"이 일을 할 수 있는 사람을 난 지금까지 단 한 사람밖에는 보지 못했습니다."

마들렌 씨는 순간적으로 몸을 부르르 떨었다. 자베르가 그에게서 시선을 떼지 않은 채 덧붙였다.

"그는 툴롱 감옥의 죄수였습니다."

마들렌 씨의 얼굴이 갑자기 창백해졌다. 그러는 동안에도 짐마차는 진창 속으로 더욱 깊이 빠져 들어갔고, 포슐르방 노인은 불쌍하게도 헐떡거리며 비명을 지르고 있었다. 마들렌 씨가 고개를 들자 여전히 자기에게 쏠리고 있는 매처럼 사나운 자베르의 눈길과 마주쳤다. 마들렌 씨는 꼼짝 않는 농부들을 바라본 다음 의미 모를 슬픈 웃음을 지었다. 그리고는 말없이 무릎을 꿇더니 짐마차 밑으로 들어갔다. 기대와 침묵으로 뒤섞인 무서운 순간이 계속되었다. 그는 엄청난 무게의 마차 밑에서 땅에 엎드리다시피 하며 마차를 들어 올리려고 애를 썼지만, 그럴수록 바퀴는 여전히 흙탕 속으로 가라앉았다. 사람들은 그에게 나오라고 외쳤고 포슐르방 노인까지도 이젠 할 수 없으니 그만두라고 애원했다. 순간, 갑자기 마차가 흔들흔들 움직이면서 서서히 올려지기 시작했다. 바퀴가 수렁 속에서 반쯤 떠오르는 것이 보였다. 사람들이 일제히 마차 밑으로 달려들었다. 단 한 사람의 희생이 여러 사람에게 힘과 용기를 주었던 것이다. 비로소 짐마차 밑에서 꺼져가던 노인의 생명이 구출되었다. 마들렌 씨가 일어섰다. 몸은 땀에 흠뻑 젖었고 옷은 찢어지고 흙투성이 상태였다. 모든 사람들이 그를 보자 감격에 겨워 울었다. 노인은 마들렌 씨 무릎에 입을 맞추며 그를 하느님의 사자라고 칭송했다. 그는 행복하고 신성한, 뭐라 표현할 수 없는 표정을 짓고 있었다. 그리고 여전히 자기를 쏘아보고 있는 자베르에게 말없는 눈빛을 보냈다.

절망

 판틴이 돌아왔을 때 고향의 상황은 대략 이러했다. 아무도 그녀를 기억하는 사람은 없었지만 다행히도 마들렌 씨 공장에 쉽게 취직할 수 있었다. 수입이 많지는 않았어도 그것만으로 충분했다. 그녀는 무엇보다 자기 손으로 생활할 수 있게 된 것이 몹시 기뻤다. 자기 힘으로 벌어 정직하게 살아 갈 수 있게 된 것이 고맙기도 했다. 아픈 과거는 잊고 오직 코제트의 밝은 앞날만 생각하며 삶을 계획하고 행복해 했다. 그녀는 작은 방 하나를 얻은 뒤 월부로 고물 가구를 들여놓았다. 그녀는 딸에 대한 이야기는 입 밖에 내지 않으려고 조심했다. 하지만 아무리 조심한다고 해도 테나르디에 부부에게 편지를 쓸 때는 글을 몰랐기 때문에 대서인에게 부탁해서 보내야만 했다. 그녀는 자주 편지를 보냈다. 그것은 그녀의 하나 남은 삶의 희망이었다. 그러나 희망을 품게 하는 행위가 오히려 사람들의 눈길을 끌었다. 우선 작업장 여공들이 악의를 갖고서 수군거리기 시작했다. 게다가 그녀의 아름다운 금발을 질투하는 여자들도 많았다. 마침내 사람들은 그녀가 편지를 보내는 상대 이름을 알아냈고 판틴에게 아이가 있다는 사실도 알아내고 말았다.

 이런 일이 일어나기까지는 꽤 시일이 흘렀다. 판틴이 공장에 근무한 지 일 년도 더 지나서였다. 어느 날 작업장 여감독이 시장님이 주시는 거라면서 50프랑을 그녀에게 건네주며 더 이상 작업장에 나오지 말라고 통보했다. 테나르디에 부부가 양육비를 달마다 15프랑씩 내라고 알려온 바로 그 날이었다. 그녀는 분노보다는 부끄러움을 견디지 못하고 공장을 나왔다. 지난날의 잘못이 모든 사람들에게 알려졌다는 생각에서였다. 하지만 마들렌 씨는 이 일에 대해서는 전혀 모르고 있었다. 그는 여자들 작업장에는 좀처럼 들어가지 않는 편이었다. 그는 나이 많은 독신녀를 감독관으로 채용하고서 그녀에게 모든 일을 맡겨둔 상태였다. 감독관은 대체적으로 착실하고 공정하고 솔직한 여자였지만, 사람을 이해하고 용서하는 너그러움은 모자랐다. 단지 여 감독은 판틴의 뒤를 조사하고는 죄가 있다고 인정한 다음 처벌한 것이었다. 그녀가 판틴에게 던져준 50프랑, 그것은 마들렌 씨가 여직공들의 생활보조와 구제를 위해 따로 맡겨놓은 돈이었다.

공장 일을 할 수 없게 된 판틴은 하녀 일이라도 구하려고 돌아다녔지만 아무도 받아주는 사람이 없었다. 불행하게도 그녀는 그곳을 떠나 달리 갈만한 곳도 없는 신세였다. 그녀는 그 50프랑을 집주인과 고물상 주인에게 나누어주고 가구도 침대만 남겨두고는 고물상에 되돌려주었다. 그래도 백 프랑 가량의 빚이 남았다. 판틴은 병사들의 낡은 속옷을 깁는 일을 시작해서 하루에 12수씩 벌었다. 하지만 코제트한테 들어가는 돈만 해도 하루에 10수가 있어야 했다. 테나르디에 부부에게 제대로 양육비를 보내지 못하게 된 것은 바로 이 무렵이었다. 그녀는 비참하도록 가난하게 살았다. 역설적이게도 그 지독한 가난에서 그녀는 많은 것을 배웠다. 겨울에 전혀 불을 때지 않고 지내는 방법이라든가, 치마로 이불을 만드는 법, 초를 아끼기 위해 맞은편 집 창문 불빛을 써서 식사하는 방법 등이 그랬다. 하지만 그녀를 가장 견딜 수 없게 한 것은 사람들의 수군거림과 손가락질이었다. 지나가는 사람들마다 그녀를 돌아보며 수군거리는 것을 그녀는 알고 있었다. 사람들의 경멸이 차가운 북풍처럼 그녀에게 불어왔다. 그녀는 모든 사람들의 비웃음과 호기심의 제물이 되어가고 있었다.

그녀가 공장에서 쫓겨난 것은 겨울이 다 갈 무렵이었다. 여름이 지나가고 다시 겨울이 와 일 년이 흘렀어도 그녀의 사정은 별로 나아진 게 없었다. 빚은 늘어만 갔고 송금이 늦어지면 테나르디에한테서 연달아 독촉 편지가 날아왔다. 편지 내용은 그녀 마음을 항상 아프게 만들었고, 수취인 부담으로 오는 우편요금 때문에 그녀는 무일푼이 되어버리기 일쑤였다. 어느 날 온 편지에는 추운 겨울에 코제트에게 입힐 것이 없으니 모직 치마를 사야 하므로 적어도 10프랑이 필요하다고 적혀 있었다. 그녀는 편지를 읽고는 하루 종일 그것을 마치 보물이라도 되는 양 손에 꼭 쥐었다. 저녁때가 되자 길모퉁이에 있는 이발소에 가서 머리에 꽂았던 빗을 뺐다. 머리칼이 풀려서 탐스럽고 아름다운 금발이 허리까지 늘어졌다. 이발소 주인에게

10프랑을 받은 그녀는 곧바로 시장에 나가 털실로 짠 치마를 사서 부쳤다. 그러나 그것을 받은 테나르디에 부부는 화를 벌컥 내고 말았다. 그들이 바랐던 것은 돈이지 치마가 아니었던 것이다. 결국 머리카락과 바꾼 치마는 그들의 큰 딸에게 주어버렸다. 가엾게도 종달새는 여전히 추위에 떨었다. 그래도 판틴은 '이제 우리 아이는 춥지 않을 거야, 내 머리칼을 입혀주었으니까.' 하고 생각했다. 그러는 사이에 어떤 어두운 움직임이 그녀 마음에 일어났다. 주위에 있는 모든 사람들이 미워지기 시작했다. 그녀는 지금까지만 해도 다른 사람들처럼 마들렌 씨를 존경하고 있었다. 하지만 자기를 내쫓은 것은 그 사람이고, 자기를 불행하게 만든 것도 바로 그 사람이라고 몇 번이나 자기 자신에게 되 뇌이다 보니 그 누구보다도 그를 미워하게 되었다.

그녀는 될 대로 되라 하는 기분에 정부를 하나 만들었다. 오다가다 만난 사람이었는데 겉모습과 다른 보잘것없는 건달이었다. 걸핏하면 그녀에게 손찌검을 하던 그 작자는 곧 싫증이 나자 그녀를 차버렸다. 하지만 판틴은 코제트만은 끔찍하게 사랑했다. 말 그대로 고귀한 어머니의 사랑 그 자체였다. 타락하면 할수록, 상황이 암담해지면 해질수록 그 귀여운 천사는 그녀 마음속에서 더욱 밝은 빛을 냈다. '돈을 벌면 코제트와 함께 사는 거야.' 하고 생각하며 소리 내어 웃곤 했다.

또 편지가 왔다. 코제트가 요즘 유행중인 발진티푸스에 걸렸다는 것이었다. 약값 40프랑을 당장 보내지 않으면 아이가 죽게 될 것이라는 내용이었다. 판틴은 그 엄청난 돈을 구하기 위해 돌팔이 치과 의사에게 그녀의 아름다운 이빨을 두 개 빼어 팔고 말았다. 그녀의 입 속에는 새까만 구멍이 나 있는 듯 보였다. 이제 그녀는 자기 나이보다 열 살은 더 늙어 보였다. 그녀는 부끄러움도 없어지고 말았다. 올 데까지 온 것이었다. 오래 전부터 그녀는 다락방을 세내어 살고 있었다. 천장이 경사가 져 있어서 조심한다 하더라도 머리를 자꾸 부딪치게 되는 낡고 비참한 방이었다. 오직 비바람과 추위를 겨우 면하게 해 줄 뿐인 그 방에서 판틴은 밤마다 코제트를 부르며 잠들었다. 그녀에게는 이제 침대도 없었다. 누더기 담요 하나와 방바닥에 깔아놓은 짚과 의자 하나가 살림의 전부였다. 난로는 불을 땐 지가 언제인지 모를 정도였고 끼니도 자주 굶었다. 기침도 잦아졌고 왼쪽 어깨는 언제나 쑤셨다. 그녀는 별의별 생각을 다하면서 수많은 밤을 눈물로 지새웠다. 이제는 하루에 17시간이나 바느질을 했지만, 일당은 9수밖에 되지 않았다. 빚쟁이들은 더 악착스러워졌고 틈만 나면 욕설을 퍼부어댔다. 그녀는 자기가 더 이상 도망갈 구멍이 없는 막다른 골목에 몰렸다는 생각이 들었다. 아니, 이미 오래전부터 그 사실을 느끼고는 있었지만 그녀는 애써 부정해 왔었다. 더군다나 어둡고 절망스런 현실과 비례해서 그녀 마음속에서는 사나운 성격이 자라나고 있었다. 이 무렵 또 편지가 왔다. '이제까지는 잘 참고 기다려 왔지만 당장 백 프랑을 보내지 않으면 코제트를 내쫓겠다. 중병을 앓고 난 어린 코제트를 이 추위에 길바닥으로 내쫓고 싶지 않으면 알아서 하라'는 협박이었다.

'백 프랑!'

판틴은 생각했다. 생각하고 또 생각했다.

'하루에 백 프랑을 벌 수 있는 일이 도대체 뭘까?'

"좋아!"

그녀는 고민을 거두고 입술을 깨물며 말했다.

"마지막 남은 것을 팔자."

그날부터 이 불행한 여자는 몸을 파는 여자가 되었다.

창녀

 그 일로부터 일 년쯤 지난 1823년 1월 초, 눈이 내린 어느 날 저녁 무렵이었다. 무위도식하며 살아가는 건달 하나가 길거리에서 한 여자를 희롱하고 있었다. 그 여자는 야회복을 입고 앞가슴을 모두 드러낸 채 머리에는 꽃을 꽂고서 장교들이 모여 있는 카페 앞을 왔다 갔다 하는 중이었다. 그녀가 앞을 지나갈 때마다 건달은 그녀에게 담배연기를 내뿜으면서 농담을 던졌다.
 "어째 생긴 게 그래, 이가 빠졌네?"
 한껏 차려입었지만 꼭 초라한 유령처럼 보이는 그 여자는 차가운 눈길 위를 왔다 갔다 하면서 그 짓궂은 사내는 거들떠보지도 않았다. 그저 말없이 우울한 기색으로 그 앞을 계속 서성대고 있었다. 아무리 놀려도 반응이 없는 것에 자존심이 상했던지, 건달은 그녀를 몰래 뒤따라가 눈을 한 움큼 집어 들어 그녀의 드러난 등속에 집어넣었다. 여자는 기겁을 해서 소리를 질렀다. 그리고는 날쌔게 사나이한테 달려들어 사정없이 손톱으로 할퀴었다. 브랜디 때문에 쉰 목소리로 욕설을 퍼붓는 그녀의 앞니가 두 개나 빠져 있었다. 그녀는 판틴이었다.
 시끄러운 소동 때문에 카페에 있던 장교들이 뛰어나왔다. 길 가던 사람들이 모여들었다. 두 사람은 구경꾼들은 아랑곳 않고 길 가운데서 뒤엉켜 서로 발길로 차고 주먹으로 때리고 있었다. 이때 갑자기 키가 큰 사나이 하나가 사람들을 헤치고 걸어 나와 흙투성이가 된 여자의 윗도리를 움켜잡으며 말했다.

"따라 와!"

판틴은 고개를 들었다. 조금 전까지 분에 못 이겨 미친 듯이 소리 지르던 목소리가 뚝 그쳤다. 얼굴이 갑자기 파랗게 질리더니 두려움으로 부들부들 떨었다. 그 사나이는 바로 자베르였고, 그녀는 자베르를 잘 알고 있었다. 자베르는 그녀를 끌고서 광장 한쪽 끝에 있는 경찰서로 데려갔다. 판틴은 안으로 들어서자 한쪽 구석으로 가서 쓰러지듯 주저앉은 다음, 겁을 먹은 강아지처럼 웅크린 채 말없이 가만히 있었다. 자베르가 의자에 앉아 종이에 무엇인가를 쓰기 시작했다. 자베르는 판틴이 저지른 짓을 생각하면 할수록 화가 치밀어 올라 참을 수가 없었다. 그가 느끼기에 이번 소동은 일개 창녀 따위가 버젓한 시민에게 모욕을 준 사건이었다. 치밀어 오르는 화를 못 이기며 그는 당직 순경에게 말했다.

"이 여자를 감옥에 집어넣어. 징역 6개월이다."

판틴이 몸을 부르르 떨었다. 추위 때문만은 아닌 것처럼 보였다.

"그러면, 그러면 우리 코제트는 어떻게 하나요? 저는 테나르디에한테 백 프랑 이상이나 빚을 지고 있는데요."

이렇게 외친 그녀는 일어서지도 못한 채 순경들이 흙 묻은 장화로 디디어서 질퍽해진 마룻바닥을 기다시피 하면서 자베르에게 다가 갔다.

"자베르님."

그녀가 말했다.

"제발 용서해 주세요. 제가 나빴던 게 아니에요. 알지도 못하는 그 사람이 제 등에 눈을 쑤셔 넣었어요. 전 아무한테도 해를 끼치지 않았는데 그랬어요. 형사님, 오늘 일만은 용서해주세요. 저한테는 빚이 있어요. 그걸 갚지 않으면 딸애가 쫓겨나요. 제가 이렇게 부끄러운 짓을 하고 있는데 우리 귀여운 코제트를 어떻게 곁에 둘 수 있겠어요. 제발 감옥에만은 넣지 말아주세요. 친절하신 자베르님, 전 나쁜 여자가 아니에요. 게으르거나 사치스러워서 이렇게 된 것이 아닙니다. 제발 가엾게 여겨 주세요."

판틴은 엎드려 흐느껴 우느라 온몸을 떨면서 마주잡은 두 손을 비틀며 애원하고 있었다. 그녀의 얼굴은 금세 눈물범벅이 되어버렸다. 하지만 냉정한 자베르의 마음을 누그러뜨릴 수는 없었다.

"네 말은 들을 만큼 들었다. 6개월 징역이야. 어서 가!"

"제발, 한번만 용서해주세요."

그때 그 둘의 대화를 가만히 듣고 있는 사나이가 있었다. 조금 전부터 경찰서 안에 들어와 있지만 아무도 눈치 채지 못했다. 그는 문을 조용히 열고 들어와 판틴의 필사적인 애원을 조금 떨어진 장소에서 듣고 있었다. 일어나려고 하지 않는 판틴을 강제로 일으켜 세

우기 위해 경관들이 다가오자, 그제야 사나이가 한 걸음 앞으로 나서며 입을 열었다.

"잠깐만 기다리게."

자베르가 눈을 치켜떴다. 시장이었다. 바로 일어나 모자를 벗어 예의를 갖추면서 자베르가 말했다.

"이거 실례했습니다. 시장님."

그 말이 끝나기도 무섭게 판틴이 자리에서 벌떡 일어나 경관들을 밀쳐내더니, 말릴 겨를도 없이 마들렌 씨에게 걸어가 물끄러미 바라보다가 소리쳤다.

"바로 당신이었군, 시장이라는 작자가!"

그리고는 누가 말릴 겨를도 없이 그의 얼굴에 침을 뱉었다. 마들렌 씨가 얼굴에 묻은 침을 닦으며 말했다.

"자베르 형사, 이 여자를 석방해 주시오."

"석방이라고! 놓아주라고! 내가 이 꼴이 된 것이 누구 때문인데! 글쎄, 자베르님, 제 말 좀 들어보세요. 저놈이 날 쫓아냈어요. 작업장에서 온갖 수다를 떨던 더러운 여자들 말만 믿고서 열심히 일하고 있는 절 내쫓았어요. 겨우 미혼모란 이유 때문에요. 그때부터 전 필요한 만큼 돈을 벌 수 없게 되었어요. 그래서 이렇게 불행해진 거예요. 가여운 제 딸 코제트에게 돈을 보내야 하기 때문에 이런 나쁜 여자가 됐어요. 그게 다 이 얼간이 같은 시장 저 놈 때문이에요. 믿어주세요. 저는 정직한 여자였어요."

마들렌 씨는 아주 주의 깊게 판틴의 말을 들었다. 그러는 동안 그는 조끼 주머니에서 지갑을 꺼내 열어보았지만 속이 비어 있었다.

"빚이 얼마라고 했지요?"

"네 놈한테는 얘기하지 않겠어."

마들렌 씨가 자베르에게 몸을 돌렸다.

"형사, 부탁이오. 저 여자를 석방해 주시오."

자베르는 얼굴이 파랗게 질린 채 온몸을 가늘게 떨다가 애서 단호하게 말했다.

"그건 안 됩니다."

"어째서요?"

"이 여자는 시민을 모욕했습니다."

"자베르 형사."

마들렌 씨가 침착하게 말했다.

"당신은 정직한 사람이니 내 말을 알아들을 수 있을 거요. 난 마침 광장을 지나가다가 사람들한테서 그때 상황을 모두 듣고 왔소. 이 여자는 아무 잘못도 저지르지 않았소. 시비를 걸어온 쪽은 오히려 그 사내였소. 그 사람을 체포했어야 했던 거요."

자베르가 대답했다.

"그 말씀이 맞다 하더라도 이 여자는 방금 시장님도 모욕했습니다."

"아니, 그건 내 문제요. 내가 알아서 처리하겠소."

"시장님, 전 무슨 영문인지 도저히 모르겠습니다."

"그렇다면 잠자코 내 말에 따르도록 하시오."

자베르는 호되게 얻어맞은 기분이었다. 그는 형식적으로 시장에게 머리 숙여 인사를 한 다음, 아무 말도 하지 않고 곧 바로 밖으로 나가버렸다. 판틴은 밖으로 나가는 자베르를 멍하니 바라보았다. 그녀는 부들부들 떨면서 넋을 잃은 채 구석에서 두 사람의 말에 귀를 기울이고 있었다. 마들렌 씨가 한 마디 한 마디 할 때마다 마음속에 도사렸던 미움이 녹아내리는 것을 느꼈다. 그와 동시에 기쁨과 믿음과 애정이 가슴속에서 다시 생겨나는 것을 느낄 수 있었다. 자베르가 밖으로 나가자마자 마들렌 씨는 판틴에게 몸을 돌렸다. 그리고 고지식한 사람이 눈물을 애써 참을 때처럼 말하기 거북스런 표정으로 천천히 입을 열었다.

"당신 얘기를 모두 들었소. 내 작업장에서 해고당했다는 것을 난 전혀 모르고 있었소. 왜 나한테 직접 와서 말하지 않았소? 내가 당신 빚을 갚아드리겠소. 딸에도 데려다 주겠소. 이제부터 생활은 내가 책임지겠소. 돈은 필요한 대로 드리리다. 행복해지기만 한다면 당신은 다시 얌전한 여자가 될 거요. 아니, 그뿐만 아니라 잘 들으시오. 당신 말이 모두 사실이라면 당신은 결코 타락한 것도 아니고 하느님 앞에서도 깨끗한 몸이오. 아, 가엾은 사람!"

판틴은 더 이상 울음을 참을 수가 없었다. 코제트를 데려오고 이 추악하고 더러운 생활에서 벗어날 수 있게 된 것이다. 자유롭고 넉넉하고 행복하고 떳떳하게 코제트와 같이 살 수 있게 된 것이다. 그녀는 마들렌 씨를 멍하니 바라보다가 흐느껴 울기 시작했다. 다리가 저절로 구부러져 무릎을 꿇고는 마들렌 씨 앞에 엎드리고 말았다. 마들렌 씨는 말릴 겨를도 없이 그녀가 자신의 손을 잡고 입을 맞추는 것을 보았다. 그리고 그녀는 기절해 버렸다.

갈등

판틴은 병원으로 옮겨져 수녀들의 간호를 받았다. 그녀의 몸은 밤새 펄펄 끓었다. 그녀는 그날 밤 내내 헛소리를 하며 큰 소리로 떠들다가 잠이 들었다. 이튿날 정오쯤 판틴은 깨어났다. 눈을 떠보니 침대 옆에 마들렌 씨가 서 있었다. 그의 눈길은 연민과 고통으로 가득 차 무언가를 기원하고 있는 듯 보였다. 마들렌 씨는 전날 저녁과 그날 아침을 그녀에 대해 조사하는 일로 다 보냈다. 판틴의 신상에 대한 것, 비참했던 과거들을 조사했다. 그 결과, 이제는 모든 것을 알게 되었다.

"당신은 가엾게도 무척 고생을 했더군요. 하지만 슬퍼하지는 마시오. 이제 당신은 하느님께서 선택하실 자격을 갖게 되었어요. 인간의 잘못은 아니지요."

그는 긴 한숨을 내쉬었다. 판틴이 앞니가 두 개 빠진 입으로 괴로운 듯 그에게 웃어 보였다. 마들렌 씨는 급히 테나르디에 부부에게 편지를 썼다. 판틴은 그들에게 120프랑의 빚을 지고 있었다. 마들렌 씨는 300프랑을 보내면서 아이 어머니가 병이 들었으니 즉시 아이를 데려와 달라고 요청했다. 편지를 받아 본 테나르디에는 신바람이 났다. 본능적으로 뭔가 돈을 더 뜯어낼 만한 사건이 생긴 것을 눈치 챈 그는 500프랑이나 되는 계산서를 만들어 보냈다. 마들렌 씨가 즉시 300프랑을 더 보냈지만 테나르디에는 좀 더 아이를 붙들어 두면서 돈을 우려낼 요량으로 이런저런 핑계를 대면서 코제트를 보내지 않았다. 일이 지체되는 동안 판틴은 좀 체로 건강을 회복하지 못했다. 여전히 병원에 입원한 상태였다. 마들렌 씨는 하루에 두 번씩 안부 차 찾아왔고, 그때마다 그녀가 물었다.

"우리 코제트를 언제쯤 만날 수 있게 될까요?"

그의 대답은 한결같았다.

"곧 만날 수 있게 될 거요. 걱정 말고 기다려주오. 이제나저제나 하고 나도 기다리는 중이라오."

그럴 때면 어머니의 핏기 없는 얼굴이 환하게 빛났다.

"그렇게만 되면 얼마나 좋을까요."

하지만 그녀의 병세는 나아지기는커녕 오히려 나빠지고 있었다. 맨살에 차가운 눈이 닿으면서 몇 년 전부터 숨어 있던 병이 갑자기 나타난 것이었다. 의사가 그녀를 진찰한 뒤 고개를 절레절레 저었다. 마들렌 씨가 의사에게 물었다.

"어떻습니까?"

"혹시 보고 싶어 하는 사람이라도 있습니까? 서둘러서 데려오시지요."

"사람을 보내서 코제트를 데려오도록 하겠소."

마들렌 씨가 판틴에게 말했다.

"웬만하면 내가 직접 다녀오리다."

그러나 이 무렵 엄청난 사건이 일어났다. 어느 날 아침이었다. 자베르가 할 이야기가 있어서 왔다면서 시장의 집무실로 직접 찾아왔다. 그는 아무런 원한이나 분노, 의심도 없는 눈길로 마들렌 씨에게 경의를 표한 다음 겸손한 자세로 그 앞에 가서 섰다.

"무슨 일이오, 자베르 형사?"

"시장님, 어떤 하급공무원이 한 행정관에게 매우 무례한 범법 행위를 저질렀습니다. 그래서 그 사실을 보고 드리러 왔습니다."

"그래요? 그 공무원이 누구요?"

"접니다."

"그러면 그 행정관은 누군가요?"

"바로 시장님이십니다."

마들렌 씨는 얘기를 듣자마자 자세를 바로 고쳐 앉았다. 자베르는 여전히 엄격한 태도를 유지하며 눈길을 내리깐 채 말을 계속했다.

"시장님, 6주일 전 그 여자 때문에 시끄러운 일이 있은 뒤 저는 홧김에 시장님을 파리 경시청에 고발했습니다. 외람된 말씀이지만 저는 시장님이 전과자라고 의심하고 있었습니다. 얼굴이 닮았다는 점, 포슐르방 영감을 구출해 내신 그 체력 등 여러 가지 자질구레한 일들 때문에 시장님을 장 발장이라는 전과자로 생각하고 있었습니다. 장 발장은 20년 전 제가 툴롱에서 간수로 일할 때 본 적이 있는 죄수입니다. 형무소에서 나와 어느 주교 댁에서 도둑질을 한 모양이었고 또 어떤 소년의 돈도 훔쳤습니다. 전 시장님이 그 자라고 생각하고 있었습니다."

마들렌 씨가 손에 서류철을 든 채로 무관심한 말투로 물었다.

"그래서요?"

"파리에서 곧바로 회답이 왔는데 저더러 미쳤다는 겁니다. 그런데 그 말이 맞습니다. 제가 틀렸던 것입니다. 진짜 장발장이 잡혔으니까요."

마들렌 씨가 손에 들고 있던 서류를 떨어뜨렸다. 그는 고개를 들고 자베르를 가만히 바라보았다. 자베르의 말은 계속되었다.

"어떤 가난한 영감이 작년 가을 남의 집 담을 타고 넘어가 사과를 훔치다가 체포되었습니다. 가벼운 죄라서 유치장에 넣었는데 툴롱 감옥에 함께 있었던 전과자가 그 영감이 장 발장이라는 것을 알아본 겁니다. 그래서 조사를 시작했지요. 알고 보니 감옥을 나오자마자 신분을 감추려고 어머니 성을 따서 숨어살고 있었습니다. 나이도 똑같고 키와 몸집도 비슷했습니다. 제가 파리 경시청에 고발장을 보낸 것이 바로 그 무렵이었습니다."

"분명히 그 사람이 장 발장이라고 했소?"

마들렌 씨가 아주 낮은 소리로 물었다.

"그렇습니다."

자베르는 고통스러운 듯 얼굴을 일그러뜨리며 애서 웃음을 지어 보였다.

"진짜 장 발장을 만나본 지금에 와서 제가 어떻게 그런 어처구니없는 생각을 하게 되었는지 모를 지경입니다. 부디 용서해 주십시오. 그 전과자는 재범입니다. 가택침입에다 절도죄지요. 게다가 지난 번 소년의 돈을 훔친 일도 있으니 종신형을 살게 될 겁니다. 그런데 자기는 장 발장이 아니라고 우기고 있습니다만, 소용없을 겁니다. 증거가 있으니까요. 오늘 아침 아라스 중죄 재판소에 넘겨졌습니다."

"재판은 언제요?"

"내일입니다."

마들렌 씨는 자베르의 눈에 띄지 않을 만큼 가볍게 몸을 떨었다. 그리고 자베르에게 그만 나가라는 손짓을 해 보였다. 하지만 그는 나가지 않았다.

"시장님, 제가 잘못했습니다. 절 파면시켜 주십시오."

마들렌 씨가 자리에서 일어났다.

"자베르 씨, 당신은 명예를 소중히 여기는 사람이오. 난 당신을 한편으론 존경하고 있소, 게다가 이 일은 나 한 사람에게 무례한 일일 뿐이오. 그대로 남아 직분에 충실하길 바라오."

자베르가 순진한 눈길로 마들렌 씨를 바라보았다. 그 눈동자 깊숙한 곳에는 그다지 총명하지는 못하나, 엄격하고 순결한 그의 양심이 뚜렷이 드러나 보이는 것 같았다.

"아닙니다. 전 시장님께 부당한 혐의를 두었습니다. 게다가 아무 증거도 없이 홧김에 만인의 존경대상이신 시장이며 행정관이신 분을 고발했습니다. 이건 중대한 일입니다. 시장님, 제가 악인과 부랑자들을 처벌할 때마다 가끔 제 자신에게 말하는 것이 있습니다. '만약 너도 실수를 하고 잘못을 저지른다면 단단히 각오를 해야 한다.'고 말입니다. 그러니 절 해고해 주십시오. 형사 자베르를 파면하실 것을 요청합니다."

자베르의 이야기는 모두 거짓과 가식이 아닌, 겸손과 긍지와 절망과 확신으로 가득 찬 말투로 이어졌다.

"그럼 며칠만 생각해 봅시다."

마들렌 씨가 말하며 그에게 손을 내밀었다. 자베르는 부끄러운 기색으로 악수를 한 후 뒤로 물러섰다. 그리고는 공손히 경례를 하고 문을 나갔다.

"시장님, 후임자가 올 때까지만 근무를 계속하겠습니다."

마들렌 씨는 돌이 깔린 복도를 지나 멀어져 가는 자베르의 힘찬 발소리를 들으며 생각에 잠겼다. 그날 오후 마들렌 씨는 여느 때와 마찬가지로 판틴을 만나러 갔으며 여느 때와 똑같이 업무에 임했다. 하지만 저녁에 자기 집으로 돌아온 그의 마음속에는 폭풍우가 몰아치고 있었다. 프티 제르베 사건 뒤 장 발장에게 무슨 일이 일어났는가 하는 것은 이미 앞에서 언급한 바와 같다. 그 뒤로 장 발장은 마들렌 씨가 되어 아주 다른 사람으로서 살았다. 미리엘 주교가 장 발장에게 바라던 바로 그런 삶을 살고 있는 것이다. 하늘의 도움을 받았는지는 모르지만 그는 용케 자기의 옛날 자취를 감추었다. 기념으로 남겨 둔 촛대만 빼고 은그릇을 팔아 이 고장에 들어왔고 사업을 이루어 마침내 커다란 성공을 거두었다. 과거의 잘못을 생각하고 양심의 가책을 느끼기도 하고 진심을 다해 속죄했다. 평화와 안식과 희망을 품고서 이제는 두 가지 일만 생각하고 있는 중이었다. 본명을 숨기고 성스럽게 사는 일과 속된 세상에서 벗어나 하느님께 돌아가는 일이었다. 주교로부터 받은 촛대를 아주 소중하게 간직하고, 주교를 위해 상복을 입고 소년들을 보게 되면 불러들여 프티 제르베가 아닌지 물어 보고, 자기 가족의 생사를 알아보고, 자베르의 기분 나쁜 감시에도 불구하고 포슐르방 노인의 목숨을 구했다.

하지만 자베르가 오늘 아침 사무실에 들어와 이야기하기 시작했을 때부터 그의 마음은 어지러워지기 시작했다. 깊숙이 파묻어 둔 자기 이름이 불쑥 튀어나온 순간 그는 크게 놀랐다. 마치 천둥과 번개를 머금은 시커먼 구름이 머리 위로 덮쳐오는 것만 같았다. 자베르의 이야기를 듣는 동안 제일 먼저 떠오른 생각은 아라스로 달려가 자백을 하고 그 죄수를 구해내야 한다는 것이었다. 하지만 그것은 생살을 도려내는 쓰라린 고통이었다. 주교의 거룩한 말을 잊지 않고 오랜 세월 동안 회개와 자기희생을 하면서 살아온 그가 마침내 이처럼 무서운 운명에 마주치게 된 것이다. 지금까지 쌓아온 모든 것을 포기하고 감옥에 들어갈 것인지, 아니면 모른 척할 것인지 지극히 인간적인 갈등을 겪게 된 그는 혼란스럽기만 했다.

'난 어차피 프티 제르베의 돈을 훔쳤다. 형무소로 가야 한다.'

'아니다, 지금 나를 대신해 붙잡혀 있는 그 노인은 어차피 운이 없는 사람이다. 가만히 내버려두면 나는 안전하다.'

이런 생각이 번갈아 떠올랐다. 하루 종일 번뇌가 그의 마음을 괴롭혔다. 하지만 결국 그의 양심, 곧 그의 하느님이 승리하고 말았다. 그는 주교를 생각했다. 주교는 그에게 정직하고 착한 인간으로 되돌아가 올바른 사람이 되라고 말했다. 아무리 신분을 철저히 속이고 아무렇지도 않게 살아가고 있더라도 끔찍한 착오 때문에 자기를 대신해 희생될 다른 사람을 모른 척 할 수는 없었다. 자수해서 그 죄수를 구하고 자기 의무를 다하는 것만이 지옥에서 벗어나는 일이었다. 그는 주교가 바로 눈앞에 있는 것처럼 느껴졌다. 이 사나이를 구하지 않는다면 앞으로 아무리 거룩한 일을 많이 한다 해도 주교에게는 더러운 인간으로 보일 것만 같았다. 세상 사람들은 가면을 보지만 주교는 자기의 진짜 얼굴을 보고 있을 것이라는 생각이 들었다. 아라스로 가서 가짜 장 발장을 구하고 진짜 장 발장인 자신을 고발해야만 했다. 그것이야말로 자기가 할 수 있는 가장 큰 희생이며, 가장 가슴 아픈 승리이며, 뛰어넘어야 할 마지막 장애물이었다.

자백

 아라스 중범 재판소에서는 밤늦게까지 불을 밝히고 한 전과자의 재범 사건을 재판하는 중이었다. 죄수는 남의 집 담을 넘어가 사과를 훔쳤는데, 전에 툴롱 형무소에서 복역했다는 이유로 아주 불리한 상태에 놓여 있었다. 피고 심문과 증인 진술은 끝났지만 검사 논고는 아직도 남아 있어서 자정까지는 공판이 끝나지 않을 것 같았다. 법정은 꽤 넓었지만 어두컴컴했고 소란하다가 다시 조용해지곤 했다. 많은 사람들이 지켜보는 가운데 형사소송 재판이 야비하고도 음울한 위엄을 갖추고서 열리고 있었다. 방청객들의 눈길은 온통 왼쪽 벽을 따라 놓인 의자에 쏠려 있었다. 거기에는 한 사나이가 두 헌병 사이에 침울하게 앉아 있었다. 나이는 적어도 예순 살은 되어 보였는데, 어딘가 거칠고 멍청한 인상이었지만 고양이 앞의 쥐 마냥 겁먹은 표정이 역력했다. 이 사나이가 바로 장 발장이라고 기소된 사람이었다. 사건 진상은 이미 모든 변론을 통해 드러나 있었다. 증인 진술도 끝났고 조사도 끝나 있었다. 검사 기소문은 다음과 같았다.

 '피고는 사과를 훔친 단순한 절도범이 아니라 오래 전부터 당

국에 수배 중이던 장 발장이라는 강도로 재범자이며, 지극히 위험하고 극악무도한 자이다. 또한 8년 전 석방되었을 때 프티 제르베라는 소년을 상대로 강도짓을 했다.'

죄수는 그런 기소문의 내용을 듣고서 놀라는 눈치였다. 부인하는 몸짓을 하는가 하면 초점 잃은 눈길로 천장을 바라보기도 했다. 말도 간신히 하고 대답도 더듬거리고 있었지만 끝끝내 자기는 장 발장이 아니라고 호소하고 있었다. 검사는 논고를 계속하다가 툴롱 형무소에서 장발장과 함께 있었다는 복역수 한 명을 증인으로 불러냈다. 재판장이 그에게 물었다.

"증인은 피고를 보고 잘 생각해 보시오. 이 사나이가 장 발장이 틀림없는지, 아니면 다른 사람인지 하느님 앞에 당신의 양심과 영혼을 걸고 대답하시오."

브르베는 피고의 모습을 한참 동안 유심히 바라보고 나서 재판장석을 향해 돌아섰다.

"네, 재판장님, 저 사나이를 첫눈에 보았을 때 전 금방 알아보았습니다. 분명합니다. 저 자가 바로 장 발장입니다. 지금은 조금 멍청해 보입니다만 그건 나이 탓이겠지요. 형무소에서는 골치 아픈 놈이었습니다. 아무렴요, 전 이 작자를 분명하게 기억합니다."

"자리에 앉으시오."

재판장이 말했다.

"피고, 잘 들었겠지? 마지막으로 무슨 할 말이 있나?"

이때 재판장 바로 옆에서 사람이 움직이는 기척이 나더니 한마디 외치는 소리가 들렸다.

"브르베! 이쪽을 보라!"

모든 사람들의 눈이 동시에 그리로 쏠렸다. 그 소리는 너무나도 비통하고 무섭게 울렸으므로 듣는 이의 심장을 얼어붙게 했다. 한 사나이가 천천히 걸어와 법정 한가운데에 섰다. 재판장과 검사를 비롯해 모든 사람들이 그를 알아보고 외쳤다.

"아아, 마들렌 씨다!"

마들렌 씨는 미처 깨닫지 못하고 있었지만 몽트뢰유 쉬르 메르의 시장은 아주 유명한 사람이었다. 그 동안 그가 쌓은 선행에 대한 명성은 그 지방 경계선을 넘어서 주위까지 퍼져 있었다. 그 지방 141개 마을 중에서 그에게서 조금이라도 은혜를 입지 않은 마을은 하나도 없었다. 그는 다른 마을의 경제에도 영향을 주었기 때문에 어느 곳에서나 사람들은 존경하는 마음을 담아 그의 이름을 입에 올리고 있었다. 아라스나 두웨 시민들은 그런 시장을 모시고 있는 작은 도시를 진심으로 부러워하고 있었다. 재판장 역시 많은 사람들로부터 진정한 존경을 받고 있는 그 이름을 잘 알고 있었다.

마들렌 씨는 한 손에 모자를 들고 법정에 섰다. 하지만 그는 창백한 얼굴을 한 채 조금 몸을 떨었다. 아라스에 도착했을 때만 해도 희끗희끗하던 그의 머리가 지금은 새하얗게 변해 있었다. 법정에 들어오고 나서 한 시간 동안 하얗게 변해버린 것이다. 꾸벅꾸벅 졸던 방청객을 포함해서 모두들 그를 향해 고개를 들었다. 방청객들은 한동안 어리둥절했다. 재판장과 검사가 입을 채 열기도 전에 마들렌 씨가 브르베에게 물었다.

"날 기억하지 못하겠는가?"

증인은 당황해서 고개를 좌우로 흔들었다. 그 모습을 본 마들렌 씨가 배심원과 재판장 쪽을 향해 조용한 목소리로 이렇게 말했다.

"배심원 여러분, 피고를 석방해 주시오. 그리고 재판장님, 절 체포해 주시기 바랍니다. 당신들이 찾고 있는 사람은 저 사람이 아니라 바로 접니다. 제가 장 발장입니다."

모두들 숨을 죽였다. 묘지 같은 정적이 찾아 왔다. 군중들은 마치 종교적인 공포에 사로잡혔다. 마들렌 씨가 온화하고 위엄에 찬 목소리로 이야기를 시작했다. 그의 음성 한마디 한마디가 너무 또렷이 재판장 전체에 울려 퍼졌다.

"당신들은 엄청난 과오를 저지를 뻔했습니다. 이 사건을 잘 알고 있는 사람은 저뿐입니다. 지금 제가 하는 말은 모두 사실입니다. 하늘에 계시는 주님께서 저를 내려다보고 계십니다. 전 이제까지 이름을 바꾸어 정체를 숨긴 뒤 부자가 되고 시장까지 되었습니다. 정직한 사람으로서 살아가고 싶었습니다. 하지만 주교 어른 댁에서 물건을 훔친 것은 사실입니다. 프티 제르베의 돈을 훔친 것도 분명한 사실입니다. 부디 저를 체포해주십시오."

 그의 말 한마디 한마디에 얼마나 깊은 슬픔이 어려 있었는지 말로는 표현할 방법이 없다. 그 불행한 사나이는 애써 웃음을 지으며 방청객과 판사들 쪽으로 돌아섰다. 그 웃음을 본 사람들은 지금도 그것을 떠올리기만 하면 가슴이 저려온다고 말한다. 그것은 승리의 웃음이면서도 절망의 웃음이기도 했다. 법정 안 사람들은 누구라고 할 것도 없이 모두가 혼란에 빠져 넋을 잃었다. 재판장도 검사도 헌병도 모두 자기가 수행해야 할 임무를 잊고 있었다. 이때 자신들이 무엇을 느끼고 있는지도 몰랐을 것이다.

 아마 자신들이 위대한 빛에 둘러싸여 있다는 것조차 의식하지 못하고 있었을 것이다. 사람들은 오로자 눈이 어지러워지는 현기증만을 느꼈다.

"더 이상 법정을 혼란에 빠지게 하고 싶지는 않습니다."

장 발장은 곧바로 말을 이었다.

"아무도 절 체포하지 않으시니 돌아가겠습니다. 여러 가지 해야 할 일이 있으니까요. 검사님은 제가 누구며 어디에 사는지 잘 알고 계실 테니 언제라도 절 체포하실 수 있을 겁니다."

 그는 문으로 걸어갔다. 모두들 순순히 길을 비켜주었다. 그 순간 사람들로 하여금 뒤로 물러서서 그에게 길을 내주게 하는 어떤 신성한 힘이 있었다. 그로부터 한 시간도 채 못 되어 배심원들은 억울하게 형을 살 뻔했던 노인에 대한 기소를 모두 취하하기로 결정했다.

불운할 뻔 했던 노인은 석방되자 무슨 영문인지도 모르는 채 어리둥절해하며 어둠속으로 사라져갔다.

죽음

 날이 밝아오기 시작했다. 판틴은 열에 들떠서 잠을 이루지 못하다가 새벽녘에야 가까스로 잠이 들었다. 밤새 판틴을 간호하던 수녀는 그녀가 잠든 틈을 타서 물약을 만들고 있었다. 그러다가 문득 뒤를 돌아다보고는 가벼운 비명을 질렀다. 아무 기척도 없이 마들렌 씨가 들어왔기 때문이었다.
 "어머나, 시장님!"
 "그녀는 좀 어떻소?"
 "걱정스러워요."
 수녀는 그에게 판틴의 병세를 상세하게 이야기해 주었다. 엊저녁에는 몹시 상태가 악화되었지만 지금은 시장님이 코제트를 데리러 몽페르메유로 간 줄로만 알고 있기 때문에 조금 나아졌다는 것이었다.
 "참 다행이오. 사실대로 말해주지 않기를 잘했소."
 "하지만 아이를 데려오지 않은 사실을 알게 될 텐데 어떻게 하지요?"
 장 발장은 잠시 묵묵히 있다가 말했다.
 "하느님께서 지혜를 주시겠지요."

그들은 판틴이 있는 병실로 들어갔다. 그녀는 잠들어 있었다. 가냘픈 숨을 쉴 때마다 고통스럽게 헐떡이는 소리가 났다. 하지만 얼굴은 부드러운 빛을 띠었다. 핏기 없던 얼굴은 맑아져 있었고 뺨은 보기 좋게 발그레했다. 그녀의 순결과 청춘에서 남겨진 단 하나의 아름다움인 긴 갈색 눈썹은 감겨진 채 미세하게 떨리고 있었다. 그녀는 때때로 온몸을 바들바들 떨었는데, 아마 인간의 육체는 죽음의 신비스러운 손가락이 영혼을 꺾으려는 순간이 다가오면 그렇게 되는 모양이었다. 마들렌 씨는 한참 동안 침대 옆에 가만히 서서 병자를 바라보았다. 이윽고 판틴이 눈을 뜨더니 시장을 보았다. 그리고 웃으면서 조용한 목소리로 물었다.

"코제트는요?"

그녀의 온몸은 기쁨으로 떨렸다. 이 짧막한 물음에 깊은 믿음과 강한 확신이 넘쳐 흐르고 있었다.

"진정해요. 아이는 저쪽에 와 있으니까요."

판틴의 눈이 환히 빛났다. 기도를 할 때 짓는 가장 격렬하고도 고요한 표정으로 두 손을 모았다.

"얼른 이리로 데려다 주세요."

"아직은 안 돼요."

수녀가 나섰다.

"아직 열이 내리지 않았으니까, 아이를 만나면 흥분하게 되어 몸에 해로워요. 우선 병부터 나아야지요."

판틴은 흥분에 들떠서 어쩔 줄 몰랐다. 마들렌 씨는 그녀의 손을 꼭 쥔 채 걱정스럽게 쳐다보았다. 그는 여러 가지 할 말이 있어서 그 자리에 온 것이었지만 좀처럼 말을 꺼내기가 어려웠다. 판틴은 말을 하면서도 기침이 나와 말이 자꾸 끊어졌다.

"아, 들려요, 우리 아이 목소리가 들려요. 우리 코제트. 우린 얼마나 행복해질까. 우선 조그마한 뜰이 생기는 거야. 마들렌 씨가 주신다고 약속했는걸. 그 애는 이제 일곱 살이 되었어요. 앞으로 겨우 5년 뒤에 하얀 베일을 씌우고 레이스로 짠 양말을 신기면 어엿한 아가씨가 되겠네요."

그녀는 웃으며 계속 이야기하기 시작했다. 마들렌 씨는 고개를 푹 숙이고 곰곰이 생각에 잠겼다. 그러다 그녀가 갑자기 이야기를 그치기에 놀라 고개를 들었다. 판틴의 표정은 무서움에 질려 고통스럽게 일그러진 상태였다. 방금 전까지만 해도 앞날에 대한 꿈으로 빛나던 얼굴이 새파랗게 변한 채 방 저쪽을 쳐다보고 있었다. 마들렌 씨가 뒤를 돌아보았다. 거기에 자베르가 서 있었다.

법정에서 마들렌 씨가 나간 뒤 검사는 충격에서 깨어나 마들렌 씨를 체포하기로 결정했다. 체포영장이 바로 발부되었고, 자베르는 냉정하고 침착하게 부하들을 데리고 병원으로 찾아 온 것이었다. 마들렌 씨의 눈길이 자베르의 눈길과 마주쳤을 때 자베르는 꼼짝도 하지 않고 무서운 표정을 짓고 있었다. 그것은 지옥으로 떨어진 인간을 발견한 악마의 얼굴 그 자체였다. 드디어 장 발장을 잡았다는 확신이 깃들어 보였다. 장 발장의 흔적을 놓치고 나서 잠시나마 혼란을 겪었던 굴욕감은 이제 자랑스러움과 승리감으로 바뀌어 있었다. 특유의 고압적인 태도에는 만족감이 넘쳐흘렀다. 자베르가 자기를 잡으러 온 줄 안 판틴이 고통스럽게 외쳤다.

"마들렌 씨, 살려주세요."

장 발장이 자리에서 일어섰다. 그런 다음 부드럽고 침착한 태도로 판틴을 달랬다.

"걱정 말아요. 저 사람은 당신을 잡으러 온 게 아니니까 안심해요."

"빨리 나오지 못해!"

"시장님,"

울음 섞인 목소리로 절망스럽게 판틴이 외쳤다.

"한 가지 부탁이 있소."

장 발장이 말했다.

"사흘만 여유를 주시오. 이 가엾은 여자의 아이를 데려오게 사흘만 여유를 주시오."

"농담할 때가 아냐!"

자베르가 소리쳤다.

"도망칠 수 있도록 사흘의 여유를 달라는 거 아닌가? 뭐, 저 창녀의 새끼를 데리러 간다고?"

그 말을 듣자 판틴이 부르르 떨기 시작했다.

"우리 아이를 데리러 간다고요? 그럼 코제트는 여기에 없단 말인가요. 우리 코제트는 어디 있어요? 시장님, 마들렌 씨!"

자베르는 판틴을 노려본 다음, 장 발장의 멱살을 고쳐 잡으며 다시 말했다.

"이젠 마들렌 씨도 시장도 없어. 다만 장 발장이란 전과자가 있을 뿐이야. 나는 지금 그 놈을 잡아 가는 거야. 알겠어!"

판틴은 뻣뻣해진 두 팔과 손으로 침대를 짚고 별안간 벌떡 일어나 앉았다. 그런 다음 장 발장과 자베르를 번갈아 쳐다본 뒤, 무슨 말을 하려는 듯이 입을 열었다. 그르렁거리는 소리가 목구멍에서 나왔고 이가 딱딱 마주쳤다. 그리고는 고통스러운 표정으로 두 팔을 뻗어 허공을 휘젓다가 베개 위로 쓰러져버렸다. 머리가 가슴 위로 수그러졌다. 판틴은 그렇게 죽었다. 장 발장이 자베르의 손을 세차게 떼어내며 말했다.

"당신이 이 여자를 죽였소."

"허튼 수작 마라. 얼른 가자, 그렇지 않으면 망신스럽게 수갑을 채울 테다."

방 한쪽 구석에는 낡은 쇠침대가 하나 있었다. 장 발장은 그쪽으로 다가가 눈 깜짝할 새에 침대머리에 붙은 쇠막대를 뜯어냈다. 그것을 힘껏 쥐고는 자베르를 쏘아보자 자베르는 자신도 모르게 문 쪽으로 뒷걸음질을 쳤다. 장 발장이 나지막하게 말했다.

"잠시 동안만 날 방해하지 말아주시오."

장 발장은 가만히 누워있는 판틴을 물끄러미 바라보았다. 그녀를 바라보는 그의 얼굴과 태도에서는 말할 수 없는 연민의 정이 흘러나왔다. 그렇게 잠시 생각에 잠겨 있다가 판틴에게 몸을 숙이고는 낮은 목소리로 뭔가 속삭이기 시작했다. 이 세상에서 버림받은 사나이는 죽은 여자에게 과연 무슨 이야기를 했을까. 그의 말은 살아 있는 사람의 귀에는 들리지 않았다. 이 장면을 목격한 단 한 사람인 수녀에 의하면 장 발장이 판틴의 귀에 대고 뭐라고 속삭이고 있을 때, 죽은 판틴의 그 창백한 입술과 텅 빈 눈동자 속에 뭐라 표현할 수 없는 미소가 떠오르는 것을 분명히 보았다는 것이다. 장 발장은 두 손으로 판틴 머리를 들어 베개 위에 편히 올려놓고 모자 속으로 머리카락을 쓸어 넣어 주었다. 그리고는 눈을 감겨주었다. 손 하나가 침대 밖으로 늘어져 있었다. 장 발장은 무릎을 꿇고 그 손을 들어 올려 천천히 입을 맞추었다. 이윽고 모든 일을 마치고 일어난 장 발장이 자베르를 향해 말했다.

"자, 이젠 마음대로 하시오."

코제트

오리옹 호

 1823년 여름 지방 신문들은 일제히 장 발장에 대한 기사를 다루었다. 마들렌 씨라고 가명을 쓴 장발장이라는 전과자가 붙잡혔다는 내용이었다. 북부 지방의 한 도시에서 꽤 성공해 시장에까지 선출된 이 전과자는 한 경찰관의 끈질긴 노력으로 그 정체가 밝혀져 드디어 체포되었다는 것이었다. 신문에 의하면 이 사나이는 비상한 체력을 소유한 자로서 유치장에서 탈주했지만, 경찰은 불굴의 의지로 다시 그를 체포할 수 있었다. 그런데 그는 며칠 사이에 은행에 예금해 두었던 6,70만 프랑이나 되는 돈을 찾아서 아무도 모르는 곳에 숨겨둔 모양이라고 추측했다. 이 도둑에게는 사형이 선고되었지만 그간의 선행이 알려진 탓인지 다행히도 왕이 관용을 베풀어 무기 징역으로 감형해 주었다. 장 발장은 즉시 악명 높은 툴롱 형무소로 이송되었다. 같은 해 가을, 툴롱 사람들은 군함 오리옹 호가 훈련 도중 태풍을 만나 파손된 부분을 수리하기 위해 항구로 돌아오는 것을 보았다. 그래서 날마다 툴롱 해안이며 부두에는 사람들이 모여 오리옹 호를 구경하는 일이 낙이었다. 그만큼 프랑스 해군의 자랑거리인 오리옹 호의 모습은 실로 장관이었다. 그러던 어느 날 아침, 구경꾼들은 뜻밖에 일어난 사고를 목격하게 되었다. 돛을 수리하던 선원 하나가 배 위에서 몸의 균형을 잃고 비틀거렸다. 선원은 바다를 향해 두 팔을 늘어뜨린 채 떨어지다가 돛 아래에 늘어진 밧줄을 겨우 잡고서 거기에 매달렸다. 밑에는 깊은 바다가 시커먼 입을 벌리고 있었다. 그가 떨어져 내린 반동으로 밧줄은 그네처럼 심하게 흔들렸는데 그는 불쌍하게도 바람이 불 때마다 밧줄 끝에 매달려 이리저리 흔들리고 있었다. 그를 구하자면 목숨을 건 위험을 각오해야 했다. 당연하게도 아무도 그를 구하겠다고 감히 나서지 못했다. 절박한 상황이었지만 모두들 이도저도 못하고 발만 동동 구를 뿐이었다. 시간이 많이 흐르고 그 동안 가엾은 선원은 지쳐서 힘이 다 빠져버렸다. 그때 갑자기 한 사나이가 재빠르게 돛의 밧줄을 타고 기어오르는 것이 보였다. 붉은 옷을 입은 죄수였다. 돛대 꼭대기에 이르자 바람이 휙 불어 그가 쓴 모자를 날려버렸다. 백발이 성성한 머리가 보였다. 툴롱 감옥의 노역수인 그 죄수가 선원을 구하겠다고 자원한 것이었다. 눈 깜짝할 사이에 그는 활대까지 올라갔다. 이윽고 죄수는 활대 위를 달려, 갖고 올라간 밧줄의 한쪽 끝을 묶더니 이번엔 반대로 그 줄을 타고 내려가기 시작했다. 선원들은 물론이고 모든 사람들이 숨을 죽이고 그 광경을 지켜보았다.

  백발의 죄수는 기진맥진한 선원 옆에까지 내려가 한 손으로는 밧줄을 잡고 다른 한 손으로는 선원의 몸을 밧줄로 묶었다. 마침내 다시 활대로 올라간 그는 선원을 끌어올렸다. 그 순간 군중들은 환호성을 질렀다. 두 손을 모은 채 눈물을 흘리는 사람들도 있었다. 감격한 목소리로 저 사람을 용서해주라고 외치는 소리도 들렸다. 모자가 벗겨진 탓에 백발을 날리며 죄수는 다시 노역장으로 돌아가기 위해 거기서 내려오기 시작했다. 그는 빨리 내려오려고 돛 속으로 내려서서 활대를 달리기 시작했다. 사람들은 일순간 불안감에 사로잡혔다. 기운이 빠졌던지, 아니면 어지러웠는지 그가 갑자기 주춤거리더니 비틀거렸다. 군중들이 일제히 비명을 질렀다. 죄수가 바다로 떨어진 것이다. 다른 군함들이 바로 그 옆에 닻을 내리고 있었기 때문에 자칫하면 죄수는 그 배들 밑으로 빨려 들어갈 위험이 많았다. 네 명의 해군이 급히 보트로 뛰어올라 그를 찾기 시작했다. 사람들은 초조한 표정으로 그들의 구조작업을 바라보았다. 하지만 그걸로 끝이었다. 죄수는 영영 물 위로 떠오르지 않았다. 다음날 툴롱 신문에는 다음과 같은 기사가 실렸다.

'어제 오리옹 호에서 노역을 하던 한 죄수가 선원을 구조하고 내려오다가 바다에 떨어져 익사했다. 시체는 발견되지 않았다. 아마 해군 부두 모서리에 있는 말뚝에 걸린 것 같다. 죄수 이름은 장 발장이라고 한다.'

만남

몽페르메유는 조용하고 아름다운 고장이었지만 높은 지대에 있기 때문에 물이 귀했다. 물을 길어오려면 먼 데 있는 숲속의 샘까지 가야 했다. 어느 집에서나 물을 길어오는 것이 골칫거리였다. 코제트가 특히 무서워하는 일이 바로 이것이었다. 판틴에게서 돈이 오지 않은 뒤부터 테나르디에 부부는 코제트를 하녀로 부려먹고 있었다. 물을 긷는 것도 당연히 그 아이의 일이었다. 아이는 밤에 샘까지 물을 길러 가는 일을 소름 끼치도록 무서워했다.

1823년 크리스마스 전날이었다. 몽페르메유는 오랜만에 북적거렸다. 거리는 각종 장신구의 불빛으로 반짝거렸고 어느 가게나 사람들을 끌기 위해 촛불을 켜놓고 있었다. 테나르디에 부부가 운영하는 여관이 있는 거리에 오래된 가게가 하나 있었는데, 번쩍번쩍 빛나는 싸구려 장식품 같은 것들이 진열되어 있는 이른바 잡화점 같은 곳이었다. 그런데 이 흔하디흔한 가게의 진열장 앞줄에는 60센티미터 가량 되는 커다란 인형이 놓여 있었다. 장미 빛 비단옷을 입고 금빛 머리카락에 에나멜 눈이 박혀 있는 예쁜 인형이었다. 동네 아이들은 누구나 할 것 없이 이 아름다운 인형에 넋을 잃은 채 하루 종일 그 자리를 떠나지 않았다. 하지만 이곳에는 그렇게 값비싼 인형을 아이들에게 사줄 수 있을 만큼 형편이 넉넉한 어머니는 없었다. 테나르디에의 딸들도 예외는 아니어서 몇 시간이고 그것을 쳐다보고 있을 뿐이었다. 그날 밤에도 물을 길러 통을 들고 나간 코제트는 너무나도 무섭고 걱정이 되었지만 한편으론 가게의 그 예쁜 인형에 잠시 빠져 있었다. 가엾은 소녀는 그 앞에서 화석처럼 굳어진 상태로 넋을 빼앗겼다. 인형은 그녀에게 단순한 장난감이 아니라 환상이었다. 보다 정확히 표현하자면 꿈속의 기쁨과 빛과 행복 같은 것이었다. 서글프고 비참한 소녀에게는 일종의 찬란한 빛이었다. 거기에 마음을 빼앗기고 있는 동안은 모든 것을 잊을 수 있었다. 그러다가 느닷없이 들려온 테나르디에 아내의 거친 목소리가 그녀를 다시 현실로 불러들였다.

"아니, 저 멍청이 좀 봐. 아직도 안 갔잖아. 이년아, 냉큼 갔다 오지 못해!"

코제트는 물통을 들고 서둘러 그곳에서 달아났다. 물을 길러 가야 할 곳은 숲속에 있는 샘이었다. 들판에서는 한겨울의 찬바람이 불어오고 있었다. 숲은 캄캄했고 조용했다. 어둠에 묻힌 숲의 모습이 으레 그렇듯이 커다란 나뭇가지들이 무시무시한 형상으로 사방으로 뻗어 있었다. 보기 흉하게 말라비틀어진 덤불이 서로 스치는 소리를 내었다. 코제트는 무서움에 떨면서 샘에 도착했다. 물을 퍼서 물통을 들어 올린 그녀는 비틀거리며 열 걸음쯤 걸어갔지만 통이 너무 무거워서 더 이상 걸을 수가 없었다. 그녀의 비쩍 마른 두 팔은 축 처지고 뻣뻣했으며 무쇠손잡이를 붙든 젖은 두 손은 차갑게 얼어붙어 감각조차 없었다. 힘이 들어 걸음을 멈출 때마다 통에서 찬물이 넘쳐 나와 헐벗은 다리에 튀었다. 그녀는 겨우 여덟 살짜리 꼬마였다. 코제트는 고통스러운 듯이 숨을 몰아쉬었다. 흐느낌이 북받쳐 목이 메었지만 울 수도 없었다. 걸음은 너무 더디어 많이 걷지도 못했다. 이러다가는 여관까지 돌아가는데 한 시간도 더 걸릴 것이고 결국에는 매를 맞겠다는 생각에 자기도 모르게 탄식이 흘러나왔다.

"하느님, 하느님!"

그 순간 갑자기 물통이 가벼워졌다. 어마어마하게 큰 손 하나가 어두움 속에서 튀어나와 물통 손잡이를 잡아 힘차게 들어 올렸다. 코제트가 고개를 들었다. 커다란 사나이가 그녀와 나란히 선 채 밤하늘을 응시하고 있었다. 물을 길러 숲으로 가는 동안 계속 그녀의 뒤를 따라왔는데도 코제트는 그것을 깨닫지 못했다. 사나이는 아무 말 없이 물통의 손잡이를 움켜잡은 채 코제트와 눈을 마주쳤다. 인생의 어떤 사건이든, 그것에 말없이 따르는 본능이라는 것이 있는 법이다. 코제트는 이상하게도 어둠 속에서 나타난 이 커다란 남자가 하나도 무섭지 않았다. 사나이가 그녀에게 말을 걸었다. 나지막하고 차분하고 따뜻한 목소리였다.

"네가 들기엔 너무 무겁구나."

"네, 그래요."

코제트가 고개를 들고 대답했다.

"이리 주렴, 아저씨가 들어다 줄게."

코제트는 물통을 놓았다. 사나이가 물통을 들고 아이와 나란히 걷기 시작했다.

"이건 정말 무겁구나."

그가 중얼거렸다.

"넌 몇 살이니?"

"여덟 살이오."

"어디로 가니?"

"여기서 15분쯤 걸려요."

"너한테는 어머니가 안 계신 모양이로구나?"

"저도 몰라요. 다른 아이들한테는 다 있는데 저는 없어요."

사나이는 문득 걸음을 멈추고 소녀의 얼굴을 어둠 속에서 훑어보았다. 코제트의 야윈 얼굴이 구름 속 달빛을 받아 흐릿하게 보였다.

"이름이 뭐니?"

"코제트요."

사나이가 갑자기 발걸음을 멈췄다. 마치 전기에 감전이라도 된 듯 보였다. 그는 잠시 서서 아이를 바라보다가 다시 걷기 시작했다.

"이렇게 캄캄한 밤에 누가 널더러 물을 길어오라고 했니?"

그는 침착하려 애쓰는 것 같았지만 목소리는 떨리고 있었다.

"테나르디에 아주머니가요. 여관을 하고 있는 주인집 아주머니예요."

"그래?"

사나이가 말했다.

"그럼 오늘 밤은 거기서 자야겠구나."

그의 걸음이 꽤 빨랐지만 코제트는 별로 힘들어하지 않고 잘 따라왔다. 아이는 이제 피로도 느끼지 않았다. 이따금 표현할 수 없는 안도감과 편안함을 느끼면서 사나이를 올려다보았다. 몇 분이 흘렀다. 사나이가 또다시 물었다.

"여관에는 하녀가 없니? 너 혼자뿐이니?"

"네. 에포닌하고 아젤마 아가씨가 있지만요. 아주머니 딸들이에요."

"그래? 그 애들은 뭘 하고 있니?"

"예쁜 인형들을 갖고 있어요. 별의별 인형을 다 갖고 재밌게 놀아요."

"하루 종일?"

"네, 아저씨."

"그럼 넌?"

"난 일하지요."

"하루 종일?"

아이는 그 커다란 눈을 쳐들었다. 어두워서 잘 보이지는 않았지만, 그 눈에는 눈물이 고여 있었다. 아이가 조용히 대답했다.

"네."

그들은 얼마 지나지 않아 마을에 도착했다. 여관이 가까워지자 코제트가 사나이의 팔을 잡았다.

"아주머니가 보면 매를 맞아요. 물통을 제가 들어야 해요."

사나이가 아이에게 물통을 건네주었다. 잠시 후에 그들은 여관에 들어섰다. 문이 열리자 기다렸다는 듯이 테나르디에 아내가 촛불을 들고 나왔다.

"오, 너로구나, 이 거지 같은 년아! 여태 뭘 하고 놀다가 이제 오는 게냐?"

"아주머니."

코제트가 벌벌 떨면서 겨우 말했다.

"이분이 주무시고 가신대요."

말이 끝나기가 무섭게 테나르디에의 부인이 표정을 애교 있게 바꾸면서 탐욕스러운 눈빛으로 손님을 바라보았다.

"여기서 묵으시겠다고요?"

"그렇소."

그는 보따리와 지팡이를 의자에 내려놓고서 식탁에 앉았다. 코제트가 얼른 거기에 포도주병과 잔을 가져다 놓았다. 사나이는 술잔에 포도주를 따라 겨우 입술만 축이고는 코제트를 유심히 바라보기 시작했다. 아이는 그다지 예뻐 보이지 않았다. 몹시 야위었고 창백했다. 여덟 살이면서도 이제 겨우 여섯 살 정도로만 보였다. 푹 꺼진 눈은 너무도 많은 눈물을 흘려 거의 빛을 잃고 있었다. 두 손은 동상 때문에 터져 있었다. 옷도 누더기나 다름없는 것을 걸치고 털옷도 없었다. 온몸에 검푸른 멍이 들어 있었다. 얻어맞은 자국일 것이다. 맨살이 드러난 다리는 새빨갛게 얼어 있었다. 이때, 문을 열고 이 집 딸들이 들어왔다. 아이들은 예쁘고 귀여웠다. 모두 쾌활하고 깨끗하고 통통하게 살찌고 생기가 있어 보였다. 옷도 따뜻하게 껴입었고 거리낌 없이 명랑하게 떠들고 있었다. 난롯가로 가서 인형 하나를 갖고서 장난치면서 즐거운 듯이 재잘거렸다.

코제트는 뜨개질을 하면서 그 애들이 놀고 있는 모습을 슬픈 눈빛으로 바라보곤 했다. 아이들의 인형은 색도 바라고 낡은 것이었지만 그래도 코제트의 눈에는 굉장한 것으로 보였다. 그녀는 태어나서 인형이라는 것을 한 번도 가져본 적이 없었다. 방안을 왔다 갔다 하던 테나르디에 마누라는 코제트가 일도 하지 않고 딸들이 놀고 있는 것을 멍하니 쳐다보고 있는 모습을 보자 분통이 터져 바로 고함을 질렀다.

"아니, 지금 그게 일하고 있는 거냐? 좀 맞아야 정신을 차리겠어?"

손님이 의자에 앉은 채로 그녀를 돌아보았다.

"아주머니."

그는 공손한 말투로 말했다.

"놀게 내버려두시지요."

"손님, 잘 모르시겠지만 저 앤 일을 해야만 돼요. 우리 집에서 공밥을 먹여줄 수는 없잖아요."

그녀가 퉁명스럽게 대답했다.

"애가 지금 하고 있는 일은 뭔가요?"

"우리 딸들이 신을 양말을 짜고 있는 거예요."

사나이는 양말도 신지 않아 새빨갛게 언 코제트의 발을 보면서 다시 물었다.

"이 양말은 한 켤레에 얼마짜리나 되는 겁니까?"

"적어도 20수는 되지요."

"그럼 5프랑 드릴 테니 나한테 파시겠소?"

옆에서 이들의 대화를 묵묵히 계속 듣고 있던 테나르디에가 드디어 나섰다.

"좋습니다. 원하신다면 5프랑에 양말을 드리지요."

"그럼 당장 돈을 내세요."

테나르디에 부인이 말했다. 사나이는 은화 하나를 주머니에서 꺼내 식탁 위에 놓았다. 그런 다음 코제트를 돌아보며 말했다.

"자, 이제 네 일은 내가 맡았으니 저쪽에 가서 놀도록 하렴."

테나르디에가 말없이 그 돈을 주머니에 집어넣었다. 입술을 깨문 테나르디에 마누라의 얼굴에는 못마땅한 표정이 가득했다. 코제트가 벌벌 떨면서 물었다.

"아주머니, 정말이에요? 놀아도 돼요?"

"그래, 놀아라."

앙칼진 대답이 낡은 여관에 울려 퍼졌다. 허락하기는 했지만 약이 올라 그런지 목소리가 평소보다 더 날카롭게 들렸다. 그런 다음 테나르디에 마누라는 손님 곁으로 다가갔다. 행색이 초라하기는 하지만 혹 자선을 베푸는 부자인지도 모른다는 생각이 뇌리를 강하게 스쳤기 때문이었다.

"손님,"

그녀가 억지로 부드러운 얼굴을 지으며 말을 걸었다.

"저도 저 애를 놀게 해주고 싶어요. 하지만 일을 시키지 않을 수가 없답니다. 우리가 동정해서 맡아 키우고 있는 가난뱅이 자식이에요. 저 애 어미한테서는 벌써 오래 전에 소식이 끊겼어요. 아마 죽은 모양이에요."

"아, 그렇습니까?"

"제 새끼를 버린 고약한 여자지요."

그들이 이야기를 나누고 있는 동안 코제트는 주인집 딸들이 놀다가 팽개친 인형을 발견하고 그것을 갖고 놀고 있었다. 하지만 큰딸인 에포닌이 그 광경을 보고 말았다. 에포닌은 어머니한테 가서 코제트가 자기들 인형을 갖고 논다고 일러바쳤다. 테나르디에 부인의 얼굴에는 당장 험악함과 추악함이 한데 뒤섞인 표정이 떠올랐다. 코제트가 자기 주제를 잊고서 감히 아가씨들의 인형에 손을 댔던 것이다. 그녀는 화가 머리끝까지 나서 목쉰 소리로 고함을 질렀다.

"코제트!"

코제트는 부르르 떨면서 인형을 살그머니 내려놓았다. 그리고는 소리 내 울기 시작했다. 하루 종일 당했던 서러운 일과 자기 처지가 생각나 자꾸만 눈물이 솟구쳐 올랐다.

"그 더러운 손으로 감히 우리 애들 인형에 손을 대?"

그녀는 탁자 밑에 웅크리고 있는 코제트에게 발길질을 하기 시작했다. 코제트는 아픔을 참지 못하고 비명을 지르면서도 그 자리에서 꼼짝도 하지 않았다. 이 광경을 지켜보고 있던 손님이 갑자기 밖으로 나갔다. 얼마 뒤 슬며시 밖으로 나갔던 사나이가 다시 들어왔다. 그는 아름다운 인형을 가슴에 안고 있었다. 바로 이 동네 아이들이 아침부터 황홀한 눈으로 쳐다보던 바로 그 동화 속의 인형이었다. 사나이는 그것을 코제트에게 주면서 따뜻한 목소리로 말했다.

"울지 말거라. 자, 이게 네 거다.".

코제트가 눈물범벅인 채 고개를 들었다. 태어나서 단 한 번도 들어본 적이 없는 다정한 말을 들은 그녀는 사나이와 인형을 번갈아 보더니 주춤주춤 뒤로 물러나 탁자 밑으로 깊숙이 들어가 버리고 말았다. 테나르디에를 비롯한 그곳 사람들은 꼼짝도 않고 서서 그 광경을 바라보았다. 집 안 전체가 무거운 침묵 속에 빠져버렸다. 곧바로 테나르디에 얼굴에는 의미심장한 주름살이 잡혔다. 본능적으로 손님한테서 돈 냄새를 맡은 것이었다. 그가 아내에게 다가가 나지막하게 수군거렸다.

"저 인형은 30프랑짜리야. 저 사내를 잘 모셔야겠어."

"얘, 코제트야."

테나르디에 마누라가 부드럽게 말했다.

"어서 인형을 받지 그러니?"

코제트는 용기를 내어 탁자 밑에서 나왔다. 얼굴에는 아직 눈물 자국이 남아 있었지만 커다란 두 눈에는 기쁨이 떠오르고 있었다.

"그래도 돼요, 아주머니?"

절망과 공포와 기쁨이 동시에 나타난 코제트의 그 표정은 누가 보았어도 어떤 말로도 표현할 수가 없었을 것이다.

"그럼, 물론이지, 네 거야. 이 손님이 네게 주시는 거니까."

"정말이에요, 아저씨?"

코제트가 다시 말했다.

"이 공주님이 제 거예요?"

나그네의 눈이 눈물이 글썽거리는 것 같이 반짝였다. 그리고 울지 않으려고 억지로 참는 듯이 보였다. 그는 코제트에게 고개를 끄덕여 보이고는, 인형을 그녀의 작은 손 안에 꼭 쥐어주었다. 누더기 옷에 뒤덮인 코제트의 가녀린 손이 인형의 리본과 화려한 장밋빛 천에 스쳐 그것을 꽉 끌어안는 순간은 참으로 기묘한 광경이었다.

동행

 이튿날 아침 날이 밝기 전부터 테나르디에는 책상 앞에 앉아서 그 이상한 손님에게 줄 계산서를 만들고 있었다. 원래는 20수만 받는 숙박비를 자그마치 23프랑으로 부풀린 계산서를 들고 테나르디에 마누라가 손님을 찾아가려는데 마침 손님이 문을 열고 들어왔다. 손에는 보따리와 지팡이를 들고 있었다.

"지금 떠나겠습니다."

"벌써 가시려고요?"

테나르디에 아내가 물었다.

"네. 계산은 얼맙니까?"

그녀는 망설임도 없이 접어들고 있던 계산서를 그에게 내밀었다. 사나이는 물끄러미 그것을 펴서 보았다. 하지만 생각은 다른 데 가 있는 모양이었는지 계산서에 대해서는 아무 말도 하지 않았다.

"주인아주머니, 이곳에서는 장사가 잘됩니까?"

"그럭저럭 먹고는 살아요."

그녀가 푸념을 늘어놓기 시작했다.

"요즘은 장사하기가 너무 힘들어요, 워낙 손님도 잘 들지 않고요. 우선 저 계집애만 해도 먹여 살리기가 얼마나 힘든지 몰라요."

"어제 그 애 말입니까?"

"네, 코제트 말고 또 누가 있겠어요. 남의 자식까지 키우자니 죽을 지경이랍니다."

사나이는 되도록 아무렇지도 않은 듯한 목소리로 말했다.

"그럼 제가 그 아이를 데려갈까요?"

"네? 코제트 말씀인가요?"

여관 안주인의 흥분된 붉은 얼굴이 아침 햇살을 받아 기쁨으로 빛나기 시작했다.

"아이고, 손님. 정말 친절하시기도 합니다. 맡아주세요. 데려가서 마음대로 하세요."

"좋습니다."

"정말로 아이를 데려가 주시겠다고요?"

이번엔 테나르디에가 나섰다. 그는 사나이에게 의자를 권한 다음, 가식적으로 친절한 표정을 지으며 사나이 앞으로 바짝 당겨 앉았다.

"선생님. 사실 저희들도 저 애를 무척 귀여워하고 있습니다."

"어떤 애 말씀이신가요?"

"물론 우리 코제트 말이지요. 선생님께서는 친절하게도 아이를 데려가시겠다고 하지만, 전 그것 없이는 허전해서 살 수 없을 것 같습니다. 저흰 부자는 아니지만 저 애를 무척 귀여워하고 있습니다. 그 동안 꽤 정이 들었어요. 저한테는 저 애가 아주 큰 즐거움이랍니다."

나그네는 아무 말 없이 여관 주인의 말을 경청했다.

"선생님 성함도 모르는데 저 아이를 데리고 가버리신다면 전 우리 종달새가 어디 가 있는지 몰라 걱정스런 날들을 보낼 수밖에 없습니다. 그러니 무슨 신분증명서라도 보여주시지요."

나그네가 상대방 마음속까지 꿰뚫어보는 눈초리로 그를 바라보면서 위엄에 찬 말투로 대답했다.

"테나르디에 씨. 파리에서 겨우 50리 떨어진 곳에 오면서 증명서를 갖고 다니는 사람은 없소. 코제트를 데려갈 수 있으면 그뿐이오. 데려가도 되겠소, 안 되겠소? 말만 하시오."

테나르디에는 상대가 만만한 사람이 아니라는 것을 날카로운 직감력으로 알아차렸다. 일이 이렇게 되자 얼른 끝내버리는 것이 낫겠다고 생각했다.

"선생님, 그러시다면 천오백 프랑은 받아야겠습니다."

사나이가 말을 듣자마자 주머니에서 낡은 가죽지갑을 꺼내 열고는 지폐 석 장을 뽑아내 탁자 위에 놓았다. 그리고 여관주인에게 단호한 어조로 말했다.

"코제트를 데려오시오."

잠시 뒤 코제트가 식당으로 들어왔다. 나그네는 갖고 온 보따리를 끌렀다. 그 속에는 조그만 모직 윗도리와 앞치마, 속옷, 속치마, 털실로 짠 양말, 가죽구두 등 여덟 살 소녀에게 필요한 모든 옷가지가 들어 있었다. 그런데 그것들은 모두 까만색이었다.

"자, 애야."

하고 사나이가 말했다.

"얼른 이것으로 갈아입고 오너라."

해가 뜰 무렵, 문을 열기 시작한 몽페르메유의 가난한 사람들은 남루한 옷차림을 한 노인이 커다란 장밋빛 인형을 품에 안은 상복차림의 코제트 손을 잡고 거리를 걸어가는 것을 보았다. 코제트는 커다란 눈을 치켜뜨고 힘차게 걷고 있었다. 그녀는 이따금 노인을 올려다보았다. 사람들이 보기에 그녀는 마치 하느님 옆에라도 있는 것 같은 표정이었다.

추격자

　파리 중심지를 벗어나 한적한 교외 쪽으로 가다보면 마르셰 오슈보라는 구역이 나온다. 밤은 숲속보다 더 한적하고 낮은 묘지보다 더 음산한 곳이다. 한참을 더 들어 가 그 동네에서도 가장 으슥한 거리모퉁이에 이르면 이층집이 한 채 서 있다. 자세히 뜯어보면 옛날에는 웅장했을 저택이지만, 이제는 사람들 눈에 잘 띄지도 않는 허름한 집일뿐이다. 무슨 이유인지는 모르겠지만 꽤 계급이 높은 사람이 살다가 버리고 간 곳임에는 틀림없어 보였다. 금이 간 유리문에는 종이가 발라져 있고 덧문마다 판자가 아무렇게나 못질되어 있었다. 장 발장이 잠이 든 코제트를 등에 업고 발걸음을 멈춘 곳은 바로 이 집 문 앞이었다. 장 발장은 파리에서 가장 한적한 이곳을 자기 집으로 골랐다. 열쇠를 꺼내 문을 열고 집안으로 들어섰다. 마룻바닥에 요가 깔린 게 전부인 초라한 방으로 들어가 코제트를 살그머니 눕혔다. 아이는 자기가 지금 누구하고 함께 있는지, 어디에 있는지도 모르면서 평화롭게 잠들어 있었다. 장 발장은 몸을 숙여 아이의 손에 입을 맞추었다. 9개월 전 영원히 잠들어버린 그 아이 어머니의 손에도 이렇게 입을 맞추었었다. 그때처럼 경건하고 애절한 감정이 솟구쳐 올라 그의 가슴을 가득 채웠다. 그는 코제트 옆에 무릎을 꿇었다. 그런 다음 코제트와 그녀의 어머니를 위해 하느님께 기도를 드렸다.

날이 훤히 밝았는데도 아이는 여전히 잠에서 깨어나지 않았다. 짐을 실은 마차가 한길을 지나가자 갑자기 집이 조금 흔들렸다.

"네, 아주머니."

코제트가 깜짝 놀라 눈을 뜨면서 소리쳤다. 그리고는 아직도 잠이 덜 깬 눈으로 침대에서 뛰어내려 벽 모서리로 손을 뻗쳤다. 그런데 이상했다.

"아니, 빗자루가 어디 갔지?"

그러다가 웃고 있는 장 발장을 보았다.

"아 참, 그렇지."

해맑게 웃으면서 아이가 말했다.

"안녕히 주무셨어요?"

코제트는 침대 밑에 있는 인형을 발견하고는 얼른 집어 들었다. 아침 내내 인형과 놀면서 장 발장에게 이것저것 물었다.

"여긴 어디예요? 파리는 넓어요? 테나르디에 아주머니가 사는 곳에서 멀어요? 이곳으로 찾아오지는 않을까요?"

그러다가 느닷없이 이렇게 외쳤다.

"아저씨, 여기는 정말 아름다운 곳이에요."

사실 이곳은 처참할 정도로 허름한 집이었지만, 그녀의 눈에는 세상 그 어느 곳보다 자유롭고 아름답게 느껴졌다.

"청소를 할까요?"

"그냥 놀고 있으면 된단다."

이튿날 새벽녘에도 장 발장은 코제트 침대 옆에 있었다. 거기서 꼼짝 않고 앉은 채 그녀가 눈을 뜰 때까지 지켜보았다. 무엇인가 말로 표현할 수 없는 신비로운 것이 그의 영혼 속에 스며들어오고 있었다. 그는 지금까지 그 어떤 것도 사랑해 본 적이 없었다. 그는 철저한 외톨이였다. 누구의 아버지나 애인이나 남편이나 친구가 되어 본 적이 없는 사람이었다. 그러다가 코제트를 처음 보았을 때, 그 아이를 테나르디에한테서 구출해냈을 때, 그는 자기 심장이 강하게 고동치는 것을 느꼈다. 그의 모든 정열과 애정이 일시에 눈을 떠서 그 아이에게로 달려들었다. 그가 이런 신비롭고 눈부신 광채를 가진 사랑을 느낀 것은 이번이 두 번째였다. 정말 그랬다. 저 미리엘 주교는 그의 마음에 미덕의 서광을 가져다주었다면, 코제트는 사랑의 서광을 가져다주었던 것이다. 한편 코제트도 자신도 모르는 사이에 하루하루 달라져가고 있었다. 너무 어렸을 때 어머니와 헤어진 그녀는 아무도 좋아하지 않았고, 아무도 그녀를 좋아하지 않았다. 하지만 첫날부터 정체 모를 이 노인을 사랑하기 시작했다. 그녀는 이제까지 한 번도 느껴본 적이 없던 기분을 맛보았다. 노인이 늙었다거나 가난하다고 생각하지 않았다. 그녀의 눈에는 장 발장이 아름답게만 보였다.

두 사람은 아무도 찾아오지 않는 이 허름한 집에서 행복한 나날을 보냈다. 날이 밝기만 하면 코제트는 일어나 웃고 재잘거리고 노래를 불렀다. 코제트에게 글을 가르치고 그녀와 함께 놀아주는 것이 장 발장이 하는 생활의 전부였다. 코제트는 그를 아버지라고 불렀다. 남들이 보았다면 누구라도 아무 의심 없이 이 두 사람을 부녀지간으로 느꼈을 것이다. 장 발장은 조심하느라 낮에는 결코 밖으로 나가지 않았다. 하지만 밤이 되면 코제트를 데리고 한두 시간씩 파리 근교를 산책하곤 했다. 두 사람은 가장 인적이 드문 길을 골라서 거닐었고 때로는 성당에도 출석했다. 코제트는 아버지와 함께 밖에 나가는 것을 무엇보다도 즐거워했다. 그녀는 아주 명랑한 아이가 되어가고 있었다.

그렇게 그해 겨울도 막바지에 이르렀을 무렵이었다. 장 발장은 코제트와 함께 동네 성당 부근을 지나고 있었다. 그곳 담벼락은 일흔 살쯤 되어 보이는 늙은 거지의 구걸 장소였다. 그날 밤도 여느 때와 마찬가지로 노인이 앉아 있는 것이 보였다. 장 발장은 그에게로 다가가서 늘 해오던 대로 돈을 주었다. 그러자 거지는 번개같이 빠른 동작으로 고개를 들고는 그를 뚫어지게 쳐다보더니 얼른 고개를 숙이는 것이 아닌가. 아주 순간이었지만 장 발장은 소름이 돋았다. 숨도 제대로 못 쉴 정도였다. 본능적으로 한마디도 말하지 않았다. 언뜻 본 그 거지는 분명 자베르였다. 장 발장은 그 자리를 얼른 떠났다. 그는 곧 작은 골목길로 접어들었다. 보름달이 밝게 비치는 밤이었다. 그늘진 쪽 집들과 담벼락을 따라가면서 가끔씩 환한 쪽을 살펴보았다. 코제트는 아무것도 묻지 않고 그를 따라 걸었다. 그녀는 자기도 모르는 사이에 노인의 기묘한 행동과 야릇하게 펼쳐지는 변덕스러운 운명에 이미 익숙해져 있었다. 그리고 그와 함께 있는 한 안전하다고 믿고 있었다. 자베르가 어떻게 알아냈는지는 몰라도 변장을 하고서 자기를 염탐하고 있다는 의혹이 들자 장 발장은 두 번 다시 집으로 돌아가지 않았다. 새로 몸을 숨길 수 있는 곳을 찾아 그 동네에 있는 수많은 미로를 돌아다녔다. 그런 일은 얼마 지나지 않아서 또 다시 벌어졌다. 퐁투아즈 거리에 있는 경찰서 앞을 지나갈 때였다. 세 남자가 꽤 가까운 거리를 두고 따라왔다. 언제부터 그랬는지 세 사나이는 말없이 한 곳만 응시한 채 그의 뒤를 따라 걷고 있었다. 그는 본능적인 직감으로 뒤를 돌아다보았다. 그중 한 명이 서둘러 경찰서 안으로 들어가는 모습이 보였다. 장 발장은 황급히 퐁투아즈 중심거리를 벗어나 다음 사거리로 들어섰다. 달은 그곳에도 환한 빛을 던지고 있었다. 골목 안 쪽 집 문간에 몸을 숨겼다. 3분 정도 지나자 그들이 모습을 드러냈다. 이번에는 네 사람으로 불어나 있었다. 사거리 한복판에 이르자 무슨 의논을 하는지 갑자기 걸음을 멈추었다. 공교롭게도 달빛이 그들 중 지휘관처럼 보이는 사나이 얼굴을 환하게 비췄다. 이제 장 발장은 더 이상 망설이지 않았다. 그들이 우물거리면서 의논을 하는 동안 그는 숨었던 곳에서 나와 식물원 쪽을 향해 방향을 바꿨다. 코제트가 지쳐 있어서 그녀를 업고 걸었다. 아우스터리츠 다리를 건너자 갈림길이 나타났다. 길은 두 갈래로 갈라져 있었는데 장 발장은 인적이 드문 오른쪽 길로 들어섰다. 그 길을 한참 쭉 들어가 보니 담이 그를 가로막았다. 아뿔싸! 막다른 골목에 부딪친 것이다. 돌아 나가려고 뒤를 보자 사람들이 다가오는 기척이 들려왔다. 이미 늦은 모양이었다. 그를 쫓는 자베르와 그 부하들임이 분명했다. 장 발장은 절망에 가득 찬 얼굴로 하늘을 올려다보았다. 도망칠 시간도 얼마 없었다. 이번에 잡히면 형무소에 가는 것으로 끝나는 것이 아니라, 영원히 코제트를 잃게 된다는 생각에 그는 몸을 덜덜 떨었다. 이쯤에서 밝혀두자면, 장 발장에게는 특이한 면이 두 가지가 있었다. 하나는 성스러운 성자 같은 점이었고, 다른 하나는 여타 죄수들처럼 흉악한 재주를 갖고 있다는 점이었다. 그는 툴롱 형무소에서도 여러 번 탈출을 시도해 본 경험이 있었고 특히, 담벼락이나 경사 진 높은 곳을 기어 올라가는 것에는 남다른 재주가 있었다. 사다리나 밧줄 없이도 반듯한 벽을 7층까지도 기어 올라갈 수 있었다.

그는 보리수 가지가 뻗어 나와 있는 담 높이를 눈으로 짐작해 보았다. 6미터 가량 높이였지만 그에게는 문제가 되지 않았다. 코제트를 끌어올릴 일이 문제였다. 그러려면 줄이 필요했다. 누구를 막론하고 극한상황에 처해 있을 때는 언제나 영감이 번뜩이는 법이다. 그의 절박하고 필사적인 눈길이 우연히 막다른 길에 있는 가로등에 가 닿았다. 당시 파리에는 가스등이 없었고 램프 등만을 켰는데, 가로등을 켜고 끄려면 그 밑에 설치된 쇠 상자에서 도르래를 꺼내 등을 올렸다 내려야 했다. 장 발장은 얼른 거기로 가서 상자를 열고 도르래 줄을 잡아챘다. 발걸음은 더욱 또렷하게 들려왔다. 코제트가 불안해하기 시작했다.

"아버지, 무서워요."

"쉿. 테나르디에 아주머니가 오고 있어. 그러니까 조용히 해야 한다."

그 말에 코제트는 소스라치게 놀라서 숨을 죽였다. 시간이 꽤 흘렀지만, 코제트에게 테나르디에라는 이름은 여전히 두려움의 대상이었다. 그는 넥타이를 풀어 코제트의 겨드랑이 밑으로 단단히 잡아맨 다음, 넥타이를 줄 한쪽 끝에 매고 또 다른 쪽 끝은 자기 입으로 물었다. 구두와 양말을 벗어 담 너머로 던져 넣고 그 위를 기어오르기 시작했다. 30초도 못되어 그는 담에 무릎을 걸쳤다.

"담에 등을 붙여라. 소리 내지 말고."

코제트는 시키는 대로 잘 따랐다. 그녀는 땅에서 번쩍 들어 올려져 담으로 올라갔다. 장 발장은 그녀를 등에 업고는 벽에 바짝 엎드려 벽이 쑥 들어간 곳까지 기어서 갔다. 다행히도 그곳에 나지막한 집이 한 채 있었고 지붕은 꽤 완만한 경사를 이루면서 땅바닥 가까이 내려와 있는 상태였다. 장 발장은 조금도 지체 없이 지붕으로 기어올랐다. 반대편에서부터 왁자지껄한 소리가 들려왔다. 그 속에서 지옥의 문지기 같은 두려운 자베르의 목소리 또한 또렷하게 들렸다.

"막다른 골목을 뒤져라. 이 골목 안에 있는 것이 틀림없다."

장 발장은 코제트를 업은 채 지붕을 미끄러져 내려와 땅으로 뛰어내렸다. 그런 다음, 그들의 추적을 따돌리고 유유히 어둠속으로 사라져버렸다.

포슐르방 영감

 자베르 일당을 겨우 따돌리고 장 발장이 코제트와 함께 몸을 피한 곳은 베르나르 교단의 수녀원이었다. 이곳 수녀들은 카르멜 교단 다음으로 엄격한 규칙을 지키며 살고 있었다. 수녀들은 일 년 내내 육식을 하지 않으며 짚으로 만든 방석에서 자고, 추운 겨울에도 더운 물을 쓰지 않고 결코 난로에 불을 피우지 않는 고행을 하면서 사는 사람들이었다. 그 중 가장 엄격한 규율은 속세 사람들과의 일체 접촉을 피하는 일이었다. 수녀들은 사제도 볼 수 없게 되어 있어서 강연을 맡은 사제들은 언제나 휘장 뒤에 숨어서 강론을 해야 했다. 수녀원에 들어갈 수 있는 남자란 오로지 교구장인 대주교 한 사람뿐이었다. 하지만 특이하게도 다른 한 명의 남자가 별다른 제약 없이 그 안에서 살았다. 다름 아닌 정원을 돌보는 정원지기였다. 어느 수녀원이든 꼭 필요한 존재인 정원지기는 반드시 노인이어야 했고, 수녀들이 그가 다가오는 것을 알면 미리 피할 수 있도록 언제나 무릎에 방울을 달고 있어야만 했다.
 장 발장이 뛰어넘어 들어간 곳이 바로 이 수녀원 정원이었다. 캄캄한 어둠 속에서 불빛이 반짝이자 코제트를 업고 들어간 장 발장은 그곳에서 뜻밖의 사람과 마주쳤다. 바로 그가 일전에 목숨을 구해

주었던 포슐르방 영감이었다.

"세상에 어떻게 이곳엘 다 오셨습니까, 마들렌 씨, 하늘에서라도 떨어지신 겁니까? 도대체 어떻게 된 일입니까? 무슨 일입니까?"

영감은 쉬지 않고 질문을 퍼부었다.

"이 곳은 무얼 하는 곳이오?"

"그것도 잊으셨습니까? 프티 퓌피스 수녀원입니다."

그제야 장 발장은 생각이 났다. 모든 것이 하느님의 뜻인 것 같았다. 수레에서 떨어져 절름발이가 된 포슐르방 영감을 바로 이곳 수녀원에 소개해서 취직을 시켰던 것인데 그 동안 장 발장은 이 일을 까맣게 잊고 있었다.

"그런데 도대체 이곳에는 어떻게 들어오셨습니까? 당신은 성자이시지만 그래도 남자는 이곳에는 절대로 못 들어오게 되어 있는데요."

"그건 그렇고, 날 좀 이 집에 있게 해 줘야겠소."

"마들렌 씨가 제게 베풀어주신 은혜를 갚을 수만 있다면 그건 하느님의 은총이지요! 무슨 사연인지 이 늙은이한테 말씀만 하시지요."

포슐르방 영감은 드디어 마들렌 씨의 은혜에 보답할 기회가 왔다는 즐거움에 마음이 들떴다. 그들은 코제트를 영감의 침대에 눕힌 뒤 짚단 위에 드러누워 이야기를 시작했다. 장 발장은 자베르가 자기 정체를 알아내고 뒤를 밟았기 때문에 만약 이대로 파리로 돌아가면 자기와 코제트는 마지막이라는 것을 잘 알고 있었다. 그들에게 이곳 수녀원은 세상 어느 곳보다 가장 안전한 곳이었다. 어떤 남자도 이곳에 들어올 수는 없는 법이니까.

포슐르방은 이곳에 들어온 뒤로는 고향 소식을 전혀 듣지 못했기 때문에 마들렌 씨에게 어떤 사건들이 생겼는지 아무것도 모르고 있었다. 여전히 그는 마들렌 씨를 성자라고 생각했고, 마들렌 씨가 이곳을 은신처로 정한 것이라면 그 이유가 뭐든 간에 자기가 은혜에 보답해야겠다는 생각밖에 없었다. 하지만 장 발장을 이곳에 머물게 하는 일은 너무도 어려운 일이었다. 두 사람은 곰곰이 생각에 잠겼다. 동이 틀 무렵이 되자 포슐르방 영감이 온갖 생각 끝에 눈을 떴다.

"시장님, 좋은 생각이 있습니다. 시장님을 제 동생이라고 소개하고 정원지기로 일하게 해달라고 부탁해보는 겁니다. 이곳에는 기숙학교가 있으니까 따님은 안심해도 되지요. 그런데 문제가 있습니다. 이곳에 들어오신 것도 쉽지는 않았겠지만 나가시는 것은 훨씬 더 어렵습니다. 따님은 문제가 없지요. 나무통 속에 넣고 시트로 덮어서 제가 짊어지고 나가면 되니까요. 제가 잘 알고 지내는 할멈이 슈맹 거리에 있으니까 거기 잠시 맡기면 됩니다. 그랬다가 나중에 시장님과 함께 들어오면 되니까요. 그런데 시장님을 어떻게 내보내야 할지 모르겠군요."

그때 성당 종소리가 들려왔다.

"어떤 지체 높은 수녀님 한 분이 돌아가셨는데 저게 바로 절 부르는 종소립니다. 원장님께 가 봐야겠습니다. 꼼짝 말고 여기서 기다리고 계십시오."

포슐르방 영감은 방울이 달린 무릎덮개를 무릎에 차더니 서둘러 오두막집을 나섰다. 노인은 방울 소리를 내어 길에 있는 수녀들을 뿔뿔이 흩어지게 하고는 어느 문 하나를 조용히 두드렸다. 그 문은 볼 일이 있을 때 정원지기를 불러들이는 문으로서 수녀원장이 그를 기다리고 있었다.

"영감님, 당신에게 할 이야기가 있어서 오라고 했습니다."

원장은 초조하면서도 근엄한 표정을 짓고 있었다.

"어이쿠, 저런. 마침 저도 부탁드릴 일이 있습지요."

노인은 영리한 사람이었지만 수녀원에서는 조금 모자란 이처럼 굴었다. 그것이 이곳 수녀원이 요구하는 점이었다. 그는 거의 말을 하지 않았고, 바깥출입도 하지 않아 수녀들의 두터운 신임을 받았다. 모두가 고령의 노인인데다 눈도 어둡고 귀도 좀 먼 것 같아 다행이라고 생각했다. 노인은 자기가 신임을 받고 있다는 안도감에서 수녀원장에게 장황하게 이야기를 늘어놓기 시작했다. 자기는 나이도 많고 몸도 부자유스러워 정원 일하기가 힘이 든다고 하면서, 나이는 제법 들었지만 일을 잘하고 성실한 동생이 있으니 데려와서 같이 일하게 해 달라고 간청했다. 그리고 동생한테 어린 딸애가 하나 있는데 데려다 이곳 기숙학교에 다니게 하면 어쩌면 장래에 수녀가 될지도 모른다고 시골 사람다운 소박한 말투로 이야기했다. 그가 이야기를 마치자 수녀원장이 묵주를 세던 손을 멈추고 그에게 말했다.

"잘 알고 계시겠지만, 오늘 아침에 크뤼시픽시옹님께서 돌아가셨어요."

수녀원장은 잠깐 동안 입을 다물고 있다가 다시 말을 이었다.

"그런데 돌아가신 분의 소원이 있어요. 잘 알다시피 이것은 법으로 금지된 일이긴 하지만 우리 수녀원 전통으로는 많은 분들이 그렇게 해오던 일이에요. 우리는 죽으면 묘지에 묻히는 것보다는 수녀원 제단 밑에 있는 동굴 묘지에 묻히는 것을 원해요. 크뤼시픽시옹님의 마지막 소원이 바로 그거였어요."

"금지되어 있다는데 그러다가 탄로라도 나면 어떻게 합니까?"

"우린 당신을 믿고 있습니다."

"저야 물론 입을 다물고 있겠습니다."

"회의를 했는데 신중하게 토론한 결과 제단 아래 묻어 드리기로 결정을 내렸습니다. 영감님을 믿어도 되겠지요?"

수녀원장이 초조한 표정으로 한숨을 쉬었다.

"물론입지요. 분부대로 하겠습니다."

"그런데 한 가지 문제가 있어요. 묘지에 관을 묻어야 하는데 관이 비었다는 것을 사람들이 알게 되면 어쩌지요?"

"흙을 담아서 갖고 나가면 됩니다. 관에 못질하는 사람은 저 하나뿐이고, 아무도 이곳에 들어오지 못하니까 괜찮을 겁니다."

"빈 관을 그렇게 처리해 주겠어요?"

"염려 마십시오."

그때까지 근심걱정으로 흐려져 있던 원장의 얼굴이 갑자기 밝아졌다. 그가 막 나가려고 할 때 원장이 부드러운 목소리로 조용히 말했다.

"영감님, 난 당신한테 아주 만족하고 있어요. 내일 장례식 뒤에 동생을 데려오도록 하세요. 그 딸아이도 함께요."

포슐르방 영감은 오두막으로 돌아와 장 발장과 머리를 맞대고 이 좋은 기회에 대해 상의하기 시작했다. 마침 다행히도 빈 관이 나갈 일이 생겼으니 그 관에 장 발장이 들어가면 쉽게 이곳을 나갔다가 코제트와 함께 들어올 수 있게 된 것이다. 관에 흙을 넣는 대신 장 발장이 들어가고 그 대신 공기구멍을 몇 개 뚫어 그가 숨을 쉴 수 있도록 하면 되었다. 보통 사람이라면 잔뜩 겁을 집어먹을 일이지만 그에게는 별 문제가 되지 않았다. 상자 안에 들어가 몇 시간 동안이고 죽지 않을 정도로 숨을 조절해서 쉬는 일은 그가 발휘할 수 있는 많은 능력 가운데 하나에 불과했다. 관에 못질을 해서 운반하는 것은 영감 혼자 하는 일이었기 때문에 몰래 감쪽같이 해치울 수 있다. 문제는 묘지에 가서 관을 묻는 일인데 다행히도 그 일은 영감과 친한 주정뱅이 일꾼이 늘 맡아서 하고 있었다.

"메스티엔 영감은 얼마든지 제가 주무를 수 있습니다. 잔뜩 취하게 만들어 버린 다음 시장님을 구출하면 됩니다."

장 발장은 그에게 손을 내밀었다. 포슐르방 영감이 감격에 겨워 그 손을 덥석 움켜잡았다.
"정말 고맙소. 포슐르방 영감. 순조롭게 잘 될 거요."

장례식

 다음날 해질 무렵, 파리의 보지라르 묘지에서 자그마한 장례식이 치러졌다. 이 묘지 철문은 해가 지면 닫혔다. 어느 누구도 그곳에 남아 있을 수 없다. 해가 졌는데도 일꾼이 묘지 안에 남아 있게 되는 경우, 시에서 발행한 통행증을 보여야만 나올 수가 있었다. 그게 없으면 벌금을 15프랑이나 내야만 했다. 계획은 엊저녁부터 순조롭게 진행되어 코제트는 이미 영감이 알고 지내는 노파 집에 맡겨졌다. 장 발장은 관속에 들어가 이럭저럭 숨을 쉬고 있었다. 포슐르방이 관에 못질을 하고 조금 있자 관이 옮겨지는 것을 느꼈고 이어서 수레 위로 실려 가는 것을 알 수 있었다. 수레바퀴가 움직이는 흔들림이 온몸으로 전해져왔다. 한참 있다가 사람들 손이 관에 닿는 것 같더니 정신이 아찔해졌다. 구덩이 속으로 내려가면서 머리 쪽이 발보다 먼저 내려간 모양이었다. 얼마 뒤 정신을 차렸을 때는 몸이 반듯해져 있었고 이미 구덩이 속에 들어 가 있는 상태였다. 엄숙한 신부의 기도 소리가 들려오더니, 그를 덮고 있는 널빤지 위로 빗방울 같은 부드러운 것이 떨어졌다. 성수인 모양이었다. 장 발장은 귀를 곤두세우고 사람 발자국 소리들이 차차 멀어져 가는 것을 들었다. 그때 갑자기 벼락 치는 소리가 머리 위에서 울렸다. 흙이 한 삽 관 위로 떨어지는 소리였다. 두 삽 째 흙이 떨어졌다. 불행히도 장 발장이 숨을 쉬고 있던 구멍 하나가 막히고 말았다. 세 삽, 네 삽 째 흙이 연달아 떨어졌다. 그는 급기야 의식을 잃고 말았다.

사실, 이것은 포슐르방이 단단히 믿고 있던 그 주정뱅이 일꾼의 솜씨가 아니었다. 우연하게도 그 주정뱅이는 포슐르방 영감이 연락을 뜸하게 하는 동안 술독이 올라 죽어버렸다. 대신 새로 온 일꾼은 어찌된 일인지 고지식하기 짝이 없는 인물이었다. 묘지로 들어서면서부터 영감은 그를 꼬여내기 위해 술을 마시러 가자고 졸랐지만 그 고지식쟁이는 들은 척도 하지 않았다. 일이 끝나기 전에는 절대로 술을 마실 수 없다고 우기더니, 결국 신부가 떠나자 삽으로 흙을 떠서 관에 끼얹어버린 것이다. 당황한 포슐르방 영감이 필사적으로 매달려 보았지만 일꾼은 아랑곳 않고 세 삽 째 흙을 퍼 넣는 중이었다. 다급해진 영감이 안절부절 못하고 그자의 뒷모습을 보고 있는데, 때마침 일꾼 윗도리 호주머니가 벌어지면서 그 안에 든 통행증이 보였다. 다급한 상황에서 번쩍이는 기지가 떠올랐다. 일꾼이 흙을 파느라 열중한 사이 그는 얼른 손을 넣어 몰래 그 통행증을 꺼냈다. 일꾼이 네 삽 째 흙을 퍼 넣고 다섯 삽 째 흙을 뜨려고 돌아섰을 때 영감이 태연하게 그를 바라보면서 말했다.

"그런데 자네 통행증은 갖고 있겠지? 해가 넘어가고 있네. 잘 알고 있겠지만 그게 없으면 낭패 아닌가?"

"벌써 해가 넘어갑니까?"

일꾼은 무심코 주머니를 뒤졌다. 한쪽을 찾아보다가 손에 잡히지 않자, 다른 쪽 주머니를 모두 뒤져본 사나이는 금세 얼굴이 새파래졌다.

"아이쿠, 이럴 수가. 집에 두고 왔나 본데요. 이거 큰일이네요. 걸리면 15프랑 벌금을 내야 되는데."

"5프랑짜리 동전이 세 잎이나 되지."

영감이 거들자 사나이는 손에서 삽을 떨어뜨렸다.

"이봐, 너무 낙심할 건 없네. 벌금을 안 낼 방법이 있어. 이제 5분만 있으면 해가 넘어가서 철문이 닫혀. 그러니까 그 전에 얼른 집에 가서 가져오도록 해. 내가 그 동안 이곳을 지키고 있을 테니까. 집은 어딘가?"

"여기서 15분밖에 걸리지 않습니다."

"그나마 다행이군. 그럼 어서 가 봐."

일꾼은 고마워서 어쩔 줄 모르는 얼굴로 쏜살같이 달려갔다. 그 모습이 숲속으로 사라지자마자 포슐르방은 구덩이를 내려다보면서 작은 목소리로 장 발장을 불렀다.

"마들렌 씨!"

아무 대답도 들리지 않았다. 그는 얼른 구덩이 속으로 들어가 끌과 망치로 급히 널빤지를 떼어냈다. 얼마 안가 어두컴컴한 가운데 장 발장의 얼굴이 나타났다. 눈을 감은 채 새파랗게 질린 상태였다. 포슐르방 영감은 장 발장이 죽은 줄로만 알고 엉엉 울기 시작했다.

"마들렌 씨! 시장님! 세상에 이런 일이! 하느님께서 만드신 착한 분 중에서 가장 착하신 분이. 이제 따님은 어떡하나요, 세상에 이럴 수가! 제발 눈 좀 떠 보세요!"

그렇게 울면서 머리카락을 쥐어뜯었다. 멀리 숲속에서 묘지 철문이 닫히는 소리가 들려왔다. 순간 장 발장이 갑자기 눈을 뜨더니 영감을 보았다.

"깜박 잠이 들었나 봐."

장 발장은 정신을 잃고 있다가 바깥바람을 쐬자 머리에 산소가 돌며 깨어났던 것이다. 포슐르방 영감은 그 앞에 쓰러지듯 무릎을 꿇었다.

"아이고, 살아나셨군요. 하느님 고맙습니다, 마들렌 씨! 돌아가신 줄만 알았습니다. 살아 계시다니 정말 고마운 일입니다."

"좀 춥군."

그 말 한마디에 노인이 현실로 돌아왔다. 우물쭈물할 시간이 없었다. 그는 호주머니를 뒤져서 준비해 두었던 브랜디를 꺼내 장 발장에게 주었다.

"얼른 나가시지요."

그들은 빈 관을 얼른 구덩이에 파묻고 그 자리를 떠났다. 닫힌 철문과 아무도 없는 문지기 초소에 이르자 포슐르방은 손에 들고 있던 고지식한 일꾼의 주머니에서 훔친 통행증을 쓰레기통 속으로 던져 버렸다. 그들은 그렇게 밖으로 나왔다. 다음날 장 발장은 노파에게 맡겨놓았던 코제트를 데리고 수녀원으로 돌아왔다. 미리 지시를 받고 있던 문지기가 마당에서 정원으로 통하는 조그만 문을 열어주었다. 다음 날부터 귀여운 코제트는 이곳 기숙학교에 다니게 되었고, 장 발장은 영감처럼 방울이 달린 무릎덮개를 차고서 정원지기로 일하기 시작했다.

장 발장에게 이곳 수녀원은 깊은 바다에 둘러싸인 아늑한 섬 같은 곳이었다. 그는 이 안전한 곳에서 실컷 하늘을 올려다 볼 수 있었고, 실컷 코제트를 볼 수 있었다. 오랫동안 꿈꿔왔던 아늑하고 평화로운 생활이 비로소 시작되었다. 그는 하루 종일 정원에서 일했고 그 일에서 커다란 기쁨을 느꼈다. 코제트는 기숙학교의 사감수녀에게 날마다 한 시간씩 장 발장의 곁에서 지내도 좋다고 허락을 받았다. 정해진 시간이 되면 그녀는 오두막집으로 달려왔다. 그녀가 들어서기만 하면 그 초라한 집은 순식간에 낙원으로 변했다. 그들은 더할 나위 없이 행복했다. 장 발장은 코제트가 누리는 행복으로 인해 자기의 행복도 함께 커지는 것을 느꼈다. 정원 일을 하고 쉬는 시간이면 늘 코제트가 이리저리 뛰어다니며 다른 아이들과 어울려 노는 것을 멀리서 바라보았다. 또한 다른 아이들 웃음소리 속에서 그녀의 웃음소리를 구분해낼 수도 있게 되었다.

마리우스

아버지와 아들

　파리의 피유 뒤 칼베르 거리에는 괴팍하기로 소문난 질노르망 노인이 살았다. 나이는 아흔 살이나 되었지만 아주 정정해서 허리도 꼿꼿했고 이빨도 서른두 개를 그대로 간직하고 있었다. 질노르망은 아주 특이한 노인으로 18세기 식으로 다소 거만하고 완전무결한 부르주아였다. 부르봉 왕가를 숭배했고 프랑스 혁명이 일어났던 1789년을 증오했다. 그 뿐인가, 공포시대 때 어떻게 살아남았으며 목이 잘리지 않기 위해 얼마나 많은 재치와 기지를 발휘해야 했는지, 만나는 사람마다 늘 자랑삼아 이야기하곤 했다. 만약 어떤 사람이 와서 그 앞에서 공화국을 찬양이라도 하는 날이면 그는 얼굴이 새파래져서 숨도 제대로 쉬지 못할 만큼 화를 내며 내쫓았다. 이 늙은 부르주아는 언제나 원기 왕성했고 허풍이 세고 성급하며 화도 잘 냈다. 누군가가 뜻에 거슬리기라도 하면 그가 누구건 간에 아랑곳 않고 당장에 지팡이를 쳐들어 후려치기도 하는 사람이었다. 그에게는 사람들이 질노르망 큰아가씨라고 부르는 노처녀 딸이 있었는데 화가 나면 쉰이 넘은 그 딸도 매섭게 후려치고 어린애 취급을 하였다. 그러나 여러 가지 문제점을 갖고 있으면서도 사람들이 존경할 만한 인물임에는 틀림없었다. 한마디로 요약하자면, 그는 18세기에 속하는 사람으로서 경박하면서도 동시에 위대했다. 가족으로는 노처녀 말고도 손자가 하나 더 있었다. 소년은 항상 질노르망 씨 앞에서 아무 말도 못하고 벌벌 떨었다. 노인은 소년에게 말할 때는 언제나 엄했고 때로는 지팡이를 들어 올려 매질을 하기도 했다. 그러면서도 한편으로는 외손자를 몹시 예뻐하고 있었다. 말하자면 손자는 그에게 애증의 존재였다. 사람들은 소년을 '가엾은 아이'라고 불렀다. 왜냐하면 그의 아버지가 '루아르 강의 불한당(1815년 나폴레옹이 실각한 뒤 루아르 강 너머로 피신한 패잔병들을 일컫던 말)'이었기 때문이었다. 불한당이자 가엾은 아이의 아버지이고, 자신의 사위인 그를 노인은 늘 입버릇처럼 자기 집안의 수치라고 되 뇌이곤 했다.

퐁메르시라는 이름의 이 '불한당' 사위는 베르농에서 좁은 뜰밖에 없는 가장 초라한 집에서 혼자 쓸쓸하게 살았다. 이 사람은 꽃을 재배하는 것이 유일한 취미였다. 그는 젊은 시절에 생통즈 연대에 있었다. 프랑스 대혁명이 일어나자 퐁메르시는 이곳저곳을 옮겨 다니며 슈파이어, 뇌스타르, 알제 등지에서 싸웠다. 몽 팔리셀 전투에서는 클레베르 장군 밑에 있었는데 이때 산탄을 맞아 팔을 부상당했다. 뿐만 아니라, 이탈리아 국경에 있는 탕드 협로를 수비한 30명의 결사대에도 있었다. 아우스터리츠 싸움에서는 나폴레옹으로부터 십자훈장을 받았다. 나폴레옹을 따라 엘바 섬에도 갔었고, 워털루에서 뤼네부르크 대대의 군기를 빼앗은 것도 바로 그였다. 나폴레옹은 그의 공을 인정해 대령으로 승진시키고 남작 작위를 주었으며 레지옹 도뇌르 훈장을 주었다. 하지만 나폴레옹의 신임을 받고 혁혁한 공을 세우던 그도 치열했던 워털루 전투에서 심각한 부상을 입었고 야전병원을 전전하다가 마침내 루아르 강 건너편으로 추방당하는 신세가 되고 말았다. 그 후 왕정복고 때문에 남작이었던 그의 봉급은 반으로 깎였고, 곧이어 감시자가 따라붙는 존재가 되었다. 그는 운 좋게도 제정시대 전쟁 틈에 명망가였던 질노르망 가의 작은 딸과 결혼할 수 있었다. 사실 그는 행운을 타고난 사나이였다. 늙은 부르주아 질노르망 씨는 무척 화가 났지만 딸아이의 애원에 못 이겨 결혼을 허락할 수밖에 없었다. 퐁메르시 부인은 아주 훌륭하고 교양 있고 남편에 어울리는 여자였지만, 불행하게도 병약했다. 그녀는 아이 하나를 남기고 곧 세상을 떠났다. 아이는 외롭게 지내는 대령한테는 유일한 낙이었다. 하지만 고약한 외할아버지는 막무가내로 손자를 빼앗아가 버렸다. 아이를 내놓지 않으면 상속권을 박탈하겠다고 엄포를 놓자 아버지는 눈물을 머금고 아들의 장래를 위해 양육권을 양보해버렸다. 그리고 아들 대신에 꽃을 길렀다. 질노르망 씨는 나약하고 무능한 사위하고는 완전히 관계를 끊고 지냈다. 노인 쪽에서 보면 대령은 악한이었다. 그는 절대로 사위에 대한 이야기를 입에 올리지 않았다. 또한 절대로 자기 아이를 만나거나 말을 걸어도 안 되는 것으로 약속을 받아두었다. 질노르망 씨 자신은 재산이 그리 많지 않았지만 질노르망 큰 아가씨는 어머니한테서 꽤 많은 재산을 물려받은 상태였고, 미혼이었으므로 조카가 그녀의 유일한 상속자가 되었다.

아이 이름은 마리우스였다. 그는 자기에게 아버지가 있다는 사실은 알고 있었지만 그 밖의 자세한 사정은 전혀 모르고 있었다. 마리우스 퐁메르시는 여느 아이들처럼 자라났다. 공부도 했고 이어 법률학교에 입학했다. 그는 할아버지처럼 왕당파였다. 고상하고 너그럽고 거만하고 신앙심이 두텁고 열성적이며 감수성이 예민한 소년이었으며, 준엄하게 보일 정도로 품위가 있고 거칠어 보일 정도로 순수했다. 아버지 소식을 처음 들은 것은 그가 열일곱 살 때였다. 어느 날 저녁 집으로 돌아오자 외할아버지가 손에 편지를 한 통 들고 있었다.

"마리우스, 내일 베르농에 다녀오도록 해라. 네 아비를 만나고 오너라."

마리우스는 가고 싶지 않았다. 아버지가 자기를 사랑하지 않고 귀찮아하기 때문에 외가에 맡겨놓았다고 생각하고 있었다. 그렇기에 그도 아버지를 사랑하지 않았다.

"병이 난 모양이다. 널 찾고 있어."

마리우스는 다음날 해질녘이 되어서야 베르농에 도착했다. 집은 쉽게 찾을 수 있었다. 초인종을 누르자 하녀가 나와서 문을 열었다.

"퐁메르시 씨 계십니까?"

하녀가 고개를 끄덕였다.

"만나 뵐 수 있을까요? 전 그분 아들인데요. 절 기다리고 계실 겁니다."

"이젠 기다리고 계시지 않아요."

말을 마친 하녀가 눈물을 글썽였다. 마리우스는 그녀의 안내를 따라 응접실로 들어갔다. 대령은 맨바닥에 셔츠 차림으로 길게 누워 있었다. 대령은 사흘 전에 뇌염에 걸렸다. 병이 난 첫날부터 그는 어떤 불길한 예감이 들었는지 질노르망 씨에게 아들을 보내달라고 편지를 써 보냈다. 아닌 게 아니라, 병은 시간이 갈수록 더욱 악화되어 갔다. 대령은 그날 저녁 갑자기 정신착란 증세를 보이더니 일어나 소리쳤다.

"내 아들은 오지 않는구나. 내가 직접 가서 만나봐야겠다!"

그리고는 방에서 뛰어나가다가 응접실 마룻바닥에 그대로 쓰러져버렸다. 방금 막 숨을 거둔 참이었다. 희미한 촛불 아래로, 거기에 누워 있는 대령의 창백한 볼 위에 눈물이 흘러내린 자국이 보였다. 눈은 초점을 잃은 채 크게 뜨여 있었지만 눈물은 아직 채 마르지 않고 있었다. 그 눈물은 애타게 기다리던 아들을 위해 흘린 눈물이었다. 마리우스는 처음이자 마지막으로 보게 된 이 사나이를 자세히 내려다보았다. 고귀하고 남자다운 얼굴, 아무 것도 보지 못하는 눈, 흰 머리칼. 그는 이 사나이가 자기 아버지이고 지금은 이미 죽었다는 것을 생각하며 냉정하게 서 있었다. 그때 마리우스가 느낀 슬픔은 어떤 사람이든 죽어 누워있는 것을 보게 되면 느끼는 그런 슬픔에 지나지 않았다. 대령은 아무런 유산도 남기지 않았다. 더군다나 그의 물건을 모두 팔아도 장례식 비용이 모자랄 지경이었다. 하녀는 종이쪽지를 마리우스에게 주었다. 거기에는 다음과 같이 쓰여 있었다.

'내 아들아. 황제께서는 워털루 전장에서 나를 남작에 봉하셨다. 왕정복고 정부는 피 흘려 얻은 이 작위를 인정하지 않지만, 내 아들은 그것을 인정하고 사용하기 바란다. 내 아들은 이 칭호에 어울리는 인간이 될 것이다. 워털루 전투에서 어떤 사람이 내 생명을 구해주었다. 이름은 테나르디에라고 한다. 아마 지금 파리 근교 어느 마을에서 여관을 운영하고 있을 것이다. 만일 그를 만나게 되면 최대한 은혜를 갚도록 하라.'

마리우스는 베르농에 이틀밖에 머무르지 않았다. 장례식을 마치자마자 다시 파리로 돌아가 법률 공부를 시작했고, 아버지 생각은 더 이상 하지도 않았다. 대령은 이틀 뒤에 외롭게 땅에 묻혔다. 그런 다음 사흘 뒤에는 완전히 잊혀져버렸다.

갈등

마리우스는 종교적인 습관에 깊이 빠져 있었다. 어려서부터 늘 일요일이면 생 쉴피스 성당에 가서 미사를 드렸다. 배고프면 밥을 먹듯이 일요일 아침이면 당연히 성당에 나가 한쪽 구석에 자리를 잡고 자신이 믿는 신에게 기도를 드렸다. 그날도 평소와 다를 바 없었다. 그런데 그날은 멍하니 생각에 잠겨 있느라 아무 생각 없이 '교구위원 마뵈프 씨'라고 쓰인 이름표가 달린 의자에 앉고 말았다. 미사가 막 시작되자 한 노인이 와서 마리우스에게 넌지시 말했다.

"여긴 내 자린데요."

마리우스가 당황해서 얼른 옆자리로 옮기자 노인은 그때서야 자기 의자에 앉았다. 미사가 끝나자 노인이 다시 그의 곁으로 다가왔다.

"아까는 실례했소. 하지만 거기에는 이유가 있다오. 설명해 드리겠소."

"아니, 괜찮습니다. 그러시지 않아도 됩니다."

"아니오, 날 나쁘게 생각해서는 안 될 테니까 설명을 하겠소. 난 저 자리를 아주 좋아하지요. 언제나 저 자리에 앉아서 두서너 달에 한 번씩 어떤 훌륭하고 가엾은 아버지가 이 미사에 참례하는 것을 보았소. 그는 오직 아들을 보기 위해 미사에 참례한 거였소. 그가 아들을 보려면 이 방법 말고는 다른 방도가 없었소. 물론 아들은 아버지가 자기를 보러 여기에 와 있는 줄은 전혀 모르고 있었소. 아버지는 들키지 않으려고 저 기둥 뒤에 몸을 숨긴 채 아들을 바라보면서 눈물을 흘리곤 했소. 아들을 무척이나 사랑했으니까요. 난 그 가엾은 아버지의 내력도 알게 되었소. 아이한테는 돈 많은 이모와 외할아버지가 있었는데 만약 아버지가 아이를 만나면 상속권을 뺏겠다고 위협했던 거요. 그래서 그는 아들의 행복을 위해 자기를 희생했던 것이오. 그는 정치적 의견이 다르다고 처음부터 처가로부터 배척을 당한 인물이었소. 하지만 워털루 싸움에 참가했다고 해서 그 사람이 악마인 건 아니잖소. 불쌍한 그 아버지는 보나파르트 군 대령이었고 베르농에 살고 있다오."

"혹시 그분이 퐁메르시 씨가 아닙니까?"

마리우스가 얼굴이 하얗게 변하면서 물었다.

"맞아요, 당신도 알고 있소?"

"네, 그분이 제 아버님이셨습니다."

늙은 교구위원은 감격에 겨운 표정으로 마리우스의 두 손을 덥썩 잡았다.

"정말이오, 당신이 아드님이란 말이오? 아, 세상에 이런 일이!"

그날 이후로 마리우스는 도서관에 가서 지난 신문들을 모두 찾아서 읽었다. 공화정과 제정시대의 모든 역사, 나폴레옹의 회고록, 온갖 기록, 신문, 보고서 등을 닥치는 대로 읽었다. 그런 다음, 시간을 쪼개어 마뵈프 교구위원을 찾아가 이야기를 나누었다. 얼마 안 가서 마리우스는 거룩하고 온화하고 세상에서 보기 드문 아버지에 대한 모든 것을 알 수 있게 되었다. 그는 정열적으로 아버지를 숭배하게 되었다. 그와 더불어 그의 사상에도 커다란 변화가 일어났다. 이전에 그에게는 공화정이니 제정이니 하는 말은 끔찍스러운 것에 지나지 않았다. 하지만 이제 그는 혼란의 암흑만 상상했던 그 시대에 미라보, 베르뇨, 당통 같은 별이 빛나고 나폴레옹이라는 태양이 존재했었다는 사실을 알고는 두려움과 기쁨이 교차하는 놀라움을 느꼈다.

혁명과 제정은 앞 시대에 찬란하게 펼쳐졌다. 민중에게 되돌려진 민권의 지배로 요약되는 공화정, 전 유럽의 과제가 된 프랑스 사상의 지배로 요약되는 제정. 마리우스는 대혁명에서 민중의 위대한 모습이 등장하는 것을 보았고, 제정에서 프랑스의 위대한 모습이 나타나는 것도 보았다. 그는 그것이 모두 훌륭한 일이었다고 마음속으로 외쳤다. 그의 마음은 후회와 부끄러움으로 가득 찼다. 그리고 이제 마음에 품고 있는 생각을 토로할 수 있는 것은 무덤뿐이라는 것을 생각하자 절망했다. 아버지를 그리워하면서 끊임없이 마음속으로 흐느껴 울었다. 동시에 그는 한결 진지해지고 성숙해졌고, 확고한 신념과 사상을 갖게 되었다. 그의 정신은 성장해가고 있었다. 또한 당연한 결과겠지만 할아버지로부터 점점 멀어져갔다. 그는 전부터 질노르망 노인의 경박한 성격을 좋아하지 않았다. 게다가 잔인하게 자기를 대령에게서 떼어내 강제로 아버지와 아들을 갈라놓았다는 사실을 알고 나자 격렬한 반항심까지도 생겼다.

마리우스가 베르농에 있는 아버지 묘지를 찾아가 며칠 묵고 돌아온 날이었다. 그는 수영장에서 피로를 풀기 위해 옷을 급히 벗어놓고는 집을 나섰다. 그날따라 질노르망 씨는 아침 일찍 깨어나 있다가 마리우스가 돌아오는 소리를 들었다. 손자가 어디 다녀왔는지 궁금해 하던 그가 딸을 데리고 마리우스의 방에 갔을 땐 이미 청년은 방을 나간 뒤였다. 침대에는 그가 벗어놓은 프록코트에서 가죽 주머니가 하나 툭 튀어나와 있었다.

"얘야, 이게 뭔지 알겠니? 요즘 젊은 애들은 이런 걸 가슴에 품고 다닌단다. 연애하고 있는 여자의 편지 따위겠지."

"어디 봐요, 아버님."

앞으로 다가오며 딸이 말했다. 마리우스의 주머니에서 곱게 접은 쪽지가 나왔다. 노처녀는 안경을 집어 들었다. 두 사람이 종이를 펴서 읽은 것은 다름 아닌 퐁메르시 대령이 아들에게 남긴 유언장이었다. 두 사람이 받은 놀라움은 이루 말할 수도 없다. 그들은 온몸이 얼어붙는 충격을 받았다. 둘 다 아무 말도 하지 않았다. 딸은 그 종이를 다시 주머니 속에 집어넣었다. 이때 다시 옷이 흔들리면서 파란 종이로 싼 물건이 또 한 번 프록코트 주머니에서 떨어졌다. 질노르망 양이 그것을 주워서 펴 보았다. 마리우스가 어느 인쇄소에 부탁해서 찍은 백 장의 명함이었다. 그녀가 그 중 하나를 아버지에게 건넸다. 거기에는 '남작 마리우스 퐁메르시'라고 찍혀 있었다. 마리우스가 돌아오기까지 그들은 꼬박 한 시간을 쥐죽은 듯한 침묵 속에서 지냈다. 마리우스가 막 돌아와 응접실 문턱을 넘기도 전에 할아버지가 자기 명함을 한 장 들고 있는 것을 보았다. 마리우스를 보자마자 할아버지가 비웃는 투로 외쳤다.

"넌 이제 남작이로구나? 축하한다. 그런데 어떻게 해서 그렇게 됐지?"

마리우스가 얼굴을 붉힌 채 대답했다.

"다른 뜻은 없습니다. 단지 그건 제가 아버지의 아들이라는 뜻입니다."

질노르망 씨가 노기 띤 음성으로 말했다.

"네 아비는 바로 나야."

"아닙니다. 제 아버지는 겸손하고 용감한 분이셨습니다. 그 동안 여러 가지로 조사했습니다. 공화국과 프랑스를 위해 훌륭히 싸우시고, 인류 역사 중에서도 가장 위대한 역사 속의 위인이셨습니다. 그랬는데도 결국에는 잊혀져서 버림받은 채 돌아가셨습니다. 그분에게 잘못이 있었다면 단 한 가지, 조국과 저라는 이 배은망덕한 자식을 너무나도 깊이 사랑했다는 것뿐입니다."

이 말이 질노르망 씨의 가슴에 불을 질렀다. 노인으로서는 도저히 그대로 듣고 있을 수 없는 이야기였다. '공화국'이라는 말에 그는 벌떡 일어나 고함쳤다.

"마리우스, 이 못된 놈아! 네 아비가 어떤 놈인지 난 모른다. 알고 싶지도 않고. 하지만 이거 하나는 분명한 사실이다. 그놈들은 죄다 부랑자고 살인자고 혁명당원이고 도둑놈들이다!"

이번에는 마리우스가 분노로 몸을 떨었다. 자기 아버지에 대해 그렇게 표현하는 것을 도저히 용서할 수가 없었다. 그는 눈을 들어 할아버지에게 소리쳤다.

"부르봉 왕가를 타도하자! 살찐 돼지 루이 18세를 타도하자!"

분노로 새빨갛게 불타올랐던 노인의 얼굴이 갑자기 창백해졌다. 꽉 잡은 두 주먹이 파르르 떨렸다. 잠시 숨을 삭힌 뒤 질노르망 씨가 냉정하게 말했다.

"남작님과 나 같은 부르주아가 한 지붕 밑에서 살 수는 없겠지. 나가거라."

다음 날, 마리우스는 미련 없이 집을 나왔다.

사랑의 열병

 할아버지의 집을 나온 마리우스는 생활이 몹시 궁색해졌다. 그가 집을 뛰쳐나간 뒤 마음이 조금 누그러진 노신사가 딸을 시켜서 돈을 보냈지만 마리우스는 그것을 모두 거절하고 돌려보냈다. 하지만 현실은 의지와는 달리 녹록치 않았다. 학교 친구의 셋방에서 얹혀 지내며 그가 겪은 가난은 참담했다. 옷가지나 시계를 팔아서 지내는 것은 문제도 되지 않았다. 먹을 것이 떨어진 나날들, 촛불 없는 저녁, 불 꺼진 난로, 방세를 치르지 못해서 받는 수모, 이웃들의 비웃음. 이런 것들로 가득 찬 나날은 어려울 수밖에 없었다. 그는 옷차림이 초라하다고 놀림 받고 가난하다고 업신여김을 받는 쓰라림을 겪었다. 하지만 이런 끔찍한 시련은 오히려 사람을 강하게 만드는 법이다. 마리우스의 꿋꿋하고도 비범한 성격은 이렇게 해서 만들어졌다. 궁핍은 역설적으로 강한 영혼과 정신을 낳는다.

 그는 가난 속에서도 자존심을 키워내고 고결한 영혼을 지켰다. 그런 가운데 공부를 계속해 마침내 변호사 시험에 합격했다. 변호사가 되자 마리우스는 할아버지에게 편지를 보내 그것을 알렸지만 노신사는 부들부들 떨면서 편지를 읽고 나더니 갈기갈기 찢어 쓰레기통에 던져버렸다.

변호사가 된 그는 허름한 방 하나를 얻었고 작은 출판사에서 일하면서 일 년에 7백 프랑 가량의 돈을 벌어 근근이 생활을 이어 나갔다. 넉넉하지는 않았지만 그전처럼 쪼들리지는 않았다. 이 정도나마 살게 되기까지는 만 3년이 걸렸다. 한마디로 고통스러운 세월이었다. 하지만 그는 단 하루도 용기를 잃지 않았다. 애써 꿋꿋한 태도를 취했고 자부심을 잃지 않으려고 부단히 노력했다. 그 무렵 마리우스는 막 스무 살이 된 멋진 청년으로 자라 있었다. 짙고 숱 많은 머리칼, 훤하고 이지적인 이마, 진지하고 침착한 표정, 특히 기품 있고 깊은 생각에 잠긴 듯한 빛이 얼굴 전체에 감돌고 있었다. 어려운 생활을 하고 있을 때 그는 길을 지나다가 젊은 처녀들이 돌아보는 것을 알고 부끄러워서 그곳을 도망치고는 했다. 여자들이 자기의 초라한 옷차림을 보고 비웃는 것이라고 생각했다. 하지만 실상은 보기 드물게 아름다운 그를 보고 숙녀들이 넋을 잃고 쳐다본 것이었다.

일 년 전부터 마리우스는 뤽상부르 공원의 한적한 오솔길에서 어느 노신사와 소녀가 오솔길 중에서도 가장 호젓한 웨스트 거리 쪽의 끝에 있는 벤치에 나란히 앉아 있는 것을 자주 보았다. 자기 생각에만 열중해서 산책하는 사람들이 그렇듯이 마리우스 역시 거의 날마다 아무 생각 없이 그 길을 걷곤 했는데 그때마다 두 사람을 보았다. 두 사람은 늘 조용히 서로 이야기를 나누고 있었다. 소녀는 즐거운 듯 쉬지 않고 재잘거리고 있었고, 노신사는 애정에 넘친 눈길로 딸을 바라보면서 그 말을 듣는 모습이었다. 노신사는 예순쯤 되어 보였는데 무언가 말로 형언할 수 없는 슬픔에 잠겨있는 모습이었다. 늘 퇴역장교 같은 옷차림에 백발 머리에는 챙이 넓은 모자를 쓰고 있었다. 사람은 좋아 보였지만 어쩐지 접근하기 어려운 데가 있어서 결코 다른 사람들과 눈길을 마주치려고 하지 않았다. 소녀는 열여섯 살 정도 되어 보였다. 키가 훤칠하고 아름답고 순결한데다가 그 나이의 여성에게서는 쉽게 볼 수 없는 매혹적인 모습을 갖추고 있었다. 아름다운 갈색머리에 대리석을 깎아놓은 것 같은 이마, 장미꽃처럼 발그레한 볼, 눈부시게 하얀 살결. 그녀는 언제나 눈을 내리깔고 있었기 때문에 마리우스는 바로 그 옆을 지나면서도 그 눈을 볼 수 없었다. 하지만 부끄러움이 깃들인 긴 갈색 속눈썹은 확인할 수 있었다. 그녀는 꾸민 데 없이 자연스러우면서도 은은하게 우아한 옷차림을 하고 있었다. 그녀 옆을 지나칠 때면 온몸에서 5월의 봄바람 같은 싱싱하고 강렬한 젊음의 향기를 맡을 수 있었다.

마리우스가 두 번째로 그들 가까이 지나갔던 날, 갑자기 소녀가 눈을 들었다. 그 눈은 진한 하늘색이었고 깨끗한 눈망울에는 아직도 어린 티가 배어 있었다. 그녀는 무심코 마리우스를 올려다보았다. 하지만 마리우스가 자기 상념에 빠진 채 산책에 열중했기 때문에 두 사람의 시선은 마주치지 않았다. 그 후 몇 번이나 그들이 앉아 있는 벤치 옆을 지나가긴 했지만 그녀 쪽으로는 눈길도 보내지 않았다. 이튿날도 그 이튿날도 마찬가지였다. 그는 여느 때처럼 뤽상부르 공원에서 산책을 즐겼고 그들에게 더 이상의 관심을 기울이지 않았다.

그러던 어느 따스한 날이었다. 공원은 햇빛이 넘쳐흐르고 드높은 하늘은 더할 나위 없이 맑았다. 참새들은 우거진 마로니에 숲속에서 마음껏 지저귀고 벌 나비는 꿀을 찾아 꽃 사이를 쉴 틈 없이 날았다. 마리우스가 아무 생각 없이 그들이 앉아있는 벤치 옆을 지나갔다. 그 때 소녀가 눈을 들었다. 두 사람의 눈길이 마주쳤다. 짧은 시간 동안 눈길 사이에 불꽃이 튀었다. 그녀는 곧 고개를 숙였고 그도 산책을 계속했다. 무의식적인 영혼의 첫 눈 맞춤은 빛과도 같은 것이었다. 그것은 어떤 미지의 찬란한 것에 눈뜨게 하는 일이었다. 그것은 우연히 나타나 기다리는, 일종의 대상이 정해져 있지 않은 애정이었다. 그런 운명적인 눈길 속에 온갖 순결과 정열이 담겨 있고, 마음 속 깊숙이 스며들어 사람들이 사랑이라고 부르는 꽃을 갑자기 피우는 마력이 담겨 있는 것이다.

그날 저녁 자기 다락방으로 돌아온 마리우스는 자기 옷차림을 훑어보고는 얼마나 자기가 촌스럽고 초라한 모습인지 알아차렸다. 이튿날 새 옷과 바지, 모자와 구두를 꺼내 차려입고 장갑까지 준비해서 공원으로 갔다. 오솔길에 들어서자 맨 끝에 있는 벤치에 그들이 앉아 있는 모습이 보였다. 가까이 다가갈수록 그의 발걸음이 점점 더 느려졌다. 벤치 앞을 지나가자 심장이 몹시 두근거렸다. 그의 귀에 그녀의 목소리가 들려왔다. 조용히 소곤거리는 목소리는 정말 아름다웠다. 그는 벤치 앞을 지나쳐서 그다지 멀지 않은 그 길 끝까지 간 다음 거기서 되돌아서서 다시 그 아름다운 소녀 앞을 지나갔다.

이번에는 얼굴이 창백해지고 마음이 혼란스러워졌다. 그날 이후로 그는 밥 먹는 일도 잊고 말았다. 마리우스는 사랑에 빠지게 되었던 것이다. 사랑의 열병은 그로 하여금 이제 날마다 공원에 가서 멀리에서 그녀를 지켜보게 만들었다. 벤치 앞을 지나갈 만한 용기는 이제 없었다. 벤치에서 조금 떨어진 나무들 뒤나 숲속에 세워진 조각상 그늘에 자리를 잡았다. 때로는 꼬박 30분 동안이나 손에 든 책 너머로 조용히 눈을 들어 그 아름다운 소녀를 보는 일도 있었다. 그러면 그녀도 희미한 미소를 띠고 그 사랑스러운 옆얼굴을 그에게로 돌렸다. 백발 노신사와 자연스러운 모습으로 이야기를 나누면서도 정열적이고 꿈꾸는 듯 오묘한 눈길을 마리우스에게 보내는 것이었다.

  그럭저럭 시간은 또 일 년이 흘렀다. 그 동안 그는 날마다 공원에 나갔다. 그 시간만 되면 무엇도 그를 붙잡아 둘 수 없었다. 마리우스는 황홀감 속에서 나날을 보내고 있었다. 온통 그 소녀가 자기를 쳐다보았던 눈길만 느낄 뿐이었다. 어느 날 해질 무렵 마리우스는 그들이 막 떠나간 벤치 위에서 손수건 하나를 주웠다. 아주 수수해 보이는 손수건이었으나 하얗게 고급 천으로 만들어진 것이었다. 집으로 돌아온 그는 낮에는 이 손수건에 입을 맞추며 그 향기를 맡았고 밤에는 입술에 올려놓고 잠을 청했다.

에포닌

마리우스가 살고 있는 집에 함께 세 들어 있는 종드레트 집안은 사실 마리우스의 관심 밖이었다. 그 무렵 낡고 허름한 숙박용으로 지어진 그 건물에 세든 사람은 그와 종드레트 식구들밖에는 없었다. 마리우스는 언젠가 사정이 곤란한 종드레트의 집세를 대신 치러준 일도 있었지만, 부모와 두 딸이 함께 살고 있다는 것과 아주 가난하다는 사실 말고는 아는 것이 전혀 없었다. 더욱이 왕래도 없었던 터라 이야기를 나누어 본 적은 단 한 번도 없었다. 그해 겨울 어느 저녁 무렵이었다. 그가 어두운 골목길을 걸어 집으로 가고 있는데 누군가가 어깨를 세게 부딪치며 지나갔다. 고개를 돌려보니 누더기를 걸친 두 여자 아이들이 헐레벌떡 뛰어가는 모습이 보였다. 하나는 키가 크고 비쩍 말랐으며 다른 하나는 그보다 조금 작았는데, 둘 다 무엇에 쫓기는지 다급하게 뛰어가고 있었다. 큰 아이가 소리 죽여 말하는 소리가 들려왔다.

"개가 쫓아왔어. 하마터면 잡힐 뻔했어."

"나도 봤어. 그래서 죽으라고 뛰었지 뭐."

작은 아이가 대답했다. 마리우스는 그 끔찍스런 말을 듣고서야 아이들이 경찰을 피해 도망치고 있다는 것을 눈치 챌 수 있었다. 그런데 발걸음을 옮기려다가 땅바닥에 작은 꾸러미가 떨어져 있는 것을 발견했다. 봉투 안에 또 다른 작은 봉투가 들어 있었다. 아까 그 아이들이 떨어뜨린 것 같았지만 그들의 모습은 이미 보이지 않았다. 그날 밤, 마리우스는 잠자리에 들기 전에 옷을 벗다가 그 봉투에 손이 닿았다. 열어 보았더니 편지가 네 통이나 들어 있었다. 편지는 하나같이 지독한 담배 찌든 내를 풍겼다. 편지가 봉해져 있지 않았기 때문에 읽어도 괜찮겠다고 생각하고 그것을 읽어보았다. 편지는 이런저런 가난한 사정을 설명하면서 자선을 베풀어달라고 각기 다른 네 사람에게 구걸하는 내용이었다. 이상한 것은 편지 쓴 사람 이름은 모두 달랐는데도 글씨체는 같았다. 게다가 똑같은 싸구려 종이를 사용한데다가 맞춤법이 같은 부분에서 틀려 있었다. 마리우스는 그 수수께끼를 풀어보려고 노력했지만 도저히 이해를 할 수 없었다.

다음날 아침, 일어나 막 일을 시작하려는데 누군가 문을 두드렸다. 들어오라고 말하자 문을 연 것은 바로 어제 본 키가 큰 여자 아이였다. 희미하게 창문에서 비쳐드는 빛을 받은 그녀의 얼굴은 창백해 보였다. 비쩍 말라서 뼈만 앙상한 데다 추운 날씨에도 셔츠와 치마만 걸치고서 달달 떨고 있었다. 누르스름한 얼굴에는 핏기도 없고 헤벌어진 입은 시퍼렇게 얼어 있었다. 이빨은 몇 개가 빠진데다 멍해 보이는 눈은 뻔뻔스럽고 천박스러웠으며, 발육은 덜 되어 있었지만 눈매는 뒷골목 노파처럼 재빨라 보였다. 마리우스는 자리에서 벌떡 일어나 마치 꿈속에서 나타나는 망령 같은 그 모습을 멍하니 쳐다보았다. 그가 무엇보다도 서글프게 생각한 것은 그녀가 태어날 때부터 그렇게 못나지는 않았으리라는 점이었다. 어렸을 때는 아마 다른 아이들처럼 무척 예뻤을 것이다. 하지만 한창 피어날 때의 아름다움은 가난하고 타락한 생활 때문에 생긴 겉늙음과 힘겹게 싸우고 있었다.

"편지를 갖고 왔어요."

소녀가 편지를 내밀었다. 마리우스는 봉투를 뜯어보았다. 편지는 네 식구가 굶어죽을 지경이니 좀 도와달라는 내용이었고 끝에는 종드레트라는 이름이 쓰여 있었다. 이 편지도 앞서 네 통의 편지와 똑같은 글씨체였고 틀린 맞춤법도, 종이도, 담배 냄새도 똑같았다. 어젯밤 읽은 편지를 포함해서 모두 다섯 통이고 사정 이야기도 다섯 가지고 이름도 다섯 가지였다.

그제야 마리우스는 내막을 알아차렸다. 이웃의 종드레트라는 작자는 돈 많고 동정심 많은 사람들에게 가명으로 동정을 구걸하는 편지를 써서 딸들에게 전하도록 강요하고 있었던 것이다. 그런데 전날 저녁 그 처녀들이 당황해서 헐레벌떡 도망을 친 것이며, 그들이 주고받던 말을 미루어 볼 때 이 불쌍한 처녀들은 이것 말고도 뭔가 수상한 짓을 하고 다니는 것이 틀림없다고 마리우스는 생각했다. 그가 놀랍고도 서글픈 눈으로 생각에 잠겨 있는 동안 처녀는 거리낌 없이 방안을 왔다 갔다 하면서 구경하고 있었다. 쉬지 않고 이곳저곳 살펴보면서 다니다가 책상 옆으로 다가왔다.

"아, 책이네요!"

그녀가 소리쳤다. 그녀의 흐릿한 눈이 반짝반짝 빛났다.

"저도 읽을 줄 알아요."

그녀는 책상 위에 펼쳐진 책을 집어 들고는 조금 읽어보였다.

"워털루에 관한 책이네요. 아버지도 이 전쟁에 참전하셨어요. 군인이셨거든요. 워털루에서는 영국군하고 싸웠죠."

그녀가 책을 내려놓았다.

"우린 모두 교육을 받았어요. 전부터 이렇게 가난했던 건 아니에요. 우리도…"

그러더니 마리우스를 물끄러미 쳐다보다가 이상한 표정을 짓고 다시 말을 이었다.

"마리우스 씨, 아세요? 당신이 아주 잘생겼다는 걸?"

순간 마리우스가 얼굴을 붉혔다. 그녀는 마리우스 옆으로 다가와서 망설임 없는 동작으로 어깨에 손을 얹었다.

"당신은 저 같은 건 안중에도 없겠지만 전 당신을 잘 알고 있어요. 이 집 계단에서도 가끔 만났었고, 또 당신이 아우스터리츠 근처에 사는 마뵈프 씨 댁에 들르시는 것도 그 근처를 돌아다니다 몇 번 본 적이 있어요. 당신한테는 그 더벅머리가 정말 잘 어울려요."

마리우스가 조심스럽게 한 걸음 뒤로 물러섰다.

"이봐요."

마리우스가 냉정하게 말했다.

"이 봉투도 당신 것 같은데 가져가요."

그것을 보자마자 소녀가 손뼉을 치며 소리쳤다.

"어머나, 이걸 찾으러 얼마나 헤맨 줄 아세요! 제 동생이 떨어뜨렸나 봐요. 하마터면 아버지한테서 매를 맞을 뻔했어요. 그래서 편지를 모두 전했노라고 거짓말을 했지요."

그녀는 깔깔대고 웃기 시작했다.

"이 편지를 모두 전해야 아침밥을 얻어먹어요. 그저께하고 어젠 종일 굶었어요. 먹을 게 있으면 배터질 때까지 먹어대지요."

그 말을 듣고서야 마리우스는 이 가엾은 소녀가 자기를 찾아온 이유를 알아차렸다. 그는 호주머니를 전부 뒤져 5프랑을 손에 쥐어 주었다. 돈을 주자 16수가 남았는데 그 역시 그걸로 저녁을 먹으면 내일은 어떻게 될지 모르는 처지였다.

"어머나, 좋아라."

소녀가 높은 옥타브로 소리쳤다.

"정말 친절하신 분이네요. 전 당신한테 홀딱 반했어요. 우리 네 식구가 이틀간은 실컷 먹고 마시게 됐네요!"

그녀는 마리우스에게 인사한 다음 다정스런 손짓을 하고 문 쪽으로 걸어가며 말했다.

"안녕. 이제 아버지한테 가봐야겠어요."

씩씩하게 몇 걸음 옮기다가 그녀는 먼지가 뽀얗게 쌓이고 곰팡이가 핀 마른 빵조각을 찬장 위에서 발견하고는 그것을 집어 씹어 먹으면서 중얼거렸다.
 "아이, 맛있어라. 근데 왜 이렇게 딱딱하지. 이빨 부러지겠네."
 그리고 그녀는 아무렇지도 않게 마리우스의 방을 빠져 나갔다.

불쌍한 사람들

지금까지 자신도 힘겹게 살고 있다고 생각했지만 조금 전 그 끔찍한 처녀를 본 다음부터는 진짜 가난이 무엇인지 모르면서 살아왔다는 것을 새삼 깨달았다. 마리우스는 진심으로 공상과 정열에만 열중해 주위 사람들에게 무관심했던 것에 자책감을 느꼈다. 매일 벽 저쪽에서 그들이 왔다 갔다 하며 이야기를 주고받는 소리를 들으면서도 그는 한 번도 주의를 기울이지 않았다. 마리우스가 무심한 동안 그 주변에서 자기와 같은 처지의 인간들이, 그의 형제인 사람들이 죽어가고 있었다. 그들은 하나 같이 타락하고 비천했지만 가난 속에서 품위를 잃지 않기란 여간 힘든 일이 아니었다. 그는 그렇게 자기를 책망하고 있다가 그 방과 자기 방 사이의 벽을 물끄러미 바라보았다. 여느 때처럼 널빤지 위에 얇게 덧바른 벽을 통해 말소리가 뚜렷하게 들려왔다. 허름한 벽에는 벽지도 발라져 있지 않았다.

마리우스는 벌떡 자리에서 일어났다. 벽 가장 높은 곳 판자 틈으로 세모난 구멍이 하나 뚫려 있었다. 찬장 위에 올라가 그 구멍으로 옆집을 들여다보였다. 그가 들여다 본 그곳은 마치 짐승 소굴 같았다. 마리우스의 방도 초라했지만 그의 가난에는 기품이 있어서 깨끗하고 산뜻한 느낌이었다. 하지만 종드레트 가족의 방은 너저분하고 더럽고 무엇보다 어두컴컴했다. 가구는 탁자 하나, 의자 하나, 부서진 책상 하나, 깨진 그릇 몇 개, 그리고 초라한 침대 두 개가 전부였다. 빛이라고는 거미줄이 잔뜩 쳐진 창을 통해 들어오는 희미한 햇빛뿐이었다. 방바닥에는 널빤지도 바닥 돌도 없이 새까만 때가 끼여 있었다. 한 번도 청소하지 않은 것 같았다. 탁자 앞에는 펜과 잉크와 종이가 있고, 그 앞에는 예순 살쯤 된 사나이가 웅크리고 앉아 있었다. 키는 작은 데다 비쩍 마르고 창백한 얼굴에 사나운 기색이 엿보였다. 한마디로 교활하고 잔인한 인상이었다. 벽난로 옆에는 뚱뚱한 중년 여자 하나가 맨발로 앉아 있었는데 그 비대한 몸에 어울리지 않게 누더기만 걸치고 있었다. 여자는 때가 낀 손톱으로 이따금 머리를 긁었다. 침대에는 몸이 마르고 창백한 소녀가 거의 벌거벗다시피 하고 앉아 있었다. 이 소녀가 바로 편지 봉투를 잃어버린 동생인 모양이었다. 가슴이 답답해져서 마리우스가 그 자리에서 내려오려고 할 때 그 집 문이 홱 열리면서 큰딸이 나타났다.

"와요, 아버지!"
"생 자크 성당의 그 자선가 말이냐, 에포닌?"
"정말이냐?"
"진짜 온다니까요. 마차를 타고 오고 있어요."
사나이가 벌떡 일어났다.

"이봐, 들었지? 자선가가 온대, 불을 꺼."

그는 재빠르게 물 항아리를 집어 들더니 벽난로에서 타고 있는 장작에 물을 끼얹었다. 그리고 의자에서 짚을 빼버렸다.

"밖이 춥냐?"

"네, 무척 추워요. 눈도 오는 걸요."

키가 작고 신경질적으로 생긴 아버지는 침대 위에 앉아 있는 작은딸을 돌아보며 고함을 쳤다.

"빨리 침대에서 내려와, 이 게으름뱅이야. 가만있지 말고 유리창이라도 하나 깨!"

딸은 벌벌 떨면서 침대에서 내려왔다.

"말귀를 못 알아듣는 게냐? 어서 유리창을 깨란 말이다."

딸은 아버지가 하라는 대로 발끝으로 올라가서 주먹으로 유리창을 깼다. 유리는 큰소리를 내며 아래로 떨어졌다.

"당신은 자리에 누워 있어."

비대한 몸집의 마누라는 남편이 하라는 대로 침대에 누웠다. 그런데 갑자기 작은딸이 방구석에서 흐느껴 울기 시작했다. 유리를 깨다가 손을 다친 모양이었다. 그녀의 야윈 손에서 피가 줄줄 흘러내렸다. 마누라가 다시 벌떡 일어나 소리쳤다.

"이봐요. 유리를 깨다가 손을 다쳤잖아요."

"잘됐어. 일부러 그러라고 시킨 거야."

"뭐요? 잘됐다고요?"

"시끄러워. 입 다물고 있어."

사나이가 소리쳤다. 그리고는 입고 있던 자기 셔츠를 북 찢어서 피투성이가 된 딸의 손을 싸매주었다. 차디찬 북풍이 유리창을 흔들며 방안으로 불어 들어왔다. 마치 살을 바늘로 콕콕 찌르는 듯한 매서운 바람이었다. 덩달아 밖의 안개도 흘러들어와 방안에 엷게 퍼지기 시작했다. 그는 잊은 것이 없는지 주위를 둘러보았다.

"자, 이제 자선가를 맞을 준비가 다 되었다."

동시에 누군가 가볍게 문을 두드리는 소리가 들렸다. 사나이는 얼른 뛰어가 문을 열고 공손히 머리 숙여 인사한 다음, 아양을 떨듯이 웃음을 지어 보였다.

"어서 오십시오, 동정심 많으신 나리. 그리고 어여쁘신 아가씨께서도."

한 노신사와 젊은 처녀가 방문 앞에 나타났다. 마리우스는 하마터면 헉 하고 소리를 지를 뻔했다. 마리우스가 그 구멍을 통해서 본 사람은 다름 아닌 바로 그들이었다. 공원에서 만났던 그 아름다운 소녀와 노신사였다. 소녀의 고상한 얼굴은 자주색 벨벳 모자로 감싸여 있고 공단 망토를 두르고 있었다. 망토 밑으로 비단 구두를 신은 작은 발이 보였다.

그녀는 방안으로 두어 걸음 들어오더니 큰 보퉁이 하나를 탁자 위에 올려놓았다. 종드레트의 큰딸이 문 뒤로 비껴서서 그 벨벳 모자며, 비단 망토며, 아름답고 행복해 보이는 얼굴을 서글픈 눈빛으로 바라보고 있었다. 노신사가 친절하면서도 동정 어린 눈길로 종드레트에게 말했다.

"이 보퉁이 속에 새 옷과 양말과 담요가 들어 있습니다."

"아, 자비로우신 나리, 정말 고맙습니다."

종드레트는 머리가 마룻바닥에 닿을 정도로 허리를 굽혔다. 그리고 두 방문객이 비참한 방안을 둘러보고 있는 동안 아버지는 큰딸에게 작은 소리로 재빨리 속삭였다.

"자, 봐라. 내 말이 맞지? 돈은 안 내놓고 헌옷만 갖고 왔다."

"정말로 어렵게 사시는군요. 그런데 이름이…"

노신사가 물었다.

"파방투라고 합니다."

종드레트는 아무렇지도 않게 가명을 주워 섬겼다.

"전에는 배우였습죠. 인기도 꽤 있었습니다. 하지만 지금은 이런 꼴이 되고 말았습니다. 나리께서 보시다시피 빵도 없고 불도 없습니다. 하나밖에 없는 의자는 속이 다 빠져버렸고 이렇게 추운 날씨에 유리도 깨졌어요. 게다가 아내는 아파서 누워 있고요."

"어머나, 가엾어라."

아름다운 소녀가 말했다.

"어여쁜 아가씨."

종드레트가 비굴한 어조로 끼어들었다.

"이 피투성이 손목을 좀 보십시오. 일당 6수를 벌자고 일하다가 이렇게 된 거랍니다."

"정말입니까?"

노신사가 깜짝 놀라며 물었다. 작은딸은 그 소리를 듣자 더욱 더 큰 소리로 서럽게 울기 시작했다.

"네, 사실이고 말구요. 자비로우신 나리!"

"파방투 씨,"

노신사가 부드러운 어조로 말했다.

"불행하게도 지금은 5프랑밖에 갖고 있는 게 없구려. 괜찮으시다면 이따 저녁에 다시 들리겠소."

"아무렴요, 나리. 여덟 시까지는 꼭 집세를 내야 합니다."

"그럼 여섯 시에 다시 오리다, 60프랑을 가지고."

"아, 정말 고맙습니다, 나리. 마차 타시는 데까지 배웅해 드리겠습니다."

종드레트가 어쩔 줄 몰라 하며 소리쳤다. 이윽고 세 사람은 밖으로 나갔다. 마리우스 역시 이 기회에 그들이 어디 사는지 알아두어야겠다고 생각하고 서둘러 밖으로 뛰어나갔다. 하지만 이미 노신사와 처녀는 마차를 타고 떠난 뒤였다. 저녁 때 신사가 다시 오겠다고 했으므로 그때 뒤를 밟으면 된다는 생각은 떠오르지도 않았다. 다시 되돌아 집 계단을 올라가다가 큰길 건너편의 인적 없는 담벼락 밑에서 종드레트가 한 남자와 이야기를 나누고 있는 모습을 보았다. 남자는 이 동네에서 더러운 부랑자라고 소문난 아주 고약한 작자였다.

마리우스 163

두 사나이는 이리저리 휘날리는 눈보라 속에 서서 한동안 이야기를 나누고 있었다. 마리우스는 계단을 천천히 올라갔다. 자기 방으로 막 들어가려는 순간 종드레트 큰딸이 복도에 서서 자기를 기다리는 것을 보았다.

"이번엔 또 무슨 일이요?"

"마리우스 씨, 침울해 보이는데 무슨 일이라도 있어요?"

"아무 일도 없소."

"아니에요. 분명히 무슨 생각에 잠겨 있는데요."

"신경 쓸 것 없소."

마리우스가 문을 열려고 하자 그녀가 문을 꼭 붙잡았다.

"그러지 마세요, 마리우스 씨. 당신은 별로 돈도 많지 않으면서 오늘 아침 저한테 아주 친절하게 대해 주셨잖아요. 무슨 일인지 몰라도 제가 도와드릴 건 없을까요? 제가 어쩌면 당신한테 도움이 될지도 몰라요. 편지를 전한다든가, 누구 집을 찾아낸다든가, 사람 뒤를 밟는다든가 하는 일은 이 거리에서 저만큼 잘하는 사람도 없을 거예요. 절 시키세요."

순간 마리우스의 머리에 번뜩하고 좋은 생각이 떠올랐다.

"방금 당신 집에 다녀간 노신사 있지요? 그 따님하고…"

"네, 있어요."

"그분들 주소를 알아다 줄 수 있겠소?"

"그럼요. 꼭 알아다드리지요."

그녀는 고개를 숙이고 자리를 떠났다. 방에 들어간 마리우스는 자기가 오늘 본 일이 너무 혼란스러워 오랫동안 멍하니 엎드려 있었다. 아름다운 소녀며 노신사, 사기꾼 종드레트와 그 가족에 대한 모든 생각이 뒤범벅이 되어 머릿속을 가득 채웠다. 그러다 갑자기 몽상에서 깨어났다. 귀에 거슬리는 종드레트의 음흉한 목소리가 들려왔던 것이다. 벽 너머에서 들려온 말이 그의 관심을 끌었다.

"틀림없어. 바로 그 자야. 내 눈은 정확해."

도대체 누구를 두고 하는 말일까? 그 노신사일까? 그러면 종드레트는 그를 알고 있단 말일까? 자기가 사랑하는 사람이 누구인지, 그 아버지가 어떤 사람인지 알게 된다는 호기심에 마리우스는 다시 찬장 위로 올라갔다. 종드레트가 방금 돌아온 모양이었다. 큰딸은 벽난로 옆 바닥에 앉아 동생 손에 붕대를 감아주고 마누라는 침대에 누워 놀란 표정을 짓고 있었다. 종드레트는 생각에 잠겨 방안을 서성이고 있었다. 눈초리가 이상하게 빛났다.

"정말이에요? 확실해요?"

마누라는 남편 말을 듣고는 얼이 빠진 것 같았다.

"그럼. 난 확실히 알아봤어. 몸이고 얼굴이고 더 늙지는 않았어. 달라진 건 옷을 좀 잘 입고 있다는 것뿐이지. 이젠 꼼짝없이 나한테 잡힌 거야."

그가 걸음을 멈추고 딸들에게 말했다.

"너희들은 나가 있어."

딸들은 아무 소리도 못하고 방을 나갔다. 마누라와 단둘이 남게 되자 종드레트가 그녀를 보면서 큰소리로 말했다.

"그리고 한 가지 더 말해 줘? 그 애가 바로 그 계집애란 말이야."

"고것이요?"

그 '고것'이라는 말 속에 들어 있는 의미는 어떤 말로도 표현할 수가 없다. 놀라움과 미움과 분노가 한데 섞인 끔찍한 말투였다.

"설마 그럴 리가. 우리 애들은 맨발에 옷 한 벌 걸칠 게 없는 신센데. 그 애는 부잣집 딸처럼 고급으로 차려입었던데. 설마, 잘 못 본 거예요. 그 아이일 리가 없어요."

"이 여편네야, 내 말이 맞아. 두고 보라고."

아내는 곧 시뻘겋고 커다란 얼굴을 일그러뜨리며 소리쳤다.

"세상에, 그게 바로 거지 년이란 말이지. 그 배때기를 발로 차서 터뜨려버렸으면 속이 시원하겠네."

"이 바보야, 그게 문제가 아냐. 부자가 한 놈 걸려든 거야. 이제 우리도 한 밑천 잡을 수 있게 됐어. 저녁에 오기만 해 봐라. 그땐 옆방 녀석도 저녁을 먹으러 갈 테고, 우리 애들은 내보내 망을 보라고 하면 돼. 장담할 수 있어. 그 놈은 우리가 하라는 대로 하지 않을 수 없게 될 거야."

"만약 계획대로 안 되면 어떡해요?"

불안한 목소리로 마누라가 물었다.

"그땐 소리 없이 해치워버리면 되는 거야."

종드레트가 소리 내 웃었다. 그가 웃는 것을 이사 온 이래 마리우스는 처음 보았다. 차갑고 음산한 웃음이었다.

협박

 마리우스는 몽상가이기는 했어도 용감하고 성실한 사람이었다. 그가 방금 들여다 본 것은 어김없는 도둑놈 소굴이었다. 이런 악독한 놈들은 애초에 짓밟아 싹을 꺾어버리지 않으면 안 된다는 생각이 들었다. 뭐가 뭔지는 몰라도 한 가지 사실은 분명했다. 종드레트 일당이 뭔가 불길하고 끔찍한 계획을 세우고 있어서 노신사와 그 딸이 무서운 위험에 처해 있다는 것이었다. 시간이 별로 없었다. 그들을 구해야만 했다. 그는 살그머니 찬장에서 내려와 아무도 모르게 방을 나갔다. 퐁투아즈 거리의 경찰서를 찾은 그는 서장에게 면회를 신청했다.

"서장님은 안 계시지만 경위님을 만나보시겠습니까?"

고개를 들면서 사환이 말했다.

"그렇게 해 주시오. 급한 일이오."

사환은 그를 서장실로 안내했다. 키가 큰 남자 하나가 난롯가에서 마리우스를 맞았다. 얼핏 보아도 아주 매서운 눈초리의 사나이였다.

"무슨 일입니까?"

남자가 퉁명스럽고 무뚝뚝한 말투로 물었다.

"아주 중요하고도 급한 일이 있어서 왔습니다."

"말씀하시지요."

마리우스는 그동안의 자초지종을 이야기하기 시작했다. 집의 번지수를 듣자 경위가 얼굴을 들고 차갑게 말했다.

"그럼 그 복도 맨 끝 방인가요?"

"그렇습니다. 그런데 그 집을 잘 아십니까?"

경위는 한참 조용히 있다가 말했다.

"그 노신사가 누군지도 짐작이 가오. 그 집은 예전부터 잘 알고 있소."

"어떻게 하실 작정인지 물어도 되겠습니까?"

경위가 특유의 매서운 눈빛으로 쏘아보았다. 그런 다음 손을 외투 주머니에 넣더니 두 자루의 작은 권총을 꺼냈다. 그중 하나를 마리우스에게 내밀고는 재빠르게 말했다.

"이걸 갖고서 집으로 돌아가 소리 내지 말고 방에 숨어 있어요. 그리고 놈들 동정을 잘 살피는 거요. 놈이 무슨 일을 해도 한동안 손을 쓰지 말고 가만히 있어요. 그러다가 좋은 때라고 생각되는 순간에 한 발 공중이나 천장에 쏘시오. 사람을 향해 쏘면 안 되오. 반드시 지켜야 할 점은 너무 빨리 쏘지 말고 놈이 일을 시작할 때까지 기다려야 한다는 거요. 당신은 변호사라니까 잘 알겠지요?"

마리우스는 권총을 받아 웃옷 호주머니에 넣었다. 문을 열고 나가려고 할 때 뒤에서 다시 한 번 경위가 소리쳤다.

"만약 여섯 시 전에 무슨 일이 생기면 직접 오든지 사람을 보내시오. 그런 다음 자베르 경위를 찾으시오."

벌써 날이 어둑어둑해져 있었다. 마리우스는 급히 집으로 돌아왔다. 발끝으로 살그머니 계단을 올라가 자기 방으로 미끄러지듯 들어갔다. 쓰러지듯 침대에 걸터앉았다. 오늘 하루 일이 마치 꿈을 꾸는 것처럼 느껴졌다. 그래서 악몽에 사로잡힌 듯한 기분을 떨쳐버리기 위해 이따금 바지 주머니에 손을 넣어 차디찬 권총에 손을 대보았다. 종드레트 방에는 불이 켜져 있었다. 벽에 난 구멍으로 핏빛처럼 빨갛게 불빛이 새어나오는 것이 보였다. 하지만 그 빛은 촛불에서 새어나온 것이 아닌 것 같았다. 아래층 문이 삐걱거리는 소리가 나더니 묵직한 발자국 소리가 빠른 발걸음으로 계단을 올라와 복도를 지나갔다. 종드레트가 돌아온 것이었다. 마리우스는 이제 엿보아야 할 때가 되었다고 생각했다. 그는 몸을 날려 찬장 위 구멍 앞으로 올라섰다. 방안은 묘하게 변해 있었다. 조금 전 그 이상한 불빛의 정체도 알 수 있었다. 촛불 하나가 켜 있긴 했지만 실제로 방안을 비추고 있는 것은 그것이 아니라, 숯불을 환하게 피워놓은 커다란 화로에서 새어나오는 빛이었다. 숯은 활활 피어오르고 화로는 벌겋게 달아 있었다. 파란 불꽃이 이리저리 흔들리면서 시뻘겋게 달아오른 끌을 뚜렷하게 보여주고 있었다. 문 바로 옆에는 쇠붙이와 밧줄 더미 따위가 쌓여 있었다. 이렇게 불빛이 환하게 비치고 있는 방의 모습은 마치 대장간처럼 보였다. 붉은 불빛을 받고 서 있는 종드레트의 모습은 꼭 악마 같았다. 종드레트는 방안을 안절부절 서성거리면서 마누라와 낮은 목소리로 대화를 나누고 있었다. 갑자기 멀리서 단조롭게 울리는 종소리가 깨진 유리창을 흔들었다. 막 여섯 시를 알리는 종소리가 성당에서 울리고 있었다.

"놈이 꼭 와야 할 텐데."

나지막하게 종드레트가 중얼거렸다. 서성대던 그가 의자에 막 앉자마자 때를 맞춰 문이 열렸다.

"어서 오십시오. 자비로운 나리."

종드레트는 얼른 의자에서 일어났다. 노신사가 모습을 나타냈다. 이전의 방문 때와 마찬가지로 침착하고 밝은 표정이었다. 노신사가 탁자 위에 루이 금화 네 개를 꺼내놓았다.

"파방투 씨. 우선 이걸 방세와 생활비에 보태십시오. 그리고 앞으로의 일은 다시 의논하기로 합시다."

"하느님의 은총이 함께 하시기를."

종드레트가 말했다.

"따님은 좀 어떤가요?"

"아주 나빠졌습니다. 제 언니가 병원에 데리고 갔습니다."

"부인께서는 많이 좋아지신 것 같군요."

노신사가 그의 부인을 힐끔 쳐다보면서 말했다. 그녀는 노신사와 문 사이를 가로막고 서서 출구를 지키겠다는 듯이 위협적인 태도로 그를 바라보는 중이었다.

"저 사람은 다 죽게 됐어요."

종드레트가 다시 말했다.

"하지만 워낙 씩씩한 여자라서 금세 나아질 겁니다. 마치 황소 같거든요."

종드레트가 교활하고도 날카로운 표정을 거두지 않은 채 지껄이고 있는 동안 한 사나이가 문소리를 내지 않고 살그머니 들어왔다. 털 조끼를 입은 사나이는 얼굴을 시커멓게 칠했고 문신을 한 팔을 그대로 드러내 위압적으로 보였다.

"저 사람은 누굽니까?"

"이웃입니다. 신경 쓰실 것 없습니다."

종드레트가 대답했다. 다시 조용히 문이 열렸다. 두 번째 사나이가 들어와 종드레트 마누라 뒤의 침대에 걸터앉았다. 그 역시 두 팔을 드러내고 잉크인지 숯인지 정체모를 물질로 얼굴을 시커멓게 칠하고 있었다.

"조금도 개의치 마십시오. 모두 이 집에 같이 사는 불쌍한 사람들이니까요."

신사가 힐끗 방구석을 쳐다보았다. 거기에는 언제 들어왔는지 이미 사나이가 네 명이나 더 들어와 있었다. 모두 시커먼 얼굴을 하고서 가만히 노신사를 주시하고 있었다. 갑자기 종드레트가 흐릿하게 떴던 눈에서 무시무시한 빛을 뿜으면서 몸을 벌떡 일으켰다. 그런 다음 신사를 향해 한 걸음 내딛으며 고함을 질렀다.

"이놈아, 내가 누군지 알아보겠냐?"

신사는 방안을 한번 둘러보았다. 그리고는 자기를 둘러싸고 있는 사람들의 얼굴을 차례로 바라보았다. 하지만 그의 태도에는 두렵거나 무서워하는 빛이라고는 조금도 없었다. 종드레트 이웃이라는 사나이들은 벌써 쇠붙이더미에서 가위와 장도리와 쇠망치 따위를 꺼내 들고 문 옆에 늘어서 있었다.

"그래, 내가 아직도 누군지 모르겠어?"

"모르겠소."

신사가 그의 얼굴을 똑바로 바라보며 말했다.

"내 이름은 파방투가 아니라 테나르디에야. 몽페르메유의 여관 주인이었어. 친절하게 설명을 해야 알겠어? 바로 그 테나르디에란 말이야."

신사의 얼굴에 가벼운 경련이 지나갔다. 하지만 그는, "전혀 모르겠소." 하고 태연하게 대답했다. 마리우스의 귀에는 노신사의 대답이 하나도 들리지 않았다. 테나르디에라는 말을 듣는 순간, 그는 몸을 떨면서 벽에 기댔다. 그 이름은 바로 아버지 유언장에 적혀 있던 것으로 그가 늘 마음속에 품고 있던 이름이었다. 세상에. 하필이면 이 악당이 아버지를 구한 생명의 은인이라니! 아버지는 테나르디에한테 은혜를 갚으라고 했는데 도리어 마리우스가 그를 파멸시킬 위치에 서 있는 것이다. 그는 어쩔 줄 모른 채 가만히 귀 기울이고 있었다. 테나르디에가 노신사를 향해 다시 한 번 무서운 얼굴로 소리쳤다.

"이제야 네 놈을 만나게 되었구나! 8년 전 크리스마스 전날 밤 우리 종달새를 꾀어갔지. 온갖 잘난 척, 인자한 척하면서 단돈 천오백 프랑만 내고 데려갔어. 그렇게 쉽게 일이 끝날 줄 알았냐? 부잣집 딸에 틀림없는 그 계집애한테서 평생 먹고 살만한 돈을 짜낼 수 있었는데 네 놈 때문에 좋은 기회를 놓쳤어. 겨우 금화 네 개? 어림도 없다. 이것 갖고는."

노신사가 그 말이 그치자 침착하게 말했다.

"난 당신이 무슨 말을 하고 있는지 전혀 모르겠소. 아마 무슨 착각을 하고 있는 것 같소."

"뭐라고? 날 몰라? 이래 뵈도 한때는 여관 주인이었어. 선거권도 있었고 지금도 훌륭한 시민이야. 난 너처럼 그렇게 수상한 놈은 아니야. 어디에 사는 누군지 밝히지도 못하면서 애를 빼앗아가는 그런 놈이 아니야. 난 이래 뵈도 프랑스 군인이야. 워털루에도 갔었어. 그리고 거기서 무슨 남작인가 하는 군인도 구해 준 일이 있지. 알겠어? 자, 이제 그런 얘기는 그만하자. 난 돈이 필요해. 엄청난 돈이 필요해. 말을 듣지 않으면 이 자리에서 요절내 버리겠어."

마리우스는 다소 마음을 진정하고 그 말을 듣고 있었다. 이제는 더 이상 의심할 여지도 없었다. 사나이는 분명히 테나르디에였다. 그리고 그가 내뱉는 말 한마디 한마디와 불길이 활활 타오르는 그 눈에는 허세와 비열과 교만과 분노와 어리석음이 뒤섞여 있었다. 테나르디에가 한숨 돌리고 나서 핏발 선 눈으로 신사를 쏘아보며 나지막하고 무서운 소리로 말했다.

"이제부터 맛을 좀 보여주지."

도끼를 든 한 악당이 거들었다.

"장작 패는 일이라면 내가 하지."

노신사는 아까부터 테나르디에의 움직임을 지켜보면서 틈을 노리고 있었다. 테나르디에는 자기편이 워낙 많으므로 마음을 푹 놓고 방안을 왔다 갔다 하고 있었다. 잠시 도끼를 든 사람을 쳐다보느라 노신사로부터 등을 돌리고 있는 사이에 그 틈을 타고 신사는 재빨리 의자를 걷어차고 손으로 탁자를 밀어뜨린 다음, 가볍게 몸을 날려 창가로 갔다. 하지만 여섯 개의 우악스런 손이 그를 낚아채 힘껏 방안으로 끌어들였다. 마누라도 그의 머리칼을 잡고 늘어졌다. 그들은 노신사를 침대로 끌고 가 일으켜 세운 뒤 침대 다리에 그를 밧줄로 칭칭 동여맸다. 테나르디에가 의자를 노신사 앞에 갖다놓고 마주 앉았다. 그는 조금 전과는 아주 다른 사람이 되어 있었다. 지금까지의 그 미친 표정은 사라지고 침착하고도 교활한 평온함으로 가득 찬 얼굴을 하고 있었다.

"창문으로 뛰어내리려고 한 것은 형씨가 아주 잘못 생각한 거야, 다리가 부러질지도 모르니까. 사실 나는 엄청나게 큰돈을 요구하는 게 아니야. 조금 양보하고 희생할 테니까 20만 프랑만 내라고."

신사는 아무 말도 하지 않았다. 개의치 않고 테나르디에가 계속해서 말했다.

"이것 봐. 나도 상당히 많이 봐 준 거야. 나처럼 가난한 사람한테 20만 프랑을 적선한다고 해서 대단한 건 아닐 거라고. 지금부터 내가 부르는 대로 받아쓰기만 하면 돼."

"어떻게 쓰란 말이오? 난 묶여 있는데."

신사가 침착하게 말했다.

"참 그렇군. 이봐, 이 양반 오른팔을 좀 풀어줘."

한 사나이가 그의 오른팔을 자유롭게 풀어주었다.

"내가 부르는 대로 써. 나의 사랑하는 딸아…"

신사가 몸을 부르르 떨면서 테나르디에를 올려다보았다.

"'나의 사랑하는 딸아 하고 써. 네가 꼭 와야만 하겠다. 이 편지를 전하는 사람을 따라서 오너라. 기다리고 있겠다."

노신사는 테나르디에의 말대로 받아 적었다.

"그리고 주소를 적어. 이 근처에서 멀지 않은 곳에 살고 있다는 건 나도 알고 있으니까 주소를 속일 생각은 하지 마."

신사는 잠시 생각에 잠겼다가 펜을 들고 쓰기 시작했다.

"이봐, 마누라!"

테나르디에가 외치자 그의 부인이 급히 옆으로 달려왔다.

"이 편지를 갖고 가. 어떻게 해야 하는지 알지? 일이 끝나면 곧장 돌아와."

도끼를 든 사나이와 마누라가 방을 나갔다. 이제 남은 것은 테나르디에와 늙은 포로와 세 명의 사나이뿐이었다. 모두들 둔감하고 음산한 표정을 짓고 있었다. 이런 패들이라면 아무런 분노도 동정도 느끼지 않고서 태연하게 죄를 저지를 것만 같았다. 그들은 한쪽 구석으로 몰려가 마치 먹이를 앞에 둔 짐승처럼 가만히 웅크리고 있었다. 테나르디에는 발에 불을 쬐고 있었다. 포로도 침묵 속에 잠겨 있었다. 마리우스는 불안 속에서 꼼짝 않고 있었다. 테나르디에가 계집애니 종달새니 하는 것은 대체 누구를 가리키는 것인지 알 수도 없었다. 뭔가 홀린 심정으로 그 모든 상황을 내려다 볼 수 있는 자리에서 못 박힌 듯이 가만히 있을 뿐이었다. 아주 가까이 본 그 끔찍한 광경 때문에 멍해져서 몸 하나 까딱할 수가 없었다. 단지 '어쨌든 종달새가 그 처녀인지 아닌지는 테나르디에 마누라가 오면 알 수 있다. 만약 그녀가 위험하게 된다면 내 생명을 바쳐서라도 그녀를 구해주도록 하자.' 하고 생각했다.

탈출

 그럭저럭 시간이 흘러갔다. 벌써 한 시간도 더 계속되고 있는 이 무서운 사태는 시간이 흐를수록 더 험악해졌다. 방안의 공기는 음침할 정도로 조용히 가라앉아 있었다. 그 고요 속에서 아래 계단 문이 열리는 소리가 들렸다. 노신사가 묶인 채로 몸을 약간 움직였다. 마누라가 얼굴이 새빨개져서 헐떡이며 뛰어들어 왔다.

"주소가 틀려요!"
"주소가 틀리다고?"
자리에서 벌떡 일어나며 테나르디에가 물었다.
"그 번지에는 그런 사람이 없대요. 당신, 저 늙은이한테 속았어요."

테나르디에는 무서운 기세로 포로를 향해 다가간 다음 천천히 입을 열었다.

"주소를 속였어? 대체 무슨 속셈으로 그런 짓을 했지?"
"시간을 끌기 위해서다!"

늙은 포로가 힘찬 소리로 외쳤다. 그러면서 그는 몸에 감고 있던 밧줄을 털어버렸다. 밧줄은 이미 끊겨 있었다. 악당들이 정신을 차려서 덤벼들기도 전에 그는 화로에 손을 뻗쳤다가 다시 몸을 일으켰다. 악당들은 너무나도 놀라 방 한구석으로 물러나서는 멍하니 그를 바라볼 뿐이었다. 그는 화로 속에서 시뻘겋게 달아오른 끌을 머리 위로 치켜들었다. 나중에 밝혀진 사실이지만, 이 사건이 있은 뒤 조사한 경찰에 의하면 현장검증을 할 때 방 안에서 특수 세공이 된 동전이 발견되었다. 이 커다란 동전은 바로 죄수들이 탈옥할 때 쓰는 도구였다. 죄수들은 식칼 따위를 써서 동전을 두 쪽으로 잘라 안을 모두 도려낸 다음 다시 합쳐서 감쪽같이 원래대로 하나가 되게 만든다. 그 안에는 시계태엽이 감춰져 있는데 그것으로 죄수의 쇠사슬이나 고리, 쇠창살 등을 자를 수가 있는 것이다. 경찰이 방 안 침대 밑에서 발견한 동전도 그런 것이었다. 아마 노신사는 오른손이 자유롭게 되자 그것을 꺼내 비틀어 열고 태엽으로 밧줄을 끊은 모양이었다.

"너희들한테는 안 됐지만 내 목숨은 그렇게 애쓰건서 지킬 게 못 돼. 하지만 너희들이 그렇게 억지를 쓴다면."

포로는 왼팔 소매를 걷어 올리면서 말했다.

"봐라."

그는 팔을 뻗치더니 드러난 살에다 벌겋게 단 끌을 가져다댔다. 지지직하면서 살이 타는 소리와 냄새가 방안에 퍼졌다. 마리우스는 정신이 아찔해져서 비틀거렸고 악당들조차 몸을 떨었다. 하지만 그 이상한 노신사는 조금도 얼굴 표정을 일그러뜨리지 않았다. 끌이 살에 닿아 연기를 내는 동안에도 그는 태연하고도 엄숙한 표정을 짓고

서 테나르디에를 보았다. 눈에는 증오의 빛이라고는 전혀 없었고 완전히 승화된 고통 속에 위엄만 감돌고 있었다.

"가엾은 놈들. 내가 너희들을 무서워하지 않는 것처럼 너희들도 날 두려워할 필요는 없다."

이렇게 말하더니 그는 끌을 열려 있는 창밖으로 던져 버렸다.

"자, 이제 너희들 마음대로 해라."

악당들이 달려들어 그의 어깨를 움켜잡았다.

"이렇게 되면 방법은 하나뿐이야."

"칼로 족칠 수밖에 없어."

테나르디에와 마누라가 낮게 속삭였다. 이 순간, 마리우스는 권총을 만지작거리면서 어쩔 줄 몰라 하고 있었다. 잡힌 사람도 구해 주어야 했지만 아버지 유언을 지켜야한다는 갈등이 마음을 어지럽혔다. 테나르디에가 천천히 탁자 있는 곳으로 가서 서랍을 열었다. 칼을 꺼내려는 모양이었다. 이때, 문이 열리면서 자베르가 경찰들을 대동하고 들이닥쳤다. 자베르는 해질 무렵 그 근처에 부하들을 배치해놓고 자신도 가로수 뒤에 숨어 마리우스의 신호가 울리기만을 기다리고 있었다. 테나르디에 마누라와 악당이 마차를 타고 왔다 갔다 하는 것을 보고 그는 무척 걱정을 했다. 그러다가 더 이상 참을 수가 없어서 곧장 들어가 보기로 결심한 참이었다.

"거기들 가만히 있어라. 우린 열다섯 명이다. 조용히 해."

총을 든 헌병과 한 떼의 경찰관들이 말이 떨어지기가 무섭게 방안으로 몰려들어왔다. 그들은 악당들을 체포하기 시작했다.

"모두 남김없이 수갑을 채워라."

테나르디에 마누라는 꽁꽁 묶인 남편을 보더니 마룻바닥에 털썩 주저앉아 울부짖었다. 자베르는 탁자 앞으로 가서 위엄 있게 앉더니 서류를 꺼내 조서를 꾸미기 시작했다. 조서를 몇 줄 쓰고 나서 그는 눈을 들었다.

"잡혀 있던 사람을 이리 데려와."

경찰들이 주위를 둘러보았다.

"아니, 그 사람 어디로 갔어?"

어리둥절한 얼굴로 자베르가 물었다. 노신사는 이미 어디론가 사라지고 없었다. 문은 경찰이 지키고 있었지만, 창문은 그렇지 않았다. 그는 자베르가 조서를 꾸미는 어수선한 틈을 타서 아무도 모르게 창으로 뛰어내린 것이었다. 경관 하나가 창가로 달려가 둘러보았지만 밖에는 사람의 그림자도 보이지 않았다.

"가장 중요한 놈을 놓쳤군."

입맛을 다시며 자베르가 말했다.

플뤼메 거리의 연가

부녀

자베르가 테나르디에를 포함한 악당들을 체포하고 떠난 다음날, 마리우스는 얼마 되지 않는 가구를 손수레에 싣고 주소도 남겨놓지 않은 채 전에 얹혀 지내던 친구 집으로 떠났다. 날이 밝자마자 전날 저녁에 일어난 사건의 전모를 듣기 위해 찾아왔던 자베르는 허탕을 치고 돌아갈 수밖에 없었다. 마리우스가 서둘러 집을 옮긴 데는 두 가지 이유가 있었다. 평소 불쌍하게 생각했던 가난뱅이가 그토록 끔찍스럽고 악독한 짓을 저지른 것을 보고 나자 정나미가 떨어져 더 이상 그 집에 있기가 싫었던 것이 첫 번째요, 추후 재판이 벌어지면 그곳에 나가서 테나르디에에 대한 불리한 증언을 해야 하는데 차마 그럴 수는 없기 때문이었다. 그러나 하나를 얻으면 다른 하나를 잃는 법이다.

마리우스는 곧 깊은 슬픔에 잠겼다. 아름다운 소녀와 노신사가 더 이상 공원에 나타나지 않았던 것이다. 그들이 어디에 살고 있는지도 몰랐고, 그들이 누군지 짐작할 만한 단서도 없었다. 게다가 그녀의 아버지라고 생각했던 그 노신사가 알고 보니 수수께끼의 인물이었다. 사실 마리우스가 보기에도 어쩐지 수상한 면이 있었다. 그는 왜 도망을 쳤을까? 정말 그녀의 아버지일까? 이런 온갖 수수께끼가 하루 종일 그의 머릿속에서 맴돌았다. 하지만 그렇다고 해서 뤽상부르 공원에서 만났던 그녀의 청순한 매력이 줄어든 건 절대 아니었다. 그의 가슴속에는 정열이 끓어올랐지만 눈앞의 현실은 어두움뿐이었다. 하루하루가 흘러가도 새로운 일은 일어나지 않았다.

그러던 어느 날이었다. 평소와 마찬가지로 산책을 나가는데 낯익은 목소리가 들려왔다.

"아, 저기 계시네!"

뒤를 돌아보니 테나르디에의 큰딸인 에포닌이었다. 그녀는 마리우스의 방에 거침없이 들어왔던 그날과 마찬가지로 맨발에 누더기를 걸친 차림이었다. 그 누더기는 두 달이 지난 만큼 더 낡고 더러워 보였다. 머리카락에는 지푸라기며 마른 풀 등이 붙어 있었다. 헛간에서 살고 있는 모양이었다. 그녀는 창백한 얼굴에 기쁜 웃음을 띠면서 마리우스 앞에 와 걸음을 멈췄다.

"겨우 찾았군요."

그녀가 입을 열었다.

"얼마나 찾아다녔는지 몰라요. 마뵈프 씨 댁까지 찾아가 물어보았더니 여기에 사신다고 가르쳐 주셨어요. 저는 그 동안 유치장에 들어가 있었어요. 2주일이나 있다가 나왔네요. 이젠 그 집에서 안 사시지요?"

"그래요."

마리우스가 짤막하게 대답했다.

"지난 번 그 일 때문에 그러시죠? 그런 야만스런 짓이 싫으신 거죠?"

마리우스는 애써 대답할 필요를 느끼지 않았다.

"절 만난 게 기쁘지 않은 모양이군요."

마리우스는 여전히 가만히 있었다. 그녀는 잠시 입을 다물고 있다가 갑자기 커다란 소리로 외쳤다.

"하지만 내 말을 들으시면 기뻐하실 거예요!"

"그게 무슨 말이오?"

그녀는 잠깐 동안이지만 입술을 꼭 깨물었다. 무슨 갈등을 느끼는지 망설이는 눈치였다.

"당신이 부탁하신 주소를 알아냈어요."

순간 마리우스가 파랗게 질렸다.

"주소?"

"알아봐 달라고 했던 주소 말이에요."

"아, 그렇지. 그럼 얼른 데려다 줘요. 원하는 건 뭐든지 다 주겠소. 대체 거기가 어디요?"

그가 에포닌의 손을 꼭 잡으면서 말했다.

"절 따라오세요. 번지는 몰라요. 하지만 집은 아니까 모셔다 드릴게요."

그녀가 다른 누가 들었어도 가슴을 아프게 할 만큼 슬픈 말투로 말했지만 재회의 기쁨에 들떠 있는 마리우스는 그것을 전혀 알아채지 못했다. 마리우스의 얼굴이 잠시 흐려졌다.

"하지만 한 가지만 맹세해 줘요!"

에포닌이 의아한 얼굴로 마리우스를 쳐다보았다.

"당신 아버지한테 그 주소를 말하지 않겠다고 맹세하란 말이오."

"아, 우리 아버지 말이죠? 그런 걱정은 안 해도 돼요. 지금 아버지는 감옥 독방에 갇혀 있어요. 전 우리 아버지 같은 사람은 생각할 겨를도 없어요."

"자, 그럼 데려다 줘요."

몇 발짝 가다가 에포닌이 걸음을 멈추고 고개도 돌리지 않은 채 아주 작은 목소리로 말했다.

"그런데 저한테 뭘 주시겠어요?"

마리우스가 호주머니 속을 뒤지기 시작했다. 전 재산인 5프랑짜리 은화가 나오자 망설임 없이 에포닌 손에 쥐어주었다. 그녀가 서글픈 표정을 지으며 웃었다.

"이것만 믿어주세요. 돈을 바란 건 아니었어요."

생 제르망 문밖의 한적한 플뤼메 길을 걷다 보면 이층집이 한 채 보인다. 18세기 중엽 파리재판소의 어느 이름 모를 판사가 정부를 위해 마련한 집이라고 했다. 집 앞 넓은 뜰은 누가 쳐놨는지 쇠 울타리가 둘러쳐져 있어서 밖에서 집 안을 들여다보기란 힘들어 보였다. 집 뒤에는 좁은 마당이 있고, 그 구석에서 좁고 기다란 길이 시작되고 있었다. 이 샛길은 양쪽이 높은 담에 둘러싸여 묘하게 가려진 모습이었다. 구부러진 샛길을 따라 모퉁이를 제법 걸어가면 또 다른 문이 나오는데, 이 집 주인이었던 판사가 쓰던 비밀통로였다. 비밀문은 거의 다른 구역이라고 해도 될 바빌론 거리로 나가게 꾸며 놓았다. 집 주변이라고는 온통 원예장이나 과수원이어서 그럴 일은 없겠지만, 설사 왕래를 하는 이웃이라고 해도 그곳에 이중벽이 있고 그 사이에 길이 있다고는 전혀 상상도 하지 못했을 것이다.

1829년 10월 쯤, 한 노신사가 찾아와 이 집을 얻었다. 집을 약간 수리한 다음 곧바로 어린 처녀 하나와 하녀를 데리고 옮겨왔다. 이미 언급한 것처럼 이웃에는 사는 사람들이 없었으므로 누구의 입에도 오르내리는 일은 없었다. 그들은 바로 장 발장과 코제트였다. 그때까지 장 발장은 코제트와 더불어 수녀원에서 행복한 나날을 보내고 있었다. 하지만 거기서 평생을 보낼 수는 없는 일이었다. 그곳에 계속 있으면 코제트가 수녀가 될 수밖에 없다는 사실을 깨닫고는 아이의 앞날을 위해 안전한 그곳을 나오기로 결심한 것이다. 여기저기 발품을 판 끝에 마침 플뤼메 거리에 있는 이 한적한 집을 발견하고는 이곳에 몸을 숨겼다. 그때부터 그는 윌팀 포슐르방이라는 이름을 사용했다. 또 한편으로는 파리 시내의 다른 두 곳에도 방을 얻었다. 그렇게 하면 항상 같은 곳에 머무는 것보다 사람들 주의를 덜 끌게 될 것이고, 뜻하지 않은 일이 일어나도 도망칠 곳이 마련되기 때문이었다. 그는 이따금 코제트만 데리고 한 달이고 두 달이고 다른 집에서 살다가 플뤼메로 돌아오곤 했다.

두 사람은 매일 다정하게 산책을 나갔다. 뤽상부르 공원에 가서 가장 한적한 오솔길을 하루 종일 걸었다. 주일에는 가난한 동네에 있는 생 자크 성당에 다녔다. 그는 불쌍한 사람들에게 자선을 많이 베풀었고 성당 안에서는 자선가로 알려져 있었다. 그래서 테나르디에를 만나게 되었던 것이다. 장 발장은 코제트와 함께 나갈 때는 퇴역장교의 옷차림을 했지만, 혼자 나갈 때는 언제나 작업복 윗도리를 입고 챙 달린 넓은 모자를 깊숙이 내려쓰고 다녔다. 코제트는 수수께끼 같은 자기 운명에 익숙해져 있었기 때문에 그런 아버지의 이상한 행동에 별로 신경을 쓰지 않았다. 두 사람은 물론이고 하녀가 드나들 때에도 늘 바빌론 거리 쪽 문을 이용했다. 정원 철문은 언제나 닫혀 있는 상태였다. 장 발장은 사람들 이목을 끌지 않기 위해 정원을 손질하지 않은 채 그대로 방치해두었다.

정원은 반세기 이상 사람 손이 닿지 않은 관계로 자연스럽게도 매력적인 곳이 되었다. 한쪽 구석에 돌 의자와 이끼 낀 조각상이 두어 개 놓여 있는 것 말고는 길도 없고 잔디도 없고 온통 잡초만 무성했다. 잡초들이 제멋대로 자란 사이사이로 무꽃이 아름답게 피었다. 뿐만 아니라 온갖 것이 자랐다. 나무들은 가시덤불 쪽으로 구부러지고 가시덤불은 나무들을 타고 올라가고 나무줄기, 잎사귀, 빽빽이 자란 덩굴, 줄기, 가시 같은 것들이 서로 뒤엉킨 채 자랐다. 단순한 정원이 아니라 말 그대로 거대한 수풀이었다. 봄이 되면 이 수풀은 온통 벽으로 둘러싸인 울타리 속에서 자유롭게 그 신비한 푸른 머리칼을 바람에 나부끼면서 번식과 생명과 기쁨과 향기를 뿌렸다. 한낮에는 수천 마리의 하얀 나비 떼가 그곳으로 모여들었다. 그 화려한 녹색 그늘 속에서 무수한 새들이 지저귀는 소리와 벌레 우는 소리가 들렸다. 저녁이 되면 꿈결 같은 안개가 피어올라 정원을 부드럽게 감쌌다. 낮에는 새들의 날개가 나뭇잎을 즐겁게 해주고 밤에는 나뭇잎이 새들의 날개를 감싸주었다. 이 조용한 수목원은 푸른 나뭇잎과 풀과 이끼와 새들의 한숨소리와 부드러운 그늘과 흔들거리는 가지들로 꾸며져 있는 뜰이었고, 거기에서 사랑과 믿음과 순진함과 희망과 동경과 공상으로 이루어진 하나의 영혼이 그것들과 함께 자랐다.

코제트는 어렸을 때 수녀원에서 나왔다. 아직 완전히 성숙하지 않은 나이였다. 수녀원에서 갓 나온 그녀에게 플뤼메 거리의 집만큼 즐거운 곳은 없었다. 쓸쓸하기는 매한가지였지만, 그녀의 생애 처음으로 자유로운 삶이 시작되었다. 장 발장은 손질이 안 된 정원을 코제트 마음대로 하도록 내버려두었다. 여기서 뭐든지 하고 싶은 대로 하라는 말을 들은 그녀는 몹시 기뻤다. 정원의 수풀이란 수풀은 모두 헤쳐보고 돌이란 돌은 모조리 옮겨 놓으면서 정원에서 뛰어 놀았다.

그녀는 정말 아름다웠다. 몸매도 예뻤고 피부는 하얗고 매끄러웠으며, 머리칼은 윤기가 흐르고 푸른 눈동자에는 지금까지 보지 못했던 빛이 반짝이고 있었다. 그녀는 정원에서 마치 자신이 여왕이라도 된 듯 착각에 빠져 새들의 노랫소리를 듣고 하늘을 올려다보고 나무 사이로 떠오르는 해를 바라보며 숲속에 피어 있는 꽃도 보았다. 그녀는 즐거움에 푹 빠져 있었다.

그녀는 아버지를 어린애다운 순진한 애정으로 사랑하고, 가장 가깝고 다정한 친구로 생각했다. 아버지를 무척 존경하고 사랑했기 때문에 늘 그 뒤를 따라다녔다. 장 발장 주위에는 언제나 평화와 기쁨이 어려 있었다. 말은 하지 않았지만 코제트는 어린 시절을 어렴풋이 기억하고 있었다. 그녀는 얼굴도 모르는 어머니를 위해 매일 아침저녁으로 정성어린 기도를 드렸다. 한편으로 테나르디에 부부의 일이 꿈속에서 보았던 두 개의 무서운 얼굴처럼 그녀 머릿속에 깊이 남아 있었다. 어느 날 밤에 숲속으로 물을 길러 갔던 일도, 지옥 같은 생활에서 아버지가 구해 준 것도 어렴풋이 기억하고 있었다. 그녀는 자기가 장 발장의 딸이라는 사실을 굳게 믿고 있었다. 그래도 어머니에 대해 이따금 물어보았지만 장 발장은 그때마다 입을 꽉 다물었다. 자꾸 다그쳐 물으면 아버지는 그저 쓸쓸히 웃어 보일 뿐이었다. 한 번은 꼭 듣고 싶다고 오랫동안 조른 적이 있었는데, 그때 그의 미소는 끝내 눈물로 변해 버렸다. 어느 날 코제트가 장 발장에게 말했다.

"아버지, 어젯밤 꿈에 엄마를 봤어요. 엄마는 커다란 날개를 달고 계셨어요. 엄마는 이 세상에 계실 때 성녀에 가까우셨던 모양이에요."

"그럼. 고생을 많이 하셨으니까."

장 발장은 그렇게 대답할 뿐이었다.

재회

마리우스가 뤽상부르 공원에서 그녀를 만났을 무렵, 코제트는 수녀원에서 받았던 엄격한 가르침을 벗어 던지고 사랑을 받아들일 준비가 되어 있었다. 아마 두 사람은 느끼지 못했겠지만 운명은 은근하고도 끈기 있게 그들 두 남녀를 가까이 끌어당기고 있었다. 그들의 말없는 눈길이 처음으로 부딪히기 전부터 사실 그녀는 그를 유심히 관찰하고 있었다. 그녀 역시 그에게 관심이 있었던 것이다. 그가 처음 두 부녀 앞에 나타났을 때부터 아름다운 머리칼과 아름다운 눈을 소유하고 있으며 온몸에서 풍겨오는 품위와 다정함과 소박함과 기품, 언뜻 가난해 보이지만 어딘가 세련되어 보이는 점을 느끼고 있었다. 마침내 두 사람의 눈길이 서로 마주치고 뭐라 표현할 수 없는 그 최초의 은밀한 기분을 나누었던 날, 코제트도 어쩔 수 없이 사랑에 빠져버렸다. 코제트의 눈길은 마리우스를 야성적인 기쁨에 떨게 했고 마리우스의 눈길은 그녀를 설레게 만들었다. 운명은 그날부터 두 사람을 서로를 그리워하는 존재로 만들어 버렸다. 하지만 역설적이게도 코제트는 아직 사랑이 무엇인지 전혀 모르고 있었다. 사랑이 어떤 것인지 모른 채 사랑을 느꼈기 때문에 그만큼 더욱 정열을 쏟아서 사랑하고 있었다. 그것은 멀리 떨어져서 품은 강한 동경이자 모르는 사람에 대한 숭배였다. 그녀는 매일같이 산책 나갈 시간을 기다렸고 나가서 마리우스를 볼 생각에 즐거워했다.

하지만 언제부터인가 장 발장은 코제트를 더 이상 공원에 데려가지 않았다. 아버지의 그런 행동이 이상했지만 코제트는 불평 한 마디 하지 않았고 왜 그래야 하는지 묻지도 않았다. 아버지의 기묘한 행동에 익숙해 있는데다가, 모든 일을 그에게 말하고 의지하던 그녀는 이 일만은 순진한 처녀의 부끄러움에서인지 차마 말할 용기가 나지 않았던 것이다. 그녀는 점점 슬픔에 잠겼지만 장 발장은 그 이유를 짐작도 못했다. 매일 아침마다 코제트의 슬픔에 잠긴 표정을 보고 조금 우울해졌을 뿐이었다. 그는 전과 다름없이 여전히 밝고 다정한 얼굴로 그녀를 대했지만 코제트는 마음이 텅 빈 것 같은 상태에 빠져 있었다. 그 상태는 하루하루 더해 가기만 했다. 그녀는 오직 한 가지 생각에만 골몰해 있었고 멍하니 뜬 눈은 깊고 어두운 허공을 보고 있는 것만 같았다. 무슨 이유로 딸의 심경에 변화가 생겼는지 전혀 알 수 없던 장 발장은 걱정이 되어 견딜 수가 없었다. 그는 이따금 그녀에게 물었다.

"왜 그러는 거냐?"

"아니에요, 아무 것도."

코제트는 아버지가 슬퍼하는 것을 알고 이렇게 덧붙였다.

"아버지는 왜 그러세요?"

"나 말이냐? 난 아무렇지도 않다."

그렇게 사랑하는 두 사람은 오랫동안 서로 의지해 살아온 사이였으므로 상대방 때문에 마음 아파하면서도, 그 괴로움을 말로 표현하는 일도 원망하는 일도 없이 상대방을 우선 배려하는 마음을 나눌 뿐이었다.

1832년 4월 초였을 것이다. 장 발장은 바깥에 나가고 집에 없었다. 정원 한구석에 한길 쪽 울타리 옆으로 놓인 돌 의자에 혼자 남은 코제트가 해가 진 어스름 속에서 앉아있었다. 나무가 바람에 살랑거렸다. 영문 모를 슬픔이 그녀를 덮쳐 왔다. 그때 불현듯 이상한 느낌이 들어 뒤돌아 본 코제트는 깜짝 놀라 자리에서 쓰러질 뻔 했다. 그가 서 있었던 것이다. 예전보다 얼굴은 창백하고 야윈 것 같았다. 석양빛은 그의 잘생긴 이마를 파르스름하게 보이게 했고, 눈은 어둠 속에 가려 있었다. 코제트는 당장이라도 기절할 것만 같았지만 겨우 정신을 가다듬고 자리에서 일어섰다. 그때, 그녀는 목소리를 들었다. 그때까지 한 번도 들어본 적이 없는 그의 목소리가 나지막이 속삭이고 있었다.

"용서해 주십시오. 가슴이 터질 것 같고 이대로는 더 이상 견딜 수 없어 이렇게 찾아왔습니다. 절 알아보시겠어요? 기억나시는지요, 당신이 절 쳐다보았던 그 날 일이. 뤽상부르 공원에서 말입니다. 하지만 그 뒤로 통 뵐 수가 없더군요. 그때부터 당신을 찾아다녔습니다. 밤마다 여기에 왔습니다. 당신이 놀라실까 봐 당신 방 창문 가까이에서 지켜보았습니다. 이렇게 찾아올 수 있도록 허락해 주십시오. 제가 당신을 얼마나 사모하는지 제 심정을 알아주십시오."

그녀는 비틀거렸다. 마리우스가 그녀를 붙잡아 안았다. 그리고 자기도 모르게 그 팔에 힘을 주었다. 코제트는 그의 손을 잡았다. 그가 중얼거리듯 말했다.

"당신도 절 사랑하시는 겁니까?"

그녀가 한숨을 쉬듯 들릴락 말락한 낮은 소리로 대답했다.

"무슨 말씀이세요. 잘 아실 텐데요."

그녀는 발갛게 달아오른 얼굴을 사랑에 취해 있는 청년의 가슴에 묻었다. 그가 의자에 앉았다. 그녀도 그 옆에 앉았다. 그들은 이제 아무 말도 하지 않았다. 별은 하늘에서 반짝이고 있었다. 한 번의 입맞춤, 그것이 전부였다. 두 사람은 몸을 떨며 어둠 속에서 빛나는 눈으로 서로를 바라보았다. 그녀는 그에게 어디로 해서 정원으로 들어왔는지, 어떻게 집을 알고 찾아왔는지 묻지 않았다. 그녀에게는 그가 이렇게 찾아온 것이 지극히 당연한 일로 여겨졌다.

두 사람은 조금씩 이야기를 나누었다. 어둠은 그들 머리 위에서 맑고 조용하게 빛나고 있었다. 영혼처럼 순결한 두 사람은 서로에 대해 알아가기 시작했다. 그들의 꿈, 그들의 도취, 그들의 기쁨, 그들의 공상, 그들의 절망. 얼마나 멀리서 사랑했는지, 얼마나 그리웠는지, 만날 수 없었을 때 얼마나 절망했는지. 그들은 더할 수 없이 가까워져서 가장 은밀한 것까지 모두 털어놓고 말았다. 그들 두 사람의 마음은 서로 하나가 되어 마침내 한 시간 뒤에는 청년은 처녀의 영혼을 소유하고, 처녀는 청년의 영혼을 완전히 소유하게 되었다. 그들은 서로 상대방의 마음에 깊이 파고들고 서로에게 빠져들었다. 이야기를 모두 끝내자 그녀가 그의 어깨에 머리를 기대며 물었다.

"이름이 뭐예요?"

"마리우스입니다. 당신은요?"

그가 묻자 아름다운 목소리로 그녀가 대답했다.

"코제트예요."

플뤼메 거리의 연가

　에포닌은 우연히 플뤼메 거리를 찾아갔다가 그곳의 외딴집 정원에 있던 코제트를 보았다. 마리우스는 에포닌이 가르쳐 준대로 이 집 울타리 앞에서 며칠 동안 황홀한 시간을 보낸 뒤 로미오가 줄리엣의 정원 안으로 들어가듯이 코제트의 정원 안으로 들어갔던 것이다. 쇠 울타리는 녹이 슬고 삭아 있었기 때문에 창살 하나를 비틀어 열고 들어가는 일은 쉬웠다. 거리에는 거의 인적이 드물었고 마리우스가 밤에만 그곳에 들어갔기 때문에 누구 눈에 띌 염려도 전혀 없었다. 입맞춤 한번으로 두 영혼이 굳게 결합된 그 축복 받은 밤부터 마리우스는 하루도 안 거르고 그곳을 찾아갔다. 그 해 5월 내내 순결한 이 남녀는 사람의 손길이 닿지 않아 거칠어진 정원 속에서 밤마다 하늘의 축복을 받으며 청순하고 정직한 사랑에 도취된 찬란한 빛으로 서로를 비춰주고 있었다.

　그들이 정원에 있을 때면 그곳은 마치 신들이 살고 있는 신성한 장소로 변했다. 그들 주위에 활짝 피어 있는 온갖 꽃들은 향기를 내뿜었고 그들은 자기들의 영혼을 활짝 펴 그것을 꽃들 위에 포갰다. 두 연인들이 속삭이는 사랑 이야기는 그 옆에 있는 나무들을 기쁨에 떨게 만들었다. 그들은 아무것도 원하지 않았다. 그들은 그저 행복했다. 서로의 영혼에 대한 도취라고 할 수 있는 황홀경 속에서 숨 쉬었다. 그것은 이상 속에서 순수한 두 영혼이 맞부딪치는 최초의 포옹이었다. 마리우스는 코제트와 보내는 시간에만 온 마음을 쏟았다. 저녁마다 플뤼메 거리에 와서 창살을 비틀고 들어가 돌 의자에 나란히 걸터앉은 다음, 나무 사이로 저물어 가는 밤하늘의 별을 올려다보며 그녀의 손을 만지작거리면서 다정히 이야기를 나누었다. 그러는 동안 그들 머리 위로 구름이 흘러가고 살랑살랑 불어오는 바람은 하늘의 구름보다 두 사람의 꿈을 더 많이 싣고 갔다. 그들은 영혼 밑바닥에서부터 서로를 뜨겁게 사랑했다. 영원한 것은 확실히 존재한다. 서로 사랑하고, 미소를 나누고, 웃고, 입술을 삐죽거리며 토라지기도 하고, 손을 서로 깍지 끼고 다정스러운 이야기를 나눈다. 그러나 그것은 영원을 방해하지는 않는다. 사랑하는 두 사람은 황혼 속에서, 보이지 않는 어스름 속에서, 새와 함께, 장미꽃과 더불어 몸을 숨기고 눈동자 속에 마음을 담아 그늘 속에서 서로 매혹적인 말들을 속삭였다. 끝없이 펼쳐진 별들은 반짝거림으로 무한한 공간을 가득 채워 주었다. 두 사람이 행복에 도취되어 마치 꿈꾸는 듯한 나날을 보내고 있던 바로 그 달, 파리에서 불안한 분위기가 감돌고 수많은 사람들이 콜레라로 죽어갔는데도 그들은 전혀 모르고 있었다. 그들은 서로 숨김없이 모든 것을 이야기했다. 마리우스는 코제트에게 자기는 고아라는 것, 아버지는 대령으로서 전쟁 영웅이었고 외할아버지와 사이가 나빠졌다는 것, 그리고 자기가 남작이라는 사실까지도 모두 이야기했다. 하지만 그녀는 마리우스가 남작이라는 것을 이해하지 못했다. 남작이라는 말이 무슨 뜻인지 알지 못했다. 그녀에게 오로지 마리우스는 그저 마리우스일 뿐이었다. 그녀 역시 자기도 수녀원에서 자랐고, 어머니는 돌아가셨고, 아버지는 친절하며 가난한 사람들을 많이 돕고 있다는 것, 하지만 결코 부자가 아니며 그녀에게는 무엇 하나 부족하지 않게 해주면서도, 자신은 퍽 검소한 생활을 하고 있다는 것 등을 이야기했다. 마리우스는 코제트를 만나게 된 다음부터 일종의 교향악 속에서 사는 것만 같았다. 이상하게도 지난 일은 바로 엊그제 일어난 일까지도 아득히 먼 일로만 느껴졌고 코제트와 나누는 이야기만으로 충분히 만족했다. 그래서 테나르디에의 방에서 일어났던 일이며, 테나르디에의 집안 일, 코제트 아버지의 이상한 행동, 그가 이유 없이 도망친 일에 대해서는 그녀에게 이야기할 생각조차 하지 않았다.

사랑이란 모든 것을 망각케 하는 힘이 있는지 몰라도 마리우스는 모든 일을 완전히 잊고 있던 때도 있었다. 그는 저녁때가 되면 그날 아침에 무엇을 했는지, 어디서 아침을 먹었는지, 누구와 만났는지 전혀 몰랐다. 귓가에서는 언제나 즐거운 노랫소리가 윙윙거리고 있어 다른 것은 전혀 들을 수 없었고, 오직 코제트와 함께 있는 동안에만 살아 있는 것 같았다. 코제트와 함께 있을 때면 그야말로 천국에 있는 기분이었으므로 지상의 일을 잊어버리는 것은 도시 이상한 일이 아니었다. 두 사람 모두 육신은 없고 영혼만 존재하는 정체 모를 환희의 짐을 짊어지고 있었다. 말 그대로 두 사람은 열렬히 사랑하고 있었다. 그뿐이었다. 다른 것은 아무것도 존재하지 않았다. 두 사람은 고요한 사랑의 흔들림 속에서 눈을 뜬 채 잠들어 있었다. 그것은 이상의 무게에 짓눌린 현실의 빛나는 혼수상태였다. 이따금 마리우스가 코제트의 그 아름다운 모습 앞에서 눈을 감고 있는 때가 있었다. 눈을 감는다는 것은 상대의 영혼을 볼 수 있는 가장 좋은 방법이다. 마리우스와 코제트는 자기들의 사랑이 앞으로 자기들을 어디로 이끌고 갈 것인지는 전혀 생각해 보지도 않았다. 벌써 목적지에 도달한 심정이었기 때문이었다.

그렇지만 장 발장은 이 모든 일을 전혀 알지 못했다. 코제트가 마리우스보다 덜 몽상적이어서 늘 쾌활했고, 장 발장은 그것만으로도 충분히 행복을 느꼈기 때문에 더 이상 코제트에 대한 걱정을 하지 않았다. 게다가 그는 밤 열 시가 되면 어김없이 자기 방으로 돌아갔는데, 마리우스는 그때까지 정원 밖에서 기다렸다가 코제트가 나오는 소리를 듣고서야 정원으로 들어오니 그들 사이의 일을 모르는 것은 어쩌면 당연한 일이었다. 물론 마리우스는 낮 동안에는 절대로 찾아오지 않았다. 그 달콤한 5월 한 달 동안 마리우스와 코제트는 끝없이 행복을 맛보았다. 하지만 그런 가운데서도 갖가지 복잡한 일이 닥쳐오고 있었다. 어느 날 마리우스가 밀회 장소로 가기 위해 플뤼메 거리 모퉁이를 막 돌아서는데 뒤에서 부르는 소리가 들려왔다.

"안녕하세요, 마리우스 씨!"

고개를 돌아보니 에포닌이었다. 그는 당황했다. 이 처녀에게 코제트의 집을 알게 된 후로는 한 번도 그녀를 생각해 본 적도 만날 일도 없었다. 그래서 그녀의 존재는 완전히 그의 머릿속에서 사라지고 없었다. 오늘 그가 누리고 있는 기쁨은 모두 그녀 덕분인 만큼 그녀에 대해서는 오직 고마운 마음뿐이었지만, 단 한 번도 그녀를 생각해 본 적은 없었다. 하지만 이런 만남은 그것이 우연이든 아니든 조금 거북한 생각이 들었다. 지금은 코제트에게 온통 정신을 빼앗기고 있었기 때문에 마리우스에게 에포닌이라는 이름은 아무런 의미도 없었다. 그는 좀 당황한 빛을 보이면서 대답했다.

"에포닌 씨군요?"

"왜 그렇게 깎듯이 말을 하세요? 제가 뭐 불편하게 해 드렸나보지요?"

"아니, 그런 뜻은 아니오."

그는 약간 난처함을 느끼면서 대답했다. 계속 그가 입을 다물고 있자 에포닌도 말이 없었다. 전에는 아주 제멋대로고 뻔뻔스럽던 그녀가 지금은 마치 말을 잊은 사람처럼 보였다. 좀 웃어 보이려고 했지만 그것도 마음대로 되지 않는 듯했다. 그녀가 겨우 입을 열었다.

"저…"

그러다가 또다시 입을 다물고는 고개를 숙이고 말했다.

"안녕히 가세요, 마리우스 씨."

그녀는 불쑥 이렇게 말하고는 마리우스가 당황할 틈도 없이 서둘러 떠나가 버렸다. 이튿날도 여느 때와 마찬가지로 마리우스는 해질 녘에 여전히 황홀한 생각에 잠겨 플뤼메의 정원으로 갔다. 코제트가 돌 의자에 앉아 그를 기다리고 있었다. 이때만큼 하늘이 아름답고 나뭇가지가 산들거리고 꽃향기가 그윽한 적은 없었다. 새들은 부드러운 소리를 내는 나뭇잎 사이에서 조용히 잠들어 있었다. 마리우스가 행복에 도취되고 황홀감에 잠겨 잠시 공상에 빠져 있다가 눈을 뜨자 평소와 다르게 슬픔에 잠겨 있는 코제트의 모습이 보였다. 코제트는 그새 울었는지 눈이 빨갛게 충혈 되어 있었다. 그것은 맑은 하늘에 처음으로 끼기 시작한 먹구름이었다. 이윽고 마리우스가 먼저 입을 열었다.

"왜 그래요? 무슨 일이라도 있어요?"

"말할 게 있어요."

그렇게 대답하고는 돌계단 옆 벤치에 앉아 마리우스가 불안한 표정으로 옆에 앉는 동안 말을 이었다.

"오늘 아침에 아버지가 저더러 여행준비를 하라고 하셨어요. 일이 생겨서 이곳을 떠나야 할지도 모른다고요."

마리우스는 순간 온몸에서 힘이 빠져나가는 것을 느꼈다. 지난 6주일 전부터 그는 조금씩, 천천히, 날마다 코제트를 차지해가고 있었다. 마리우스는 코제트의 일부였고 코제트 역시 마리우스의 일부였다. 마리우스는 자기 내부에 코제트가 살고 있는 것을 느끼고 있었다. 코제트도 물론 그럴 것이다. 그런데 이런 순결한 사랑에 빠져 있는 때에 갑자기 '떠나게 되었다'는 말이 떨어지자 그는 견딜 수 없을 만큼 큰 충격을 받았다. 하지만 곧 현실로 돌아왔다. 잠에서 깨어난 것이다. 코제트는 그의 손이 무척 싸늘해졌다는 것을 느꼈다. 그녀가 다시 한 번 입을 열었다.

"아버지가 자질구레한 걸 모두 챙겨서 떠날 준비를 해놓으라고 하셨어요. 같이 떠나게 된대요. 영국으로 간대요."

마리우스가 몸을 부르르 떨며 겨우 말했다.

"언제 출발하는데요?"

"그 말씀은 아직 없으셨어요."

"언제 돌아오는데요?"

"그것도 몰라요."

"코제트, 당신도 갈 건가요?"

코제트가 슬픔으로 가득 찬 아름다운 눈으로 그를 올려다보며 대답했다.

"아버지가 가시면 저도 가야 해요."

"그냥, 아무렇지도 않게 떠나겠다는 말이오?"

코제트는 아무 대답 없이 마리우스 손을 꼭 잡았다.

"좋아요."

마리우스가 말했다.

"그럼 나도 어디론가 사라져버려야겠소."

"우리가 가는 곳으로 절 만나러 오시면 안 돼요?"

마리우스는 꿈에서 깨어나 이제는 완전히 현실로 돌아와 있었다. 그가 코제트에게 소리쳤다.

"같이 떠나자고요? 영국으로? 그러려면 돈이 있어야 하는데 알다시피 난 빈털터리요. 친구한테 빚도 있소. 지금도 친구 방에 얹혀사는 처지요. 내가 갖고 있는 거라고는 낡은 모자 하나에 단추도 다 떨어진 윗옷과 셔츠뿐이오. 난 가난하고 보잘것없는 인간이오. 그건 불가능해요. 더군다나 나한테는 여권 값도 없소."

마리우스는 일어나 옆에 있는 나무줄기에 얼굴을 갖다 댔다. 그리고는 나무가 살갗을 찌르는 것도, 뜨거운 열이 관자놀이에서 맥박치는 것도 느끼지 못한 채 이마를 나무에 대고 꼼짝 않고 서 있었다. 숨이 끊어진 절망의 조각상처럼 시간이 흐르는 줄도 모른 채 그렇게 서 있었다. 그러다 그는 돌아섰다. 뒤에서 숨 막힐 듯한 울음이 들렸기 때문이었다. 코제트가 흐느껴 울고 있었다. 그녀는 벌써 두 시간 이상이나 생각에 잠겨 있는 마리우스 옆에서 울고 있었다. 그는 그녀 옆으로 다가가 가만히 무릎을 꿇은 다음, 옷자락 밑으로 나와 있는 그녀의 발끝을 손으로 잡고 거기에 입을 맞추었다.

"날 사랑하고 있소?"

그녀가 흐느끼면서 대답했다.

"당신을 진심으로 사랑하고 있어요."

"울지 마오, 날 위해 울음을 그쳐요."

"당신도 날 사랑하세요?"

"코제트, 난 지금까지 아무한테도 내 명예를 걸고 맹세해 본 적이 없소. 하지만 이제는 가장 신성한 맹세를 하겠소. 당신이 내 곁을 떠난다면 즉시 죽어버리겠소."

이렇게 말하는 그의 말투에는 말할 수 없이 비장하고 참담한 슬픔이 어려 있었다. 코제트가 울음을 그쳤다.

"코제트, 하지만 희망이 아주 없는 건 아니오. 궁리를 해보겠소. 조금만 기다려 줘요."

그녀는 두 손으로 그의 머리를 감싸 안고 그의 눈을 들여다보면서 말했다.

"내일 정원에서 기다릴게요. 아홉 시에 나와 있을게요."

"나도 그 시간에 꼭 오겠소."

그들은 괴로움 속에서도 달콤한 기분에 감싸여 서로를 끌어안았다. 그런 다음 누가 먼저랄 것도 없이 기쁨과 눈물이 가득한 눈을 들어 하늘의 별을 올려다보았다.

요청

질노르망 노인은 당시 아흔한 살이 훨씬 넘어 있었지만 다른 사람보다 훨씬 정정했다. 그는 아직도 큰딸과 함께 그 낡은 집에서 살았다. 하지만 얼마 전부터 그는 예전처럼 기운차게 지팡이를 짚고 다니지 못했다. 큰 소리로 야단을 친다든가 하녀들의 뺨을 때린다든가 하는 일도 없었다. 좀처럼 기가 죽거나 나약한 말을 하지는 않았지만 마음속으로는 확실히 자신이 쇠약해져 가고 있다는 것을 느꼈다. 4년 전 마리우스가 집을 나간 뒤로부터 그는 매일 손자를 기다렸다. 언젠가는 그 고약한 녀석이 제 발로 찾아와 대문을 두드릴 거라고 확신하고 있었다. 그가 견딜 수 없는 것은 자기가 얼마 안 있어 죽는다는 사실보다 어쩌면 마리우스를 두 번 다시 못 보게 될지도 모른다는 생각이었다. 할아버지와 다투고 집을 뛰쳐나간 배은망덕한 손자에 대한 할아버지의 애정은 날이 갈수록 더 깊어만 갔다. 그러나 질노르망 씨로서는 할아버지인 자기가 손자한테 먼저 화해를 하자고 손을 내민다는다는 것은 도저히 상상할 수 없는 일이었다.

그는 자기가 잘못했다고는 생각하지 않았지만 마리우스를 생각할 때마다 혈육으로서 사무치는 정과 절망을 동시에 느꼈다. 질노르망 노인은 이날 밤도 여느 때처럼 괴로움에 시달리고 있었다. 그의 초조한 애정은 언제나 부글부글 끓다가 마지막에는 분노로 변하기 마련이었다.

'이젠 끝났어. 그 녀석은 이제 돌아오지 않아.'

이렇게 깊은 생각에 잠겨 있을 때, 하인이 들어왔다.

"나리, 마리우스 도련님이 오셨는데 들어오시라고 할까요?"

노인의 얼굴에서 갑자기 핏기가 사라졌다.

"들어오라고 해."

문이 열리고 한 청년이 들어왔다. 그의 초라한 옷차림은 램프 갓 그늘에 가려 잘 보이지 않았다. 다만 침착하고 진지하면서도 이상하게 슬퍼 보이는 얼굴만이 흐릿하게 보일 뿐이었다. 질노르망 씨가 놀라움과 기쁨이 교차한 표정으로 멍한 상태에서 마리우스를 바라보았다. 마침내 4년 만에 손자를 본 것이었다.

노인은 마리우스를 가만히 훑어보았다. 손자가 예전보다 무척 아름답고 기품 있고 고상하며 어른스러워졌으며, 예의 바르고 호감이 가는 모습을 하고 있다는 것을 눈치 챘다. 순간 그는 팔을 벌리고 마리우스 이름을 부르며 뛰어가 꼭 껴안고 싶은 충동을 느꼈다. 마음은 한없는 기쁨에 떨리고 다정한 말이 솟아올라 가슴에서 그대로 넘쳐흐를 것 같았다. 하지만 예의 본심과는 반대되는 행동을 하는 습관 때문에 입술 사이로 튀어나온 말은 쌀쌀하기 짝이 없는 것이었다.

"여긴 뭐 하러 온 거냐?"

마리우스가 대답할 말을 못 찾고 우물쭈물했다.

"저..."

노인은 사실 마리우스가 먼저 다정하게 그의 팔 안에 뛰어들기를 바랐다. 화가 난 할아버지는 차가운 목소리로 마리우스의 말을 가로막았다.

"그래, 왜 왔어? 나한테 사과하러 온 거냐?"

"그런 건 아닙니다."

"그럼 나한테 무슨 볼 일이 있어서 왔느냐?"

마리우스는 손을 마주잡고 떨리는 목소리로 겨우 말했다.

"절 좀 도와주십시오."

"그래, 뭘 도와달라는 거냐?"

"저..."

마리우스가 구렁텅이에 빠지기 직전의 눈빛으로 말했다.

"사실은 결혼 허락을 받으려고 왔습니다."

"결혼? 누구하고 말이냐?"

노인은 잠깐 말을 끊었다가 마리우스가 대답할 틈도 주지 않고 격한 목소리로 말을 이었다.

"그래, 너한테는 직업이 있지. 돈은 좀 벌었냐?"

"한 푼도 못 벌었습니다."

"그래? 그러면 그 처녀가 부자인 모양이로구나?"

"아닙니다. 저하고 마찬가지 처지입니다."

"지참금도 없다는 말이냐?"

"네."

"그 아버지는 뭘 하는 사람인데?"

"잘 모르겠습니다."

노인이 혀를 찼다.

"나이 스물한 살에 변변히 돈도 못 벌면서 결혼하겠다고? 퐁메르시 남작 부인이 채소가게에 2수어치 파슬리를 사러 다녀야겠구나?"

마리우스는 희미하게 품고 왔던 실오라기 같은 희망이 사라지는 것을 느끼면서 다급히 말했다.

"제발 부탁입니다. 할아버지, 제발 결혼을 허락해 주십시오."

노인이 기분 나쁜 목소리로 껄껄 웃기 시작했다.

"네 놈은 이렇게 생각했겠지. 이제 그 멍청한 늙은이한테 가 보자. 결혼할 수 있는 나이인 스물다섯 살이 못됐으니 정말 유감이다. 하지만 그 영감한테 가서 말해주자. 이제 난 결혼하고 싶어요. 우린 빈털터리예요. 난 직업이고 장래고 청춘이고 생활이고 모두 강물에 던져버리고 싶어요. 그러니 결혼을 허락해주세요. 그러면 그 늙은이가 이렇게 말하겠지. 그래. 너 좋을 대로 해라. 그 처녀하고 결혼해라 하고 말이야. 하지만 어림없는 소리다. 절대로 허락할 수 없다!"

"할아버지!"

"안 돼!"

이 안 된다는 말을 듣자 마리우스는 결국 모든 희망을 접고 말았다. 조금의 망설임도 없이 벌떡 일어나 문 쪽을 향해 성큼성큼 걸어갔다.

　"알겠습니다. 이제 다시는 아무 것도 부탁하지 않겠습니다. 안녕히 계십시오."

　질노르망 씨가 깜짝 놀라 입을 벌린 채 팔을 뻗치고 일어나려고 했다. 그러나 그럴 틈도 없이 문이 닫히고 마리우스는 이내 사라져 버렸다. 노인은 한참 동안 마치 벼락이라도 맞은 것처럼 꼼짝도 못하고 있었다. 잠시 뒤 그는 의자에서 벌떡 일어나 재빨리 문 쪽으로 달려가면서 소리를 질렀다.

　"거기 아무도 없냐? 아무도 없어!"

　놀란 얼굴로 딸과 하인이 다급하게 뛰어왔다. 노인은 비통한 목소리로 말했다.

　"그놈을 쫓아가서 잡아와! 이젠 아주 가버릴 게다! 이번에 가면 다시는 안 올 거야!"

　그는 한길 쪽으로 난 창으로 달려가 떨리는 늙은 손으로 창문을 열고 외쳤다.

　"마리우스! 마리우스!"

　그러나 마리우스의 귀에는 아무 소리도 들리지 않았다. 그는 이미 생 루이 거리 모퉁이를 돌아가고 있었다. 노인은 괴로움에 찬 표정으로 비틀거리며 뒷걸음질 쳐서 안락의자에 힘없이 주저앉았다.

말도 나오지 않고 눈물도 흐르지 않았다. 그저 기가 막힌 듯 머리를 흔들고 입술을 떨며 멍하니 앉아 있었다.

이별

　그 즈음 장 발장은 연병장의 가장 호젓한 둑길 뒤에 혼자 앉아 있었다. 여러 가지 생각에 잠겨 있는 중이었다. 한때 걱정했던 코제트의 우울한 낯빛도 다시 환해져 예전처럼 코제트와 함께 평화롭고 행복한 나날을 보내고 있었다. 그런데 한두 주일 전부터 다른 걱정이 생겼다. 어느 날 길을 걷다가 우연히 테나르디에와 마주친 것이다. 아마 감옥에서 탈주한 모양이었다. 하지만 테나르디에는 장 발장이 변장을 하고 있었기 때문에 알아보지 못했다. 그 뒤로도 장 발장은 테나르디에를 여러 번 보았고, 그 근처를 배회하고 다니는 듯한 느낌을 분명히 받았다. 이제는 중대한 결정을 내려야만 할 때가 왔다고 그는 생각했다. 뿐만 아니라 파리의 상황도 심상치 않았다. 장 발장과 같이 신상에 꺼림칙한 구석이 있는 사람에게는 불리한 정치적으로 민감한 상황이 늘어나고 있었다. 경찰은 매우 불안하고 예민해져서 정부에 반대하는 과격파들을 수색하다가 엉뚱하게도 불똥이 자기 같은 사람에게 튈 가능성이 많았다. 이런 것들을 곰곰이 생각해 보고 그는 프랑스를 떠나 영국으로 건너가기로 마음먹었다. 우선 플뤼메의 집을 떠나 다른 은신처에 피신해 있으면서 여권을 손에 넣을 궁리를 했다. 코제트에게도 집을 떠날 생각이라고 말해 두었다.

한참 이런 생각에 잠겼던 그는 문득 한 줄기 그늘이 드리워지는 것을 보고 바로 등 뒤의 둑 꼭대기에 누가 서 있다는 것을 알아챘다. 고개를 막 돌리려는 순간 종이 한 장이 무릎 위에 떨어졌다. 그는 종이를 집어서 펴 보았다. 놀랍게도 거기에는 이런 글이 연필로 커다랗게 쓰여 있었다.

'이사를 하시오.'

장 발장은 얼른 일어나 둘러보았지만 둑 위에는 아무도 없었다. 오로지 회색 작업복 윗도리에 까만 바지를 입은 어떤 사람이 벽을 넘어 연병장 참호 속으로 미끄러져 들어가는 것이 보였다. 장 발장은 그를 쫓아가볼까도 생각했지만 이내 마음을 바꾸고 곧장 집으로 돌아왔다.

다음 날, 마리우스는 해가 지자 약속한 대로 정원으로 나갔다. 울타리를 비틀어 떼어내고는 정원으로 뛰어 들어갔다. 그러나 언제나 자기를 기다리고 있던 그 자리에 코제트는 없었다. 덤불을 헤치고 돌계단 옆 으슥한 곳까지 들어가 보았다. 그러나 그곳에도 그녀는 없었다. 정원을 샅샅이 돌아보았지만 어디에도 인기척은 없었다. 집을 둘러보니 집의 덧문이 보였다. 그는 미친 사람처럼 슬픔에 떨며 덧문을 두들기기 시작했다. 창문이 열리고 코제트의 아버지가 나온다 해도 이제는 아무런 문제도 되지 않았다. 다시는 코제트를 보지 못하게 된다는 무서운 현실에 비하면 그런 것쯤은 아무 것도 아니었다. 그는 한참 두드리다가 커다란 소리로 그녀의 이름을 부르기 시작했다. 아무 대답도 없었다. 모든 것이 끝장이었다. 마리우스는 절망적인 눈으로 무덤처럼 컴컴하고 공허한 집을 올려다보았다. 그러다가 코제트와 함께 수많은 행복한 시간을 보냈던 그 돌 의자에 눈길이 가서 멈췄다. 돌계단 위에 쭈그리고 앉은 채, 코제트가 아무런 말도 없이 영원히 떠나가 버린 지금, 자기는 죽음을 선택할 수밖에 없다고 생각했다. 그때 별안간 사람 소리가 들렸다. 한길 쪽에서 숲 너머로 누군가 자기를 부르고 있었다.

"마리우스 씨!"

그가 벌떡 일어났다.

"누구요?"

"마리우스 씨, 친구들이 모두 샹브르리 거리 바리케이드에서 기다려요."

그것은 낯선 목소리가 아니었다. 거칠고 약간 쉰 듯한 게 꼭 에포닌의 목소리 같았다. 마리우스가 울타리 쪽으로 달려가 밖으로 머리를 내밀었다. 어둠 속에서 젊은 사람처럼 보이는 실루엣 하나가 반대쪽으로 부리나케 달려가는 것이 보였다.

장 발장

혁명전야

 이 불행한 사람들의 이야기를 더 이어가기 전에 여기에서 당시 프랑스 역사를 되 돌이켜 볼 필요가 있다. 1789년의 프랑스 혁명과 그 뒤를 이은 나폴레옹 제국 탄생과 몰락, 그 뒤의 왕정복고. 이 모든 것은 민중의 권리를 외치는 프랑스 국민들에게 말할 수 없는 혼란을 가져다주었다. 나폴레옹이 몰락한 뒤 프랑스로 돌아온 부르봉 왕가는 아직도 국권은 왕가에게 있다는 한심한 생각을 갖고 있다가 스스로 몰락하고 말았다. 국가의 뿌리는 왕에게 있는 것이 아니라 국민에게 있다는 사실을 몰랐기 때문이었다. 그리하여 저 유명한 1830년에 일어난 7월 혁명에 의해 국민들은 정부를 도로 찾았고 부르봉 왕가는 다시 망명길에 들어서게 되었다. 7월 혁명은 찬란히 빛나는 민권의 승리였다. 혁명 주도자들이 추대한 루이 필리프가 왕이 되었다. 그는 중류계급의 대표자였고 신중한 사람이었다. 프랑스 대혁명에서 깊은 감명을 받았으며 민중을 존중했다. 또한 그는 개방적인 왕이었다. 출판도, 언론도, 신앙도 자유를 얻었다. 하지만 그의 치명적인 잘못은 불안한 시대에 나라를 강력하게 통치하지 못했다는 데 있었다. 그는 처음부터 어려움에 부딪쳤다. 기초가 튼튼하지 못한 정부는 시작되자마자 저항을 받기 시작했다. 왕당파들은 7월 혁명은 반역이므로 지금의 정부는 불법이라고 선언하고 정부를 공격하기 시작했다. 공화주의자들 역시 정부를 비난했다. 7월 혁명으로 민중들이 파산했기 때문이었다. 한편으로는 수세기에 걸친 왕당파와의 대립과 영원불멸의 인권운동과 싸우느라 정부는 기진맥진해 있었다. 빈곤, 무산자, 임금, 형벌, 매음, 빈부 차이, 노동자의 권리 같은 문제가 계속해서 일어났다. 이것이 프랑스 사회를 짓누르는 무거운 짐이었다. 정당들 말고도 다른 움직임 역시 일어날 기미를 보이고 있었다. 프랑스 사회의 근간인 엘리트 계급이 민중처럼 사상적으로 흔들리고 있었다. '가난한 자를 보호하라, 빈곤을 없애라, 약자에 대한 강자의 부당한 착취를 없애라, 노동임금을 조정하라'는 사회주의 사상이 그들에게서 싹트고 있었다.

칠흑 같은 어둠이 프랑스 도처에 깔리고 있었다. 모든 것들이 혼란에 빠지고 흔들리기 시작했다. 사람들은 불안 속에서 떨고 있을 수밖에 없었다. 7월 혁명이 일어난 지 겨우 2년도 채 되지 않았는데도 1832년은 절박한 재난의 징조를 띠고 시작되었다. 가난한 민중, 빵 없는 노동자, 유럽 도처에서 들려오는 혼란의 소식, 파리와 리옹에서 일어난 폭동, 모반, 콜레라, 이 모든 것들이 사상의 불안한 움직임을 더욱 부추기고 있었다. 4월말 경에는 모든 것이 더욱 악화되었다. 7월 혁명 이래로 여기저기서 발발한 사소한 폭동들은 진압되었는가 싶으면 곧 다시 되살아나곤 했다. 프랑스 전체가 파리를 주시했다. 비밀결사 모임들이 정기적으로 열리기 시작했다. 이런 불온한 움직임은 모두 공공연히 일어났다. 사람들은 싸울 것인가, 방관할 것인가를 두고 만나는 장소마다 열띤 토의를 벌였다. 바로 눈앞에 다가온 폭동은 정부 앞에서 태연히 그 폭풍을 준비하고 있었다. 혁명의 열기는 더욱 퍼져갔다. 파리뿐만 아니라 프랑스 전국 도처에서 맥박이 고동쳐 대었다. 각종 비밀결사의 그물 같은 조직이 전국으로 퍼져나갔다. 심지어 파리에서는 학생들까지도 동요하고 있었다.

1832년 봄, 석 달 전부터 콜레라가 사방으로 퍼지더니 사람들을 긴장시키면서 음침한 검은 그림자를 몰고 왔다. 금방이라도 폭발할 것 같은 태풍의 눈, 그 한가운데 떨어진 불똥은 라마르크 장군의 죽음이었다. 그는 행동가이며 자유주의자였다. 정치 성향도 좌파와 극좌파의 중간에 있었고, 자기 이해를 따지지 않고 공공의 이익을 대변하고 있었기 때문에 민중으로부터 존경받는 사람이었다. 그는 임종할 때도 '조국'이라는 말 한마디만을 남기고 숨을 거두었다. 그의 죽음이 임박하자 민중은 그를 잃는 것을 두려워했고 정부는 그것이 무슨 사건의 계기가 될까 봐 초조해했다. 과연 그런 일은 얼마 지나지 않아 일어났다. 라마르크 장군의 장례일로 정해진 6월 5일 전날 밤부터 아침에 걸쳐 장례행렬이 지나가기로 계획되어 있던 생 탕투안 성 밖에는 공포 분위기가 감돌았다. 장례 행렬은 육군 의장대 호위를 받으며 파리 시내를 통과했다. 2개 대대나 되는 병사, 군도를 찬 만 명의 시민군 등이 관을 호위하고 영구마차는 청년들이 끌었다. 그 뒤로 흥분한 수많은 군중들이 그들을 따랐다. 법률을 공부하는 학생들, 갖가지 깃발을 휘두르며 뒤를 좇는 아이들, 마침 파업을 하고 있던 석공, 인쇄공, 목수들, 이 모든 사람들이 함성을 지르고 몽둥이를 휘두르기도 하며, 질서는 없었지만 하나의 정신으로 뭉쳐서 걸어갔다. 큰길가 집집마다 발코니나 창이나 지붕에서 얼굴들이 옹기종기 붙어 그 행렬을 목격했다. 저마다 모두 불안해하는 표정이었다. 한 무리 군중은 무장을 하고 지나갔고 한 무리의 군중은 걱정하면서 이것을 지켜보았다. 한편 불안해진 정부 쪽에서도 만반의 경계 태세를 취하고 있었다.

거리마다 군대로 가득 찼다. 루브르 궁전 안뜰까지 포병들이 들어왔고 파리 교외에도 몇 개의 연대가 배치되었다. 장례 행렬은 몇 개의 큰 길을 거쳐 바스티유까지 간 다음, 아우스터리츠 다리 앞 광장에서 멈춰 섰다. 영구마차 주위를 한 무리의 사람들이 둘러쌌다. 군중은 쥐죽은 듯 조용한 상태였다. 라마르크에게 바치는 고별 조사를 읽을 차례였다. 비통하고 장엄한 순간이었다. 모든 이들이 일제히 모자를 벗었다. 이때 갑자기 한 사나이가 붉은 깃발을 들고 군중 한가운데로 뛰어 나왔다. 이 붉은 깃발은 삽시간에 군중 속에 폭풍을 일으켰다. 부르동 대로에서 아우스터리츠 다리에까지 마치 성난 파도 같은 동요가 군중을 뒤흔들었다. 우렁찬 함성이 터져 나왔다. 그러는 동안 센 강 왼쪽 기슭에 출동해서 다리를 막고 있던 병사들이 강둑을 따라 진격해왔다. 마차를 끌고 가던 군중들이 먼저 그들과 충돌했다. 짧은 시간 동안에 사태는 수습할 수 없는 지경이 되었다. 한쪽에선 돌이 빗발치듯 쏟아지고, 다른 한쪽에선 총이 수많은 군중들 머리 위로 불을 뿜어대었다. 눈 깜짝할 새 청년들은 병사들을 공격하고, 병사들은 군도를 휘두르며, 군중은 사방으로 흩어져 달아났다. 이 소식은 삽시간에 파리 전 지역으로 퍼져 나갔다.

"무기를 들어라!"

사람들은 큰 목소리로 외치고 뛰고 도망치고 저항했다. 마치 바람이 불길을 부채질하듯 분노는 폭동을 사방으로 퍼뜨렸다. 15분도 채 못 되어 파리 각처에서는 약탈과 무력 충돌이 일어났다. 노동자와 학생들은 성명서를 낭독하고 무기를 들라고 외치면서 길바닥의 돌을 집어 들고, 집집마다 대문을 때려 부수고, 가로수를 뽑고, 온갖 잡동사니를 쌓아올려 바리케이드를 만들기 시작했다. 불과 한 시간도 못 되어 파리 중앙 시장 구역에서만 스물일곱 개의 바리케이드가 마치 땅에서 솟아난 듯 생겨났다. 반란군은 한편으로는 바리케이드를 설치하고 다른 한편으로는 수비군의 대부분을 장악했다. 세 시간도 안 걸려 폭도들은 병기창, 구청, 시장 부근의 모든 거리를 점령했다. 동시에 파리 곳곳에서 싸움이 치열하게 벌어졌다. 폭도들이 군대 무기를 빼앗고 집집을 수색하고 무기상점에 떼 지어 몰려간 결과, 돌팔매질로 시작된 싸움은 이제 총격전으로 변해 버렸다.

 파리 중앙 시장 쪽에서 랑뷔토 거리로 들어서면 오른 쪽에는 샹브르리라는 거리가 나온다. 이 거리는 아주 이상하게 구획이 이루어져 있어서 좁은 골목길이 쭉 나 있는 꼬불꼬불한 미로였다. 이곳에 코랭트라는 유명한 술집이 있었다. 이 술집이 자리 잡고 있는 3층짜리 건물은 방어용으로 바리케이드를 설치하기에 안성맞춤이었다. 거리 입구는 넓고 안쪽은 좁은 막다른 골목이었다. 술집이 바로 그 길목에 자리 잡고 있어서 길 양쪽을 쉽게 막을 수 있었으므로 공격은 바로 앞에서만 가능한 곳이었다. 군중들이 이곳으로 우르르 몰려들자 그야말로 일대는 순식간에 공포에 사로잡혔다. 집집마다 문에는 빗장이 걸렸고, 사람들은 모두 모습을 감추었다. 이곳에 모인 사람들은 마리우스가 법률학교에 다닐 때 알게 된 동료인 앙졸라가 조직한 'ABC의 벗'이라고 이름 붙여진 비밀결사 회원들이었다. 그들은 합세한 폭도들과 함께 술집 창틀에서 창살을 뽑고 길바닥에 깔린 포석을 뜯어냈다. 지하실에 있는 빈 술통은 눈에 보이는 대로 모조리 꺼내왔다. 이웃집 대들보도 몇 개 뽑아다 바리케이드를 쌓기 시작했다. 바리케이드 두 개가 코랭트 술집을 중심으로 해서 직각을 이루고 세워졌다. 50명 정도 되는 폭도들은 소총을 갖고 있었다. 바리케이드를 완성하고 붉은 기를 꽂은 뒤 총알을 나눠가졌다. 그들은 엄숙한 표정으로 천천히 총알을 장전했다. 앙졸라가 바리케이드 밖에 세 명의 보초를 세웠다. 이렇게 모든 준비가 끝나자 그들은 어둠과 고요 속에서 무장을 하고 각오를 하고 차분히 다가올 아침을 기다렸다.

혁명의 날은 저물어 이제 밤이 되었지만 아직은 아무 일도 일어나지 않고 있었다. 들리는 것이라곤 이따금 멀리서 울려 퍼지는 총소리뿐이었다. 이렇게 공격이 지체된다는 것은 정부가 시간을 끌어서 그 틈에 병력을 모으고 있다는 증거였다. 지금 여기 모인 50명의 사람들은 6만의 적을 기다리고 있는 셈이었다. 사람들은 긴장을 풀고 잠시 동안 머리도 식힐 겸 아래층 홀에 모여 앉았다. 그때 한 사나이가 술집으로 들어오더니 가장 어두컴컴한 탁자에 가 앉았다. 어두워서 얼굴은 잘 보이지 않았지만 그는 커다란 군용 총을 두 무릎 사이에 끼고 있었다. 그때 앙졸라에게 누군가가 급히 오더니 말했다.

"저기 앉아 있는 사람, 바로 경찰 밀정이야."

"그게 정말이야?"

"얼마 전에 내가 다리 난간에서 바람을 쐬고 있는데 저 작자가 와서 날 혼낸 적이 있었어."

앙졸라가 술통을 나르던 사람에게 가서 뭐라고 속삭였다. 그는 급히 홀을 나가더니 세 명의 동료를 데리고 돌아왔다. 그리고는 그 사나이가 팔을 괴고 있는 탁자 뒤로 살그머니 가서 늘어섰다. 앙졸라가 먼저 사나이에게 물었다.

"당신은 누구요?"

갑작스런 질문에 사나이는 당황한 듯 움찔했다. 하지만 금세 이루 말할 수 없이 건방지고 다부진 웃음을 짓더니 거만한 목소리로 대답했다.

"네가 묻는 뜻을 알겠다. 네가 생각한 그대로다."

"당신, 밀정인가?"

"그 계통 사람이다."

"이름은?"

"자베르."

앙졸라가 나란히 서 있는 동료들에게 신호를 보냈다. 눈 깜짝할 사이에 자베르는 목덜미를 잡혀 쓰러지고 묶여서 몸수색을 당했다. 시경국장 서명이 든 '총경 자베르, 52세'라고 쓰인 신원카드가 나왔다. 폭도들은 그를 일으켜 세우고 양팔을 등 뒤에 묶어 홀 한복판 기둥에 붙들어 맸다. 자베르는 단단히 묶인 채, 평생 단 한 번도 거짓말을 해본 적이 없는 사람답게 용감하고 태연하게 고개를 쳐들고 있었다. 이 모든 일은 아주 재빠르게 이루어졌기 때문에 술집 주위에 있던 사람들이 그 사실을 알게 되었을 때는 이미 사건이 끝난 뒤였다. 그동안 자베르는 단 한 번도 소란을 피우지 않았다.

"바리케이드가 점령되기 2분 전에 너를 총살하겠다."

앙졸라가 자베르에게 말했다. 자베르는 당당하게, 아니, 듣기에 따라선 매우 건방진 말투로 대꾸했다.

"왜 당장 실행하지 않는 거냐?"

"화약을 아끼기 위해서지."
"그렇다면 칼로 해치우면 될게 아닌가!"
"이봐, 밀정."
엄숙한 표정으로 앙졸라가 말했다.
"우린 심판자지, 도살자가 아니야."

작별인사

해질녘 어둠을 틈타 마리우스를 샹브르리 거리로 불러들인 그 목소리는, 그에게는 마치 운명의 부름처럼 들렸다. 코제트를 영원히 잃게 되었다고 생각하자 죽고 싶었는데 그 기회가 온 것이었다. 청춘과 사랑에 도취해서 두 달 동안 꿈속에서 살아온 지금에 와서는 비참한 인생을 빨리 끝내고 싶은 생각뿐이었다.

마리우스는 밖으로 뛰어나갔다. 플뤼메 거리에서 대로로 빠져나와 걷기 시작했다. 샹브르리 거리로 가까이 갈수록 길을 지나는 사람들이 줄어들었다. 가게 문들은 굳게 닫혀 있었고 둔하고 무거운 웅성거림만이 들려왔다. 아르브르 세크 분수 근처에 움직이지 않는 한 무리 사람들이 모여 있었다. 군중의 물결은 거리 어귀에서 한데 뒤엉켜 웅성거리고 있었다. 보잘 것 없는 차림을 한 군중들마다 공포의 빛이 서려 있었다. 빽빽한 사람들을 헤치고 앞으로 나가보니 거리에 주둔중인 병사들의 모습이 보였다. 거기에서 군중은 멈춰 섰으며 그쪽 앞은 군인들의 영역이었다. 마리우스는 군중 속을 헤치고 나와서 몰래 군대 옆을 지나 순찰대대와 보초병 눈을 피해 앞으로 걸어 나갔다. 그런 다음 길을 돌아 중앙 시장 쪽으로 향했다. 그는 드디어 오싹 소름이 끼치는 그 음산한 동네로 들어섰다.

이곳은 이웃 어느 거리보다도 음산하고 어두웠다. 하지만 불그레한 불빛이 샹브르리 거리 쪽을 막고 있는 집들의 높은 지붕을 뚜렷이 드러내 보이고 있었다. 코랭트 술집을 둘러싼 바리케이드 속에서 타고 있는 횃불에서 반사된 빛이었다. 마리우스는 그 불빛을 목표로 걸어갔다. 조금 가자 술집 건물과 그 앞에 총을 무릎에 올려놓고 쭈그리고 앉아 있는 사람들이 보였다. 걸어가는 동안 마리우스는 아버지 퐁메르시 대령을 생각했다. 대령은 그 수많은 전쟁터에서 20년 세월을 보냈고 프랑스를 위해 모든 의무와 봉사를 다한 사람이었다. 그는 이제 자기도 나설 때가 되었다고 생각했다. 마리우스가 바리케이드 앞에 나서자 사람들이 주위로 모여들었다.

"오, 네가 왔구나!"

"잘 와주었다. 정말 다행이다."

친구들의 다정한 말소리가 들렸다. 순간적으로 그의 머릿속은 회오리바람이 부는 것처럼 복잡해졌다. 기쁨과 설렘으로 보냈던 지난 2개월의 사랑이 순식간에 끝나고, 코제트가 곁을 떠난 일도, 바리케이드도, 폭도가 된 자신도 마치 무서운 꿈을 꾸는 것처럼 생각되었다.

거리 반대쪽에서 병사들이 하나 둘씩 몰려들고 있었다. 짙은 어둠 때문에 잘 보이지는 않았지만 횃불에 총칼이 번쩍이고 있었다.

"누구냐?"

어둠속에서 소리와 함께 철커덕 하고 총알을 재는 소리가 들렸다. 앙졸라가 태연하게 대답했다.

"프랑스 혁명군이다!"

"쏴라!"

얼굴 없는 목소리가 명령했다. 그 순간, 눈부신 빛이 길가 집들 정면을 온통 시뻘겋게 밝혔다. 무시무시한 폭발음이 바리케이드를 뒤흔들었다. 붉은 기가 쓰러졌다. 상대방 병력은 1개 연대 정도는 되는 것 같았다. 총소리와 함께 공격 병들이 바리케이드 위로 기어오르기 시작했다. 전투경찰대와 시민군들이 총을 겨누고 윗몸을 드러낸 채 떼 지어 서 있는 것이 보였다. 햇불은 그들의 총검과 초조한 얼굴을 비추고 있었다. 폭도들은 습격을 받고 당황했지만, 대열을 다시 정비했다. 대부분 폭도들은 이층이나 다락방으로 올라가서 공격군을 내려다보고 있었고, 용감한 몇 사람은 집 벽에 기대어 바리케이드 위에 즐비하게 늘어서 있는 군대와 맞서고 있었다.

"무기를 버려라!"

장교 하나가 군도를 빼들고 말했다.

"쏴라!"

앙졸라가 외쳤다. 양쪽에서 동시에 폭발음이 터지며 모든 것이 연기 속으로 사라져버렸다. 숨 막힐 듯이 자욱한 연기 속에서 죽어 가는 사람들과 부상자들이 내는 가냘픈 신음이 들려왔다. 공격군은 더 이상 쳐들어오지 않았다. 지원 병력을 기다리는 것인지, 다른 명령을 기다리고 있는 것인지 알 수 없지만 습격할 생각은 없어 보였다. 그뿐 아니라, 바리케이드에서도 철수하고 거리에서 모습을 감춰버렸다.

폭도들이 바리케이드를 다시 찾았다. 더 이상 군대의 공격이 없기에 그곳에 보초를 세워두기로 했다. 몇몇 의대생들은 부상자들을 치료하기 시작했다. 마리우스는 그 근처를 순찰하면서 작은 바리케이드 쪽도 돌아보았다. 그곳은 아무도 없었고 조용했다. 그곳을 에워싼 거리들도 아주 고요했다. 순찰을 마치고 막 돌아서는데 어둠 속에서 자기 이름을 부르는 가냘픈 소리가 들려왔다.

"마리우스 씨."

그는 깜짝 놀랐다. 얼마 전 플뤼메 거리 정원 밖에서 그를 부르던 바로 그 목소리였다.

"마리우스 씨."

그 목소리가 다시 그를 불렀다. 몸을 굽혀서 자세히 살펴보니 누군가가 길바닥 위를 기어오고 있었다. 등불 빛으로 작업복 윗도리와 낡고 찢어진 바지, 맨발, 그리고 피가 흥건히 괸 자국이 어렴풋이 눈에 띄었다. 그 창백한 얼굴이 마리우스 쪽을 보고 말했다.

"저 에포닌이에요."

마리우스가 깜짝 놀라 몸을 굽혔다.

"아니 여기서 뭘 하고 있는 거요?"

"난 곧 죽어요."

체념하듯 그녀가 말했다. 마리우스는 놀라서 부르짖었다.

"어디? 어딜 다쳤소? 아니, 여기는 뭐 하러 왔어요?"

그러면서 그는 그녀 밑으로 팔을 넣어 안아 올렸다.

"많이 다쳤소? 기다려요. 금방 치료를 받게 해 줄게."

그녀가 힘없이 중얼거렸다.

"총알이 등으로 빠져나갔어요. 여기서 옮겨봤자 소용없어요. 그보다도 당신 옆 돌바닥에 내려주고 제 옆에 앉으세요."

마리우스는 그녀가 시키는 대로 따랐다. 그녀는 마리우스 무릎 위에 머리를 올려놓고 그에게서 눈길을 떼지 않은 채 말했다.

"아, 이젠 기분이 나아졌어요. 하나도 아프지 않아요."

그녀는 가까스로 고개를 돌려 마리우스를 바라보면서 다시 입을 열었다.

"그런데 마리우스 씨 아세요? 저는 당신한테 그 집을 가르쳐 드리고도 그곳에 당신이 드나드는 것이 싫어서 견딜 수가 없었어요. 저 정말 바보 같지요?"

그녀는 그러면서 말을 끊었다. 그리고 가슴 속에 품고 있었을 갖가지 어두운 추억들을 뛰어넘어 애처로운 웃음을 지으며 처연하게 말을 이었다.

"당신은 절 못난 여자라고 생각하고 계셨지요? 하지만 이젠 당신도 끝장이에요. 당신을 여기로 끌고 온 게 바로 저예요. 이젠 아무도 이 바리케이드에서 빠져나갈 수 없어요. 당신은 머지않아 죽을 거예요. 전 당신이 이렇게 여기서 죽기를 바랐어요. 하지만 전 당신보다 먼저 죽고 싶었어요. 오래 전에 당신은 나한테 5프랑을 주었지요? 생각나세요? 하지만 전 돈을 바란 것이 아니었어요. 아마 전 당신을 사랑했나 봐요."

그녀는 제정신이 아닌 듯 엄숙하고도 애처로운 표정을 짓고 있었다. 찢어진 작업복 사이로 가슴이 드러나 보였다. 에포닌은 말을 하면서 손으로 가슴을 누르고 있었지만 가슴에 뚫린 구멍에서 빨간 피가 줄줄 새어나오고 있었다. 마리우스는 이 불쌍한 소녀를 측은한 마음으로 지켜보고 있을 수밖에 없었다.

"제 말 잘 들으세요. 제 호주머니 속에 당신께 전해 달라는 편지가 들어 있어요. 우연히 부탁을 받았어요. 이 편지가 당신 손에 들어가는 것이 싫어서 전하지 않으려고 했어요. 하지만 이대로 헤어지면 조금 뒤에 저 세상에서 다시 만나게 될 때 제게 화를 내시겠지요. 자, 어서 편지를 꺼내가세요."

그녀는 경련을 일으키며 손으로는 마리우스 손을 잡고 있었지만 이미 아픔도 느끼지 못하는 것 같았다.

"편지를 드렸으니까 그 대신 약속을 하나 해주세요."

"뭡니까?"

"약속해주세요. 제가 죽거든 제 이마에 입을 맞추어주시겠다고 약속해주세요. 저는 죽어서도 그걸 알 수 있을 거예요."

그녀는 마리우스 무릎 위에 머리를 떨어뜨리고는 그대로 눈을 감았다. 에포닌은 두 번 다시 움직이지 않았다. 마리우스가 차디찬 땀방울이 맺혀 있는 그 이마에 입을 맞추었다. 한 불행한 영혼에게 보내는 다정하고도 경건한 이별의 인사였다. 에포닌이 전해 준 편지를 손에 들자 마리우스는 자신도 모르게 몸이 떨렸다. 소녀의 몸을 살며시 땅 위에 내려놓고 애서 평정심을 유지하며 편지를 꺼내어 읽기 시작했다.

사랑하는 당신께,
큰일이에요. 아버님께서 당장에 출발하겠다고 하십니다. 오늘 밤은 롬 아르메 거리 7번지에 있게 돼요. 일주일 후에는 런던에 가 있을 겁니다. 코제트 올림.

이제까지의 일은 모두 에포닌이 꾸민 연극이었다. 그녀는 마리우스가 코제트 집에 드나드는 것이 싫어서 그들을 떼어놓을 작정이었다. 그녀는 지나가던 젊은 부랑배 하나와 옷을 바꾸어 입었다. 연병장에 앉아 있던 장 발장에게 이사하라고 경고를 한 것도 그녀였다. 장 발장은 과연 집으로 돌아와 코제트에게 당장 이사를 해야 한다고 말했다. 코제트는 그 말을 듣고 서둘러 마리우스에게 짧은 편지를 썼다. 하지만 그 편지를 우체통에 넣으러 밖으로 나갈 길이 없었다. 그런 걱정을 하고 있던 참에 마침 울타리 너머에 서 있던 남자 옷차림의 에포닌을 발견했다. 에포닌은 마리우스가 그랬던 것처럼 줄곧 이 정원 주위를 얼쩡거리고 있었다. 코제트는 이 젊은 노동자를 불러 5프랑과 편지를 주면서 우체통에 넣어달라고 부탁했다. 몰래 편지를 읽어본 에포닌은 질투와 연정에 불타올랐다.

'어차피 죽기는 마찬가지니까 차라리 바리케이드로 가서 죽어버리자. 그리고 마리우스도 끌어들여 함께 죽어버리자.'

그녀는 사랑하는 사람을 자기 죽음 속에 끌어들인 후, '이제는 어느 누구도 그이를 빼앗아갈 수 없을 거야.' 하는 질투심에서 비롯된 비통한 기쁨을 느끼면서 죽어간 것이었다. 마리우스는 코제트의 편지에 입맞춤을 퍼부었다. 그녀는 그를 변함없이 사랑하고 있었다. 하지만 상황은 달라진 것이 없었다. 어차피 코제트의 아버지는 그녀를 영국으로 데리고 갈 것이고, 할아버지는 결혼을 반대하고 있었다. 더군다나 자신 역시 이곳 바리게이트 안에서 빠져나가지 못한 채 결국 죽음을 맞을 수밖에 없는 운명이었다. 조금도 변한 것이 없었다. 그러나 죽기 전에 해야 할 일이 있었다. 그것은 코제트에게 자기 죽음을 알리고 마지막 이별 인사를 하는 일이었다. 그는 늘 품에 지니고 다니는 수첩을 꺼내 코제트에게 편지를 썼다. 그 종이를 넷으로 접은 다음 곁에다 롬 아르메 거리 주소를 썼다. 편지를 접은 뒤 한참 생각에 잠겨 있다가 그는 다시 수첩 첫 장을 열어 거기에 자기 이름과 할아버지 집 주소를 써넣었다. 수첩을 다시 품안에 넣은 뒤, 바리케이드 안에서 폭도들 심부름을 하고 있던 한 소년을 불렀다.

"내 심부름을 좀 해줄 수 있겠니?"

"뭐든지 말씀만 하세요."

"이 편지를 갖고서 당장 바리케이드에서 나가라. 그리고 이 편지에 적힌 주소를 찾아가서 코제트 양에게 전해주기만 하면 된다."

진압명령

 6월 5일 밤, 장 발장은 코제트와 하녀를 데리고 롬아르메 거리로 급히 이사를 했다. 그런데 전혀 예상치 못한 일이 그곳에서 그를 기다리고 있었다. 코제트는 갑작스럽게 이사하는 것이 마음에 들지 않았다. 그들이 같이 살게 된 이후 처음으로 코제트와 장 발장의 뜻이 분명하게 맞섰던 것이다. 두 사람 모두 롬 아르메 거리에 도착하기까지 제각기 자기 생각에만 빠져 있느라 입을 꼭 다물고 한마디도 하지 않았다. 장 발장은 불안한 마음에 아직 코제트의 슬픔을 눈치채지 못하고 있었다. 그들은 간단하게 저녁을 먹었다. 식사하는 동안 하녀가 서너 번이나 되풀이해서 말했다.
 "나리, 난리가 났어요. 시내에 싸움이 벌어졌어요."
 그러나 그는 이 생각 저 생각에 정신이 팔려 그 말은 한마디도 듣고 있지 않았다. 그는 코제트를 데리고 영국으로 갈 계획만을 마음속으로 차근차근 세우고 있었다. 식사가 끝나자 코제트는 자기 방으로 들어갔고, 장 발장은 천천히 식당 안을 거닐다가 문득 눈길이 어떤 이상한 것에 가서 멎었다. 눈앞 찬장 위에 비스듬히 세워져 있는 거울 속에 몇 줄의 글귀가 보였다.
 그것은 '사랑하는 당신께'로 시작되는 코제트의 편지였다. 코제트는 압지를 거울 앞에 놓고서 편지를 쓴 모양이었다. 이제 편지는 없었지만 고스란히 압지 위에 박힌 그 글자들이 거울에 똑바로 비치고 있었다. 장 발장은 거울 앞으로 다가갔다. 그 글을 되풀이해서 읽었지만 믿어지지가 않았다. 장 발장은 코제트를 아버지로서 사랑하고 있었다. 하지만 그는 지금까지 줄곧 독신으로 지내왔기 때문에 거기에는 온갖 종류의 사랑이 함께 깃들어 있었다. 그는 코제트를 딸처럼 사랑했고, 어머니처럼 사랑했으며, 누이동생처럼 사랑했다. 심지어 그는 지금까지 코제트를 집으로, 가정으로, 조국으로, 천국으로 삼고서 살아왔던 것이다. 그런데 코제트가 다른 남자에게 사랑을 느껴 자기 곁에서 서서히 멀어지고 있다고 생각하자 이기적인 절망감이 덮쳐왔다. 이제 코제트가 사랑하는 사람은 따로 있고 자기는 있으나마나한 존재라는 생각이 들자, 견딜 수 없는 괴로움이 몰려왔다. 충동적으로 그는 모자도 쓰지 않고 집을 나와 버렸다. 한참을 그렇게 문 앞에 멍청히 앉아 있었다. 거리는 조용했다. 허둥지둥 집으로 돌아가는 시민들 몇 명만이 시야에 들어왔다. 이윽고 중앙시장 쪽에서 일제히 총소리가 들려왔다. 샹브르리 바리케이드에서 난 총소리였을 것이다. 그제야 그는 하녀가 한 말이 생각났다.

누군가 다가오고 있었다. 그는 얼른 눈을 들었다. 한 소년이 롬 아르메 거리로 들어오더니 집들을 훑어보면서 그가 앉아있는 쪽으로 걸어왔다.

"꼬마야, 무슨 일이냐?"

"배가 고파 죽겠어요."

장 발장은 호주머니를 뒤져 5프랑 금화를 하나 꺼내 소년에게 쥐어주었다.

"아저씨는 정말 좋은 분이시군요."

소년은 금화를 주머니 속에 넣었다. 그리고는 믿음에 찬 말투로 물었다.

"이 거리에 사세요?"

"그래. 왜 그러니?"

"7번지가 어디에요?"

"거긴 왜?"

"편지를 전하러 왔거든요."

순간 장 발장 머리에 반짝하고 무언가가 스쳐 지나갔다.

"혹시 코제트 양한테 온 거 아니니?"

그 말을 듣자 소년은 즉시 편지를 내밀었다.

"제가 저 바리케이드에서 심부름 온 걸 아시죠?"

"그래, 고맙다. 그런데 답장은 어디로 보내면 되지?"

"샹브르리 거리의 바리케이드로 보내시면 돼요."

이렇게 말하고 소년은 사라졌다. 장 발장이 편지를 펴 보았다.

우리 결혼은 불가능한 것 같소. 내게는 재산이 없고 당신도 마찬가지요. 당신 집에 갔지만 이미 당신은 없었소. 내가 당신에게

한 맹세를 기억하오? 나는 그것을 지키려 하오. 나는 죽을 것이오. 당신을 사랑하오. 마리우스.

장 발장은 급히 문지기를 깨웠다. 문지기가 이웃을 찾아다니며 그에게 필요한 모든 것들을 구해 올 동안 장 발장은 결심을 굳히고 있었다. 문지기가 돌아오자, 장 발장은 시민군 제복으로 갈아입고 탄환을 잰 총과 탄약이 가득 든 탄창을 들고 중앙시장 쪽으로 걸어가기 시작했다. 폭도들은 앙졸라 지휘를 받아 밤의 어둠을 틈타서 다시 전열을 정비했다. 바리케이드를 수리했고 위로 30센티미터 가량 벽을 더 높이 쌓았다. 아래층 홀을 깨끗이 치우고 부엌은 임시 병원으로 만들어 부상자들을 치료했다. 시체들은 그들이 점령하고 있던 골목에 쌓아놓았다. 바깥으로 몰래 정찰을 나갔던 사람이 돌아왔다.

"파리의 모든 군대가 동원된 모양이오. 그 중 삼분의 일은 바로 이 바리케이드로 공격해 올 거요. 게다가 시민군까지 합세하고 있소. 아마 한 시간 뒤에는 공격을 받게 될 거요."

가장 어두운 안쪽에서 누군가가 외쳤다.

"좋소. 모두들 여기서 버팁시다. 시체가 되어서라도 항쟁합시다. 공화주의자들은 민중을 버리지 않는다는 것을 보여줍시다!"

그 말은 모든 사람들의 열광적인 환호를 받았다. 그때 마리우스는 바리케이드 안에 서 있는 장 발장을 보았다. 그는 시민군 복장 때문에 군대 쪽 공격선을 쉽게 통과해 올 수 있었다. 폭도 쪽에서는 그가 단 한 사람의 시민군이라 안심하고 그대로 통과시켰다. 장 발장은 바리케이드 안의 광경을 눈으로 보고 이야기하는 것을 듣고 나더니, 잠자코 자기가 입고 있던 옷을 벗어서 던졌다.

"저 사람은 누구야?"

누군가가 물었다.

"내가 아는 분이야."

마리우스가 엄숙한 목소리로 대답했다. 그 한 마디로 장 발장은 모든 사람들의 신임을 얻었다. 앙졸라가 장 발장 쪽으로 몸을 돌리며 말했다.

"잘 오셨습니다. 동지."

그런 다음, 다시 나지막한 목소리로 덧붙였다.

"잘 아시겠지만, 우리는 이제 모두 죽을 겁니다."

날이 차츰 밝아오고 있었다. 새벽녘의 거리는 음산할 정도로 조용했다. 조금 지나 해가 비쳐 온 사방이 환해지자 웅성대는 소리가 거리 쪽에서 또렷하게 들려왔다. 대포가 나타난 것이다. 포병들이 포차를 밀고 있었다.

"사격 개시!"

먼저 앙졸라가 외쳤다. 바리케이드와 대포가 동시에 불을 뿜었다. 포탄 소리는 무시무시했다. 하지만 운이 따랐는지 포병들이나 폭도들은 하나도 부상당하지 않았다. 포병들은 다시 포탄을 쏘기 위해 조준하기 시작했다. 무시무시한 포구가 바리케이드를 향해 입을 벌렸다. 두 번째 포탄이 발사되고 폭음이 울려 퍼졌다. 포탄은 이번에도 바리케이드를 비껴나가 마차 바퀴 하나만을 부수었다. 폭도들은 일제히 환호성을 올렸다. 하지만 포격이 다시 시작되려 하고 있었다. 그 산탄 세례를 계속 받게 되면 15분 이상을 견뎌내기 힘들어 보였다. 앙졸라가 명령을 내렸다.

"저 앞에 짚더미를 갖다 놓아야겠어."

"하지만 더 이상 짚더미가 없는데요."

장 발장은 술집 모퉁이 길 위에 혼자 떨어져 앉아 있었다. 그는 그때까지는 전혀 전투에 끼어들지 않고 방관만 하고 있었다. 그러나 앙졸라의 명령을 듣자 자리에서 얼른 일어섰다. 폭도 집단이 샹브르리 거리로 모여들었을 때 어떤 노파 하나가 총알이 날아올 것을 대비해서 짚더미를 7층 건물에 있는 자기 집 다락방 창문 앞에다 매달아 놓았다. 짚더미는 비스듬히 두 가닥 밧줄로 대롱대롱 매달려 있는 상태였다. 멀리서 보면 가느다란 두 가닥 실처럼 보였다. 장 발장은 앙졸라에게 2연발총을 빌렸다. 그런 다음 다락방을 겨누고 방아쇠를 당겼다. 밧줄 한 가닥이 끊어졌다. 또 한 번의 총알로 두 번째 밧줄이 깨끗하게 끊어지면서 짚더미가 거리로 떨어졌다. 바리케이드에서 박수갈채가 터져 나왔다.

"자, 방어막이 생겼다!"

모든 사람들이 소리 질렀다.

"그런데 누가 저걸 가져오지?"

짚더미는 묘하게도 바리케이드 밖, 공격군과 방어군 중간에 떨어져 있었다. 포병들은 다시 포격 준비가 갖춰질 때까지 바리케이드를 향해 총을 쏘아대고 있었다. 바리케이드에 맞서서 미친 듯이 총알이 튀어나오는 거리는 아주 위험했다. 장 발장은 아무 주저 없이 빗발치듯 쏟아지는 총알을 뚫고 달려가 짚더미를 집더니 등에 업고 돌아왔다. 그것도 모자라 직접 짚더미를 바리케이드 갈라진 틈에 갖다 막았다. 이 일이 끝나자 모두들 산탄 공격을 기다렸다. 대포가 요란한 폭음을 울리며 산탄 한 덩어리를 토해냈다. 하지만 이번에는 조금도 튀지 않았다. 짚더미 효과를 본 것이었다. 바리케이드는 안전했다.

"동지여!"

앙졸라가 장 발장에게 말했다.

"공화국은 그대에게 감사드립니다."

다른 사람들 역시 모두 감탄하며 장 발장을 향해 웃고 있었다. 공격군의 사격은 계속되었다. 소총 사격과 산탄이 번갈아 발사되자 주점 앞면 윗부분이 피해를 입기 시작했다. 하지만 폭도들은 반격을 할 수 없었다. 탄환도 화약도 아껴 써야 하기 때문이었다. 근처 높은 지붕 위에서 햇빛을 받아 반짝이는 정부군의 투구 하나가 보였다. 병사 하나가 이쪽을 정찰하는 모양이었다. 장 발장은 소총을 들어올렸다. 그리고 말없이 그 병사를 총으로 겨누었다. 순식간에 철모는 총알을 맞고 요란한 소리를 내며 거리로 떨어졌다. 깜짝 놀란 병사는 부리나케 몸을 숨겼다. 두 번째 정찰병이 다시 그 자리에 나타났다. 이번에는 장교였다. 재빨리 다시 총알을 잰 장 발장이 한 방으로 그 장교의 철모도 길 위로 떨어뜨렸다. 경고가 통한 모양이었다. 다시는 아무도 지붕 위에 나타나지 않았다.

"왜 그자를 죽이지 않았소?"

누군가가 물었지만, 장 발장은 아무 대답도 하지 않았다.

구원의 손길

 열두 시를 알리는 종소리가 들려왔다. 어깨에 도끼를 멘 공병들이 거리 끝에서 나타나기 시작했다. 이제 마지막 결전 순간이 온 것을 안 앙졸라가 사람들에게 다급하게 명령을 내렸다. 1분도 안 되어 사람들은 술집 앞에 쌓여 있던 포석을 술집 안 이층으로 운반해 창문을 절반가량 막았다. 그리고 아래층 창문과 문을 굳게 닫았다. 요새는 완벽해졌다. 그들은 죽을 각오를 하고 버티고 있었다. 앙졸라는 홀로 들어가 마지막 명령을 내렸다. 이제 싸울 수 있는 사람은 스물여섯 명밖에 남아 있지 않았다. 스무 명은 바리케이드로 갔고, 여섯 명은 이층 창문에 숨어서 포석 총구멍으로 공격군을 저격할 준비를 했다. 그렇게 사람들을 배치한 뒤 자베르 쪽을 돌아보면서 말했다.
 "여기서 마지막으로 나가는 자가 이 밀정 머리를 쏘기로 하자."
 그때, 장 발장이 나타났다. 그가 앙졸라에게 물었다.
 "당신이 지휘자요?"
 "그렇소."
 "아까 내게 고맙다고 했지요?"
 "그렇소, 진심입니다. 공화국의 이름으로요."

"그럼 저 사나이를 내 손으로 쏘게 해 주시오."

자베르가 고개를 들어 장 발장을 보았다. 그리고 사람들 눈에 띄지 않게 몸을 움직이더니 나지막하게 중얼거렸다.

"당연하지."

앙졸라가 장 발장 쪽으로 돌아섰다.

"이 밀정을 끌고 가시오."

앙졸라의 말이 떨어지기가 무섭게 나팔소리가 들렸다.

"습격이다!"

바리케이드 꼭대기에서 누군가가 소리쳤다.

"모두 밖으로!"

앙졸라가 외쳤다. 폭도들이 모두 밖으로 뛰쳐나갔다. 장 발장은 자베르와 단둘이 남게 되자 기둥에 묶여 있던 그를 풀었다. 자베르가 일어섰다. 그는 아주 기묘한 웃음을 짓고 있었다. 자베르가 앞장을 서고 장 발장은 그 뒤를 따라 술집 밖으로 나가 바리케이드 안 네모난 빈터를 지나갔다. 폭도들은 절박한 상황에 정신이 팔려서 이쪽으로 등을 돌리고 있었다. 그들은 골목에 있는 작은 벽을 타고 넘어갔다. 골목길에는 그들 말고는 아무도 없었다. 이윽고 자베르가 말했다.

"자, 복수해라."

장 발장이 안주머니에서 칼을 꺼내 자베르의 손을 묶었던 밧줄과 발을 묶었던 가느다란 줄을 끊었다. 그리고 그에게 말했다.

"이 세상에는 넓은 것이 많이 있소. 바다가 땅보다 더 넓고 하늘은 그보다 더 넓소. 그러나 하늘보다 더 넓은 것이 있지요. 그것은 바로 용서라는 관대한 마음이오. 이제 당신은 자유요."

자베르는 아연해서 입을 벌린 채 꼼짝 않고 서 있었다. 장 발장이 계속해서 말했다.

"난 아마 여기서 빠져나가지 못할 것이오. 하지만 내가 여기서 다행히 나간다면, 포슐르방이라는 이름으로 롬 아르메 거리 7번지에 살고 있으니 그리로 찾아오시오. 자, 이제 가시오."

"포슐르방이라고 했나, 롬 아르메 거리?"

"그렇소. 7번지요."

자베르가 돌아서서 팔짱을 낀 채 시장 쪽으로 걸어가기 시작했다. 장 발장이 눈으로 그를 좇았다. 자베르는 대여섯 걸음 가더니 획 뒤돌아서서 장 발장에게 소리쳤다.

"당신은 날 괴롭히고 있어. 차라리 나를 죽여라."

"어서 가시오."

장 발장이 말했다. 자베르가 느릿느릿 시야에서 멀어져갔다. 그가 보이지 않자 장 발장은 하늘을 향해 총을 한 방 쏘았다. 그런 다음 바리케이드로 돌아와 말했다.

"해치웠소."

바리케이드에서는 드디어 죽음의 연주가 시작되고 있었다. 돌격을 알리는 북이 잇달아 울렸다. 군대는 정면에서 바리케이드를 향해 돌진해왔다. 보병들이 시민군에 뒤섞여 거리 한복판으로 달려 진격했다. 바리케이드 한쪽 끝에는 앙졸라가 있었고, 다른 쪽 끝에는 마리우스가 있었다. 마리우스는 위험천만하게도 몸을 드러내놓고 싸우고 있었다. 그는 격렬하게 싸우면서도 한 가지 생각에 잠겨 있었다. 그는 꿈속에 있는 것처럼 전쟁 속에 있었다. 폭도들은 맹렬한 기세로 사격을 했다. 하지만 폭도들의 탄약은 바닥을 드러내기 시작했다. 공격군은 끊임없이 새로운 병력을 보강하면서 비 오듯 쏟아지는 총탄 속에서도 힘으로 밀어붙여 왔다. 그리고 조금씩 바리케이드를 죄어왔다. 그들은 서로 육박전을 벌여 총을 쏘고 군도를 휘둘렀다. 코랭트 술집 정면은 절반 이상 파괴되고 창문 유리도 창틀도 날아가버렸다.

많은 폭도들이 죽어갔다. 마리우스 역시 아직도 싸우고 있었지만 온몸에 부상을 당했고, 특히 머리를 심하게 다쳐서 얼굴은 피범벅이 되어 있었다. 앙졸라만 무사했다. 그는 군도를 휘두르며 마지막까지 싸움을 지휘하다가 "들어가라!" 하고 외쳤다. 사람들이 모두들 집안으로 뛰어 들어갔다. 오직 마리우스만이 밖에 남겨졌다. 어깨에 총알을 한 방 맞았던 것이다. 몸은 꺼져가고 금방이라도 쓰러질 것만 같았다. 이미 눈을 감고 있었는데 그 순간, 억센 힘이 자기를 지탱해주는 것을 느꼈다. 그는 의식을 잃으면서도 코제트를 마지막으로 떠올렸다. 창문과 지붕에서 폭도들은 포석을 빗발처럼 떨어뜨렸다. 공격도 맹렬했지만 방어도 필사적이었다. 군다가 문을 부수고 술집 안으로 들어갔을 때, 그곳에는 아무도 없었다. 살아 있는 사람들은 모두 위층에 올라가 있었다. 그때 그곳 계단 입구에서 무서운 폭발이 일어났다. 그것은 마지막 화약이었다. 화약이 다 떨어진 폭도들은 닥치는 대로 손에 잡히는 것을 붙잡아 그들에게 대항했지만, 쏟아지는 총알 세례에 하나씩 쓰러져갔다. 마침내 공격군들은 벽을 기어올라 천장에 매달려 사나운 기세로 이층으로 들어갔다. 그곳에 서 있는 사람은 앙졸라 밖에 없었다. 그는 대담하게 자기 가슴을 내밀었다.

"쏴라!"

그는 총알을 여덟 발이나 맞고 머리가 앞으로 고꾸라진 채로 최후를 맞았다. 잠시 후 병사들은 다락방에 숨어 있던 마지막 폭도들을 제압하고는 행여 남아있는 자들을 색출하기 위해 이웃집들을 수색하기 시작했다.

파리 대하수도

 쓰러지는 마리우스를 붙잡은 사람은 장 발장이었다. 그는 싸움이 벌어지는 동안 줄곧 마리우스한테서 눈을 떼지 않고 있었다. 마침 공격은 앙졸라와 코랭트 정문에 집중되어 있었기 때문에 그가 정신을 잃은 마리우스를 안고 빈터를 가로질러서 코랭트 모퉁이로 사라져가는 것을 본 사람은 아무도 없었다. 모퉁이 안쪽에서 장 발장은 잠시 걸음을 멈추고 주위를 둘러보았다. 상황은 매우 위험했다. 이곳을 빠져나간다는 것은 불가능했다. 앞에는 7층 건물이 서 있고 오른쪽에 있는 낮은 바리케이드 너머로 총검이 늘어서 있는 것이 보였다. 보병들이 거기에 배치되어 진격 명령을 기다리고 있었다. 사방은 온통 싸움터였다. 죽음은 등 뒤의 벽 모퉁이에서조차 기다리고 있었다. 장 발장은 절박하고도 필사적인 심정으로 땅바닥을 내려다보았다. 그렇게 보고 있는 동안 막연하게 희미한 어떤 것이 나타나 그의 발밑에서 확실한 형상을 이루었다. 바리케이드 타로 밑에 쌓여 있는 포석 더미 아래에는 반쯤 가려진 납작한 쇠창살이 놓여 있었다. 사방 2미터 가량 되는 창살을 받치고 있던 포석 틀은 떨어져나가 있었다. 쇠 철봉 사이로 시커먼 입구가 입을 벌리고 있는 것이 보였다. 옛날 사용했던 탈주 방법이 머리에 떠올랐다. 그는 포석을 치우고 격자를 들어 올린 다음, 시체처럼 늘어진 마리우스를 어깨에 둘러메고 그 구덩이 속으로 내려가 머리 위로 무거운 쇠뚜껑을 떨어뜨려 닫았다. 그렇게 하는 데는 몇 분도 채 걸리지 않았다. 장 발장은 여전히 정신을 잃고 있는 마리우스를 메고 그 기다란 지하도 안으로 들어갔다. 그곳에는 깊은 안식과 침묵과 어둠만이 있었다. 옛날 수녀원 안으로 뛰어내렸을 때의 느낌이 되살아났다. 다만 지금 그가 메고 있는 것은 코제트가 아니라 마리우스인 것이 달랐다. 장 발장이 들어간 곳은 저 유명한 파리의 대하수도였다.

그곳은 길이가 백리도 넘는 미로였다. 꾸불거리고 복잡하게 파리 시내 밑을 뚫고 흐르고 있었다. 장 발장은 아무 것도 볼 수 없었다. 아무 것도 들리지 않았다. 머리 위 몇 미터 안 되는 곳에서 휘몰아치고 있는 살인의 폭풍은 땅에 가로막혀 지금은 희미하고 어렴풋한 소리로 전해져 왔다. 손으로 옆을 휘저어 보았다. 통로는 좁았으며, 발은 미끄러웠고, 바닥은 젖어 있었다. 앞으로 조금 나가자 제법 앞이 보이기 시작했다. 어둠에 익숙해진 것이다. 조금씩 앞에 있는 것이 무엇인지 가늠할 수 있게 되었다. 얼마쯤 걸어 나가다가 그는 발을 멈추었다. 지하도가 두 갈래로 갈라져 있었다. 어느 쪽으로 가야 할지 난처했다. 하지만 이 미로에는 하나의 단서가 있었다. 바로 바닥의 기울어진 정도였다. 기울어진 곳을 따라 내려가면 강에 도달할 것이라는 사실을 그는 알 수 있었다. 지금 자기가 있는 곳은 중앙시장의 하수도일 거라고 짐작했다. 왼쪽 길을 택해 경사를 따라가면

센 강으로 나가는 출구쯤에 도착하게 될 것이다. 그렇게만 하면 파리의 가장 번화한 곳으로 대낮에 나가게 되는 것이다. 그는 어둠에 몸을 맡기고 나중 일은 하느님의 뜻에 맡기겠다고 결심했다. 경사를 더듬어 올라가 오른쪽으로 돌았다. 모퉁이를 돌자 또다시 어둠의 벽에 부딪쳤다. 마리우스의 팔은 그의 목에 걸쳐져 있었고 다리는 그의 등 뒤로 늘어져 있었다. 마리우스에게서 흐르는 미지근한 피가 옷 속으로 스며드는 것이 느껴졌다. 장 발장은 힘겹게 한발씩 걸음을 옮겼다. 방향을 정한다는 것은 매우 어려운 일이었다. 그가 막 들어선 곳은 몽마르트르 하수도로서, 낡은 그물코처럼 뻗친 파리의 하수도 중에서도 가장 복잡한 미로 가운데 하나였다. 다행히도 중앙시장 밑 하수도를 통과해 왔지만 이곳은 차원이 달랐다. 여기저기 지그재그로 얽힌 막다른 골목과 굴이 마치 거미줄처럼 복잡하게 이어져 있었다. 대하수도를 안전하게 나가려면 허리띠 하수도라고도 불리는 이 길을 더듬어 갈 수밖에 없게 되어 있었다.

하지만 그는 그런 사실은 모르고 있었다. 갑자기 불안이 엄습해 왔다. 나가는 문을 찾을 수 있을 것인지, 탈출할 수 없는 곳에 이르게 되는 것은 아닌지, 하수도 속에서 마리우스와 자기가 출혈과 굶주림 때문에 죽게 되는 것은 아닌지 부정적인 의문만이 떠올랐다. 갈림길에 도착할 때마다 그는 모퉁이를 더듬어 보았다. 갈림길이 지금 그가 있는 곳보다 좁을 때는 구부러지지 않고 곧장 걸어 나갔다. 좁은 길은 모두 막다른 골목일 것이고 그러면 나가는 문에서 멀어진

다는 확고한 판단을 내렸기 때문이었다. 이렇게 해서 그는 함정들을 피하면서 앞으로 걸어 나갔다. 길은 갈수록 점점 어려워져 갔다. 천장 높이는 사람 키 정도였지만 마리우스가 천장에 부딪치지 않도록 몸을 구부리고 걸어야 했다. 바닥은 미끈거려서 발을 딛기에 여간 어렵지 않았다. 그는 더러운 도시의 배설물과 고약한 냄새 속을 비틀거리며 나아갔다. 허기와 갈증이 몰려왔다. 그의 체력은 대단했지만 이번만은 온몸이 축 늘어지는 것을 느꼈다. 피로가 엄습해 오자 마리우스가 점점 무겁게 다가왔다.

드디어 오후 세 시쯤 허리띠 하수도의 중심부에 도착했다. 그곳은 아주 넓었고, 천장도 머리에 닿지 않을 만큼 높았다. 장 발장은 걸음을 멈추고 마리우스를 조심스레 돌바닥 위에 내려놓았다. 손가락으로 마리우스 옷을 헤치고 가슴에 손을 대 보았다. 심장은 아직도 뛰고 있었다. 그는 자신의 셔츠를 찢어내어 상처를 잘 묶었다. 마리우스 옷을 헤치면서 그는 주머니에서 두 가지 물건을 발견했다. 전날 마리우스가 넣어두고서 먹는 걸 잊었던 빵 한 조각과 낡은 수첩이었다. 그는 빵을 먹으며 수첩을 펴 보았다.

'내 이름은 마리우스 퐁메르시요. 내 시체를 피유뒤 칼베르 거리 6번지에 사시는 할아버지 질노르망 씨께 보내주기 바라오.'

장 발장은 묵묵히 한참 그것을 들여다보았다. 빵을 먹고 나자 조금 기운이 났다. 그는 마리우스를 등에 업은 다음 다시 하수도를 걸어 내려가기 시작했다. 그는 자신이 어디를 지나왔는지, 어디쯤 지나고 있는지 전혀 짐작할 수 없었다. 다만 이따금 만나게 되는 빛이 엷어지는 것을 보고는 점점 해가 기울고 있다는 것만을 알 수 있었다. 머리 위에서 마차가 굴러가는 소리도 뜸해지더니 이제는 거의 들리지 않았다. 파리 교외로 빠져나온 모양이었다. 주위로 어둠이 짙어지기 시작했다. 그는 점점 힘이 빠져가고 있었기 때문에 필사적으로 빨리 걸었다. 마지막 모퉁이에 도달해 벽에 닿자 그는 눈을 크게 치켜떴다. 저 앞쪽에 한 줄기 빛이 보였다. 햇빛이었다. 나가는 문이었다. 마치 지옥에 떨어져 불길이 활활 타는 아궁이 한복판에 있다가 갑자기 탈출하는 문을 찾은 영혼처럼 장 발장은 더 이상 피로를 느끼지 않았다. 마리우스의 몸무게도 이제는 무겁게 다가오지 않았다. 그는 달려갔다. 가까이 다가가자 문이 점점 뚜렷하게 보였다. 아치 모양을 한 문에는 쇠창살이 걸려 있었고 거기에 단단한 자물쇠가 달려 있었다. 장 발장은 마리우스를 바닥에 내려놓은 뒤 문으로 가서 두 손으로 쇠창살을 잡고 힘껏 흔들어보았다. 문은 끄덕도 하지 않았다. 창살을 하나씩 흔들어보았지만 여전히 움직이지 않았다. 문을 열 방법은 없었다. 그렇다고 해서 지금까지 지나온 무서운 길을 되돌아갈 만한 힘도 없었다. 모든 것은 끝났다. 지금까지 한 고생은 모두 허사로 돌아가고 만 것이다. 마리우스를 눕힌 돌바닥에 털썩 주저앉아 머리를 무릎 사이에 파묻었다. 그 깊은 절망 속에서 그는 코제트를 생각하고 있었다. 그렇게 넋을 놓고 앉아 있는데 갑자기 손 하나가 어깨에 얹히면서 말소리가 들려왔다.

"둘이 나눠먹기로 하자고."

그 안에서 사람 목소리를 듣게 되자 장 발장은 너무 놀라서 자신도 모르게 뒤로 물러났다. 한 사나이가 앞에 서 있었다. 장 발장은 그를 알아보고는 하마터면 소리를 지를 뻔했다. 바로 테나르디에였다. 마치 악귀처럼 테나르디에가 그 앞에 서 있었다. 하지만 장 발장은 위급한 상황에 익숙해 있었고, 워낙 침착한 사람이라 곧 정신을 차리고 상태를 주시했다. 테나르디에는 지난 번 사건으로 체포되어 감옥에 갇혀 있다가 불한당들의 도움으로 탈옥한 상태였다. 그리고는 여전히 예전 생활로 돌아가 공갈협박이나 도둑질을 하면서 살아가던 중이었다. 그는 손으로 햇빛을 가리며 상대방을 잘 살펴보려고 했지만 진흙과 피투성이가 된 장 발장을 알아보지는 못한 모양이었다.

"도대체 여기서 어떻게 나갈 작정이야?"

장 발장은 아무 말도 하지 않았다.

"나한테 열쇠가 있어. 그런데 자네가 저놈을 죽였나?"

테나르디에가 마리우스를 손으로 가리켰다.

"저놈한테서 훔친 걸 반만 내놔. 그러면 문을 열어주지."

그리고는 작업복 밑에서 커다란 열쇠를 절반쯤 꺼내 보였다. 장 발장은 얼이 빠지고 말았다. 그가 지금 보고 있는 것은 테나르디에가 아니었다. 테나르디에의 모습으로 땅 속에서 나타난 자비로운 천사였다. 천사는 아무 것도 모른 채 계속 떠들어댔다.

"그런데 도대체 어떻게 해서 이 하수도를 여기까지 빠져나왔지? 아마 저놈을 죽이고 센 강에 던져 버리려고 죽어라고 떠메고 온 모양이군. 그래, 잘 생각한 거야. 강에다 버리면 쥐도 새도 모르게 되지."

그가 떠들수록 장 발장은 입을 꼭 다물고 있었다.

"자, 결말을 내자고. 절반 나누지."

장 발장이 주머니를 뒤졌다. 그는 언제나 집에 돌아가지 못하게 될지도 모르는 비참한 운명 때문에 항상 돈을 지참하고 다녔다. 그러나 이번에는 시민군 제복을 갈아입으면서 지갑을 두고 온 모양이었다. 돈을 꺼내보니 30프랑뿐이었다. 테나르디에가 입맛을 다시면서 말했다.

"별로 많지도 않은데 죽였군."

그러더니 천연스럽게 자기 옷인 양 장 발장과 마리우스의 주머니를 뒤지기 시작했다. 테나르디에는 마리우스의 옷을 뒤적이면서 장 발장 모르게 재빠른 손놀림으로 옷자락을 한 조각 뜯어서 자기 작업복 안에 넣었다. 아마 그 헝겊 조각이 나중에 이 살인자와 죽은 사람이 누군지 알아내는데 도움이 될 거라고 생각한 모양이었다. 그의 바람과는 다르게 돈은 더 이상 나오지 않았다. 그는 30프랑을 몽땅 자기 주머니에 집어넣으면서 말했다.

"자, 친구, 돈을 냈으니 나가게."

이 음흉한 천사는 볼 일 다 봤다는 듯이 낄낄 웃으면서 장 발장이 마리우스를 어깨에 짊어지는 것을 거들어주었다. 그런 다음, 잠깐 동안 밖의 동정을 살피더니 열쇠를 자물쇠에 꽂았다. 빗장이 미끄러지면서 열렸다. 문을 조심스럽게 연 그는 장 발장이 나갈 수 있을 만큼만 틈을 내준 후 다시 쇠창살을 닫았다. 그리고는 자물쇠를 돌려서 잠근 후, 그대로 암흑 속으로 사라져버렸다.

용서

 장 발장은 그렇게 밖으로 나왔다. 안도의 한숨을 내쉬며 마리우스를 둑 위에 조심스럽게 내려놓았다. 독기와 암흑과 공포는 뒤로 물러가버렸다. 건강하고 깨끗하고 상쾌한 공기가 한꺼번에 몰려왔다. 주위는 조용했다. 땅거미가 질 무렵이었다. 저 멀리 강변길과 파리와 넓은 지평선과 자유가 보였다. 이곳은 파리에서 가장 한적한 장소 가운데 하나였다. 장 발장이 몸을 굽혀 강물을 손으로 떠서 마리우스의 머리 위에 조용히 몇 방울 떨어뜨렸다. 그렇게 해도 마리우스는 눈을 뜨지 않았다. 하지만 반쯤 벌어진 그의 입은 숨을 내쉬고 있었다. 장 발장이 또다시 강물에 손을 넣으려고 하는데 누군가 등 뒤로 다가서는 기척이 났다. 뒤를 돌아보았다. 프록코트를 입은 사나이가 팔짱을 낀 채 대여섯 걸음 떨어진 곳에서 그를 바라보고 있었다. 장 발장은 그가 자베르라는 것을 직감적으로 알아차렸다. 자베르는 뜻밖의 도움으로 바리케이드에서 나오게 된 뒤 곧장 경시청으로 향했고, 국장에게 지금까지 있었던 일을 보고한 다음, 즉시 본연의 임무로 되돌아갔다. 그러다가 센 강 오른쪽 샹 졸리제 부근을 배회하던 테나르디에를 발견하고 뒤쫓던 참이었다. 장 발장 입장에서는 하나의 장애를 넘어 또 다른 장애에 부닥친 셈이 되었다. 악마 같은 테나르디에를 떨어뜨리기가 무섭게 냉혹한 자베르 손아귀에 떨어지다니 정말 가혹하기 짝이 없었다. 이제야 장 발장은 짐작이 갔다. 테나르디에는 자기가 감시 받고 있다는 사실을 알고 있었다. 그런데 때마침 나타난 장 발장을 자기 대신 경찰에게 미끼로 던져주기 위해 친절하게도 문을 열어준 것이었다.

"넌 누구냐?"

자베르는 그를 알아보지 못한 모양인지 그렇게 물었다.

"장 발장이오."

자베르가 다가와서 몸을 기울여 유심히 들여다보고 나서야 그를 알아보았다.

"자베르 경위."

장 발장이 말했다.

"난 이렇게 당신한테 붙잡혀 있소. 날 체포하시오. 하지만 한 가지만 허락해 주시오."

하지만 자베르는 그 말을 주의 깊게 듣고 있는 것 같지 않아 보였다. 장 발장에게서 손을 떼고 몸을 일으킨 뒤 중얼거리듯 말했다.

"여기서 뭘 하고 있는 거요? 그리고 저 사나이는 누구요?"

"당신 마음대로 날 처리해도 좋소. 하지만 우선 이 사나이를 집으로 데려다주는 걸 도와주었으면 하오. 부탁은 그것뿐이오."

자베르가 주머니에서 손수건을 꺼내더니 물에 적셔서 피로 물든 마리우스 이마를 닦아주었다.

"바리케이드에 있던 사나이로군."

"부상을 입었소."

"당신이 이 사나이를 여기까지 데려왔소?"

자베르가 말했다. 그는 무엇엔가 마음을 빼앗긴 것처럼 넋을 잃은 표정이었다. 자베르가 재빠르게 둑 위로 올라가 마차를 잡았다. 그들은 마차에 올랐다. 마차는 빠른 속도로 바스티유 쪽으로 달리기 시작했다. 마리우스는 머리를 가슴 위에 힘없이 늘어뜨린 채 쓰러져 있었다. 그를 사이에 두고 마주앉은 장 발장은 그림자로 만들어진 존재 같았고, 자베르는 돌로 만들어진 사람 같았다. 마차 안은 차가운 침묵만이 흘렀다. 마차가 피유 뒤 칼베르 6번지에 도착했을 때는 해가 이미 완전히 떨어진 뒤였다. 자베르가 먼저 마차에서 내려 문을 두드렸다. 그 동안 장 발장과 마부는 마리우스를 부축해서 마차에서 끌어내렸다. 잠을 자다 깨서 나온 문지기가 무슨 영문인지 모르겠다는 얼굴로 밖을 내다보았다.

"이 집 아들을 데리고 왔네."

자베르가 말했다. 문지기가 여전히 멍하니 그를 쳐다보았다.

"죽은 모양이야. 바리케이드에 있는 것을 데려왔네. 가서 사람들을 깨우게."

자베르가 고함을 쳤다. 급한 걸음으로 돌아간 문지기는 우선 질노르망 큰아가씨와 하녀를 깨웠다. 노인한테는 되도록 늦게 알리는 것이 좋겠다고 생각해서 알리지 않았다. 장 발장과 마부오 질노르망 사람들은 조심스럽게 마리우스를 이층으로 옮겼다. 그런 다음 그 집을 나와 다시 마차에 올랐다.

"자베르 경위. 경찰서로 가기 전에 잠깐만이라도 집에 들르게 해 주시오. 그 다음에는 당신 하고 싶은 대로 해도 좋소."

자베르가 한동안 잠자코 있더니 마부를 불렀다.

"마부, 롬 아르메 거리 7번지."

그들은 목적지에 이를 때까지 한마디도 하지 않았다. 올 때와 똑같은 불안한 침묵만이 그들 사이를 맴돌았다. 장 발장은 코제트에게 모든 이야기를 해 주고 마리우스가 있는 곳도 가르쳐주고, 그밖에 도움이 될 만한 이야기를 해 줄 참이었다. 이미 자신에 관한 일은 끝장이 난 셈이니까 그는 자베르에게 조금도 저항하지 않았다. 모든 것을 그의 처신에 맡겼다. 장 발장의 집 앞에서 마차가 섰다. 두 사람은 동시에 마차에서 내렸다.

"어서 들어가 보시오."

자베르가 말했다. 그리고는 미묘한 표정을 지으며 말했다.

"여기서 기다리고 있겠소."

장 발장은 이상하게 생각했다. 평소의 자베르답지 않은 행동이었다. 하지만 크게 개의치 않고 문을 밀어서 열고 집안으로 들어가 계단을 올라갔다. 단숨에 이층으로 올라와서 그는 숨을 고른 후 걸음을 멈추었다. 층계참 창문 밖으로 거리가 내려다보였다. 바로 맞은편에 있는 가로등 불빛이 환했다. 그는 무의식적으로 고개를 밖으로 내밀었다. 그러다가 그는 깜짝 놀라 멍해졌다. 거리에는 아무도 없었다. 마차도, 자베르도 모두 떠나고 아무것도 보이지 않았다.

마리우스의 집으로 의사가 당장 달려왔다. 의사는 진찰이 끝나자 마리우스의 상태가 중태는 아니라고 말했다. 내상은 하나도 입지 않았다. 탄환은 수첩 때문에 옆으로 비껴나 겨드랑이에 파열상만 입혔을 뿐이었다. 단지 빗장뼈가 부러져 있었고 두 팔에는 칼에 찔린 상처가 수없이 나 있었다. 하지만 머리 상처는 뇌까지 손상을 입은 것인지 아닌지 알 수 없어서 두고 보아야만 했다. 의사가 마리우스의 얼굴을 닦아주고 있는데 응접실 문이 열리며 창백한 얼굴이 나타났다. 할아버지였다. 그는 손자를 말없이 물끄러미 바라보았다. 마리우스는 피투성이 상태로 얼굴은 핏기하나 없이 정신을 잃고 있었다. 할아버지는 뼈만 앙상한 몸을 부들부들 떨었다.

"마리우스, 이 못된 놈아, 결국 죽었구나!"

그러면서 두 손을 비틀면서 처절하게 울었다.

"죽었어! 날 원망하면서. 내가 널 얼마나 눈이 빠지게 기다리고 있다는 것을 알면서도, 그 동안 내가 네 이름을 얼마나 불렀는지, 저녁때만 되면 네 발자국 소리가 들리는지 귀 기울여 확인한다는 사실을 잘 알고 있으면서도. 그래, 난 네가 원하는 건 뭐든지 다 해 줄 작정이었다. 그런데 넌 이런 걸 다 알고 있으면서도 바리케이드에 가서 일부러 목숨을 내던진 게야."

의사는 이제 노인이 걱정이 되어 그를 부축해 주었다.
"난 괜찮소. 난 온갖 일을 다 겪어왔소. 하지만 마리우스가 나보다 먼저 죽다니! 얘는 바로 내가 길러낸 자식이란 말이오. 내가 가끔 큰 소리도 지르고 지팡이로 때리기도 하고 잔소리도 했지만, 그게 다 사랑이었다는 것을 얘도 다 잘 알고 있었소."
그는 의식을 잃고 있는 마리우스에게 다가갔다.
"이 매정한 놈아! 혁명당 무법자야! 이제 이 불쌍한 늙은이는 비참하게 혼자 죽어야 한단 말이냐? 아아, 내가 먼저 죽었어야 했는데."
이때 마리우스가 눈을 뜨더니 흐릿한 눈으로 질노르망 씨를 쳐다보았다.
"마리우스!"
노인이 벅차게 소리쳤다.
"마리우스, 내 귀여운 자식! 눈을 떴구나, 살아 있었구나! 고맙다, 정말 고마워!"
그리고 노인은 그대로 기절해버렸다.

허락

자베르는 말없이 롬 아르메 거리를 떠났다. 그는 센 강으로 통하는 지름길을 골라서 그 강가 길로 간 다음 노트르담 다리 모퉁이에서 걸음을 멈추었다. 이곳은 급류가 좁혀지고 사납게 흐르고 있기 때문에 무척 위험한 곳이었다. 그는 다리 난간에 턱을 괴고서 깊은 생각에 잠겼다. 자베르는 괴로워했다. 몇 시간 전부터 그의 마음은 혼란에 빠져 있었다. 그토록 단순하고 명쾌했던 그의 머리는 이제 갈피를 못 잡고 있었다. 자베르를 혼란에 빠뜨린 것은 장 발장이 자신을 용서한 일이었고, 그를 당황하게 만든 것은 바로 자기가 장 발장을 용서한 일이었다. 범죄자한테서 목숨을 구원받고 이번에는 그 은혜를 다른 은혜로 보답한 것, 개인적인 이유 때문에 숭고한 공적 임무를 저버리고 자신의 양심을 배반하지 않기 위해서 사회를 배신한, 이런 여러 가지 부조리가 그에게 덮쳐와 고민에 빠져 있었다. 장 발장은 그를 난처하게 만들었다. 장 발장이야말로 그를 내리누르는 무거운 짐이었다. 그렇다. 자베르 생애의 의지가 되었던 모든 믿음이 무너지고 말았던 것이다. 자베르에 대한 장 발장의 너그러움은 그를 압도하고 말았다. 전에는 가식이고 어리석은 짓이라고 여겨왔던 사실들이 이제 또렷이 되살아왔다. 자베르는 그 범죄자에 대한 존경이 영혼 속으로 스며드는 것을 느꼈다. 괴롭지만 장 발장의 거룩함을 인정하지 않을 수 없었다. 동정심이 많고, 선량하고, 불행한 자를 돕고, 악을 선으로 보답하고, 미움을 용서로 보답하고, 복수하기보다 불쌍하게 여기고, 인간이라기보다 천사에 가까운 전과자! 자베르는 그의 존재를 인정하지 않을 수 없게 되었다. 지금까지 자기가 옳다고 믿어 왔던 것이 와르르 무너진 것이었다. 그는 머리를 숙여 강 아래를 내려다보았다. 어두워서 아무 것도 보이지 않았다. 그는 캄캄한 강물을 바라보며 한동안 꼼짝 않고 있었다. 그러다가 갑자기 모자를 벗어 강둑 위에 놓았다. 그는 난간 위로 똑바로 올라선 다음, 그대로 강으로 떨어져 들어갔다. 어둠속에서 둔탁한 물소리가 들렸다.

　마리우스는 오랫동안 중태에 빠져 있는 상태였다. 몇 주일 동안 높은 열이 계속되었고 의식불명인 채로 사경을 헤매고 있었다. 처음 며칠 동안은 밤마다 고열에 시달리며 헛소리로 줄곧 코제트의 이름을 불렀다. 그 동안 질노르망 노인은 정신을 잃다시피 하면서도 온 정성을 기울여 손자의 머리맡에 붙어 있었다. 집으로 돌아온 지 넉달째 접어들 무렵, 의사는 이제 위험한 고비는 넘겼고 죽지 않을 것이라고 말했다. 회복기로 들어선 것이었다. 천만다행으로 오랜 치료 기간 덕분에 경찰의 집요한 추격 또한 피할 수 있었다. 마침내 파리 정부는 전투현장에서 체포된 사람들을 제외하고는 더 이상 아무도 구속하지 않기로 결정했다. 그래서 마리우스는 완전히 자유로운 몸으로 지낼 수 있었다. 질노르망 씨 역시 처음 몇 달 동안은 온갖 괴로움에 고통스러워했지만 얼마 안 가 기쁨을 맛보는 입장이 되었다. 마리우스의 병세가 점차 좋아지자 할아버지는 자신도 모르게 야릇한 행동을 하기 시작했다. 마리우스를 남작 각하라고 부르기도 하고, "공화국 만세!"를 외칠 때도 있었다.

마리우스는 병상에 누워있으면서도 오직 코제트에 대한 생각만을 품었다. 그는 코제트의 상황이 어떤지 전혀 모르고 있었다. 샹브르리 거리에서 있었던 사건도 기억 속에서만 어렴풋할 따름이었다. 에포닌, 테나르디에 일가, 바리케이드 연기 속에 처참하게 휩쓸려 들어간 친구들. 이 모두가 분별할 수 없을 정도의 형체로 나타났다가 머릿속에서 붕붕 떠돌아 다녔다. 그렇게 점점 기운을 차려가자 옛 상처가 다시금 입을 벌렸다. 할아버지에 대한 불만이 되살아났던 것이다. 하지만 노인은 조용히 그것을 감내하고 있었다. 노인은 마리우스가 집으로 실려와 의식을 되찾은 이래 자기를 한 번도 할아버지라고 부른 적이 없다는 것을 잘 알고 있었다. 마리우스는 할아버지와 전쟁을 벌이기 전에 우선 시험 삼아 탐색전을 벌여보기로 마음먹었다. 만약 거절당하면 제 손으로 붕대를 찢어버리고 단식을 결행하겠다고 결심했다. 그에게는 상처가 하나의 무기였다. 코제트와 결혼을 하느냐 아니면 죽느냐 하는 중대한 싸움이었다.

어느 날 기회가 왔다. 질노르망 노인이 마리우스 쪽으로 몸을 굽혀 아주 다정하게 말을 걸어왔다.

"애야. 이젠 고기를 먹는 게 좋겠다. 기운을 차리려면 연한 살코기를 많이 먹어야지."

마리우스가 온 힘을 다해 침대 위에서 일어나 앉더니 굳은 표정으로 노인을 보고 말했다.

"그것보다도 저는 결혼을 하고 싶습니다."

"알고 있다."

노인이 말했다. 그리고는 호탕하게 웃음을 터뜨렸다.

"네?"

"그래, 알고 있다. 그 아가씨를 데려 오너라."

마리우스는 할아버지의 그 한마디에 눈앞이 어질어질해졌다.

"그래. 그 귀여운 아가씨를 데려 오너라. 그 아가씨가 날마다 사람을 보내 네 병세를 알아본단다. 네가 다쳤다는 소식을 듣고 날마다 눈물을 흘린다고 하더라. 정말 귀엽고 영리한 처녀 아니냐. 널 끔찍하게 사랑하고 있는 모습이 이 할아비한테는 느껴진단다. 네 상처에 쓸 거즈를 산더미 같이 만들어 보내주었더구나. 만약 네가 죽었다면 한꺼번에 세 사람이 죽을 뻔했다. 그 처녀 관이 내 관 뒤를 바싹 따라왔을 게다. 코제트라고 했지, 아마? 사랑? 좋고말고. 그 이상 더 좋은 일이 어디 있겠니? 결혼하거라. 그리고 행복하게 살아라."

노인은 이렇게 한바탕 늘어놓더니 눈물을 글썽거렸다. 그는 마리우스의 머리를 두 팔로 싸안고는 늙은 가슴에 끌어안았다. 그리고 둘은 같이 울기 시작했다.

"할아버지!"

벅찬 목소리로 마리우스가 외쳤다.

"그럼, 너도 날 좋아해 주는 거지?"

노인이 다시 말했다.

"자, 이젠 됐다. 날 할아버지라고 불러주었으니."

"이젠 저도 많이 나았으니 코제트를 만나도 괜찮을 것 같은데요."

"그것도 안다. 네가 날 할아버지라고 불러주었으니 당장 그 아가씨를 불러오라고 하겠다."

결혼

 코제트가 문턱에 모습을 나타냈을 때 마리우스 방에는 온 집안 식구가 다 모여 있었다. 할아버지는 입을 크게 벌리고 "정말 예쁘구나!" 하고 소리쳤다. 코제트와 함께 한 백발 노신사가 뒤를 따라 들어왔다. 그는 포슐르방 씨 아니, 장 발장이었다. 검은 양복을 입고 흰 넥타이를 맨 아주 훌륭한 차림이었다. 옆구리에는 책처럼 보이는 네모난 종이꾸러미를 끼고 있었다.
 "포슐르방 씨, 내 손자 마리우스 퐁메르시 남작을 위해 따님에게 청혼하는 것을 영광스럽게 생각합니다."
 포슐르방 씨가 가볍게 고개를 숙여서 승낙을 표시했다.
 "이제 됐구나!"
 행복한 얼굴을 하고 할아버지가 말했다. 그런 다음 마리우스와 코제트 쪽을 바라보고 두 팔을 벌려 축복하면서 외쳤다.
 "서로 깊이 사랑할 것을 허락하마."
 두 사람은 그 말이 떨어지기가 무섭게 활짝 웃으며 이야기를 나누기 시작했다.
 "너무 기뻐요."
 코제트가 마리우스를 향해 소곤거렸다.

"다시 만날 수 있게 되어서요. 지난 넉 달 동안 전 죽은 것이나 다름없었어요. 하지만 아까 우리에게 와달라고 전갈이 왔을 때 전 어쩔 줄 몰랐어요. 옷을 갈아입을 수도 없었어요. 상처가 무척 심했다죠? 얼마나 울었는지 몰라요. 당신은 지금도 절 사랑하세요?"

"아, 나의 천사."

마리우스가 말했다. 두 사람을 지켜보던 질노르망 씨가 그들에게 다가가 나지막하게 말했다.

"좀 더 다정하게 이야기하렴. 어려워할 것 없다."

질노르망 큰아가씨는 노인들만 살던 이 집안에 환한 빛이 쏟아져 들어오는 것을 즐겁게 쳐다보고 있었다.

"어떠냐?"

노인이 딸에게 말했다.

"이렇게 될 거라고 내가 전에 말했지? 어쩌면 이렇게 예쁘냐, 정말 예쁘구나. 난 정말 저 아가씨한테 홀딱 반해 버렸다. 이젠 아름답고 사랑스럽고 즐겁고 귀여운 결혼식이 거행되겠구나. 생 폴 성당에서 결혼식을 올릴 수 있도록 특별 허가를 신청해야겠다."

할아버지는 마리우스 곁에 앉더니 코제트도 앉게 해서 두 손으로 그들의 손을 꼭 잡았다.

"코제트는 정말 훌륭한 아가씨다. 아직 어린 데도 의젓한 귀부인 티가 나는구나. 겨우 남작 부인이 되기엔 너무 아까워. 너희들 정말로 서로 사랑해야 한다. 열심히 사랑하거라."

그러다가 갑자기 얼굴빛을 흐리더니 덧붙였다.

"그런데 한 가지 슬픈 일이 있다. 내 재산은 거의 전부가 종신 연금으로 묶여 있단다. 내가 살아 있는 동안은 그럭저럭 괜찮겠지만, 내가 죽고 나면 너희들은 무일푼이 되고 말게다. 남작 부인의 아름답고 흰 손도 생활고에 시달려 거칠어지게 될 지도 몰라."

그때 위엄 있고도 조용한 목소리가 들려왔다.

"포슐르방 양에게는 60만 프랑의 지참금이 있습니다."

그때까지 아무 말도 않고 지켜보고만 있었기 때문에 아무도 그가 방안에 있다는 사실을 깨닫지 못하고 있었다. 장 발장은 그 행복한 사람들 뒤에 그저 조용히 서 있었다.

"60만 프랑이라고!"

질노르망 씨가 화들짝 놀라며 말했다. 그제야 장 발장은 들고 있던 종이꾸러미를 탁자 위에 놓은 다음, 그것을 손수 풀어 보였다. 모두 돈 다발이었다. 천 프랑짜리, 오백 프랑짜리 지폐가 가득 들어 있었다.

"아아, 이제 만사가 다 해결되었구나."

행복한 할아버지가 말했다.

"마리우스 녀석, 솜씨 좋게 백만장자의 딸을 골랐구먼."

마리우스와 코제트는 그 동안에도 줄곧 서로 얼굴만 바라보고 있었다. 그들은 그런 것엔 관심조차 없었다. 장 발장은 자기 정체를 밝히고 나서 체포되었다가 며칠 동안 탈주한 적이 있었다. 마들렌 시장으로 있던 시절이었다. 그때 그는 파리로 나와 은행에 예금해 둔 돈을 찾았다. 모두 63만 프랑이었는데, 상자 하나에 그것을 다 채우고 또 다른 그의 보물인 주교의 촛대도 넣어서 몽페르메유 숲속에 몰래 묻어 두었다. 그 뒤로 장 발장은 돈이 필요할 때마다 거기에 가서 돈을 꺼내 썼다. 그러다가 마리우스가 회복될 기미가 보이자, 이 돈이 진정으로 필요할 때가 가까워졌다고 생각하고 그것을 모두 찾아온 것이다. 이제 남은 돈은 코제트에게 준 60만 프랑뿐이었다. 자신이 쓸 돈으로는 따로 5백 프랑만 남겨놓았다. 장 발장은 자신이 자베르의 손에서 풀려난 것도 알고 있었다. 며칠 전 신문에 자베르의 투신자살에 대해서 기사가 났기 때문이다. 모범적인 경찰이고 상관의 신임이 두터웠던 자베르 총경의 자살 이유는 정신착란일지 모른다는 게 그 내용이었다. 장 발장 역시 자신을 체포하고도 그대로 놓아준 것을 보면 아마 그때 이미 자베르의 머리가 돌았던 모양이라고 생각하고 있었다.

다음해 2월, 마리우스와 코제트는 결혼식을 올렸다. 코제트는 하얀 호박단 페티코트 위에 레이스 드레스를 입고 오렌지 꽃 화관을 썼다. 순백색에 감싸인 그녀의 모습은 보는 사람들의 눈을 부시게 만들었다. 마찬가지로 마리우스의 아름다운 머리카락은 윤기가 흐르고 은은한 향기를 풍겼다. 할아버지는 그 옆에서 당당하게 머리를 쳐들고 위엄 있는 자세를 취했다. 장 발장은 검은 예복을 입고 그들의 뒤를 따라가면서 행복하게 웃었다. 시장과 사제 앞에서 서약을 하고 시청과 성당 등록부에 서명을 한 후, 반지를 교환하는 것으로 모든 순서가 끝났다. 그들은 참석자들이 두 줄로 서 있는 사이를 걸어 나가 좌우로 활짝 열린 성당 정문 현관에 이르러 마차를 탔다. 마리우스는 코제트 옆에, 질노르망 씨와 장 발장은 그들 맞은편에 자리를 잡았다. 생 폴 성당 앞을 지나가던 사람들이 가는 걸음을 멈추고 마차 유리창 너머로 코제트 머리에 꽂힌 오렌지 꽃이 화사하게 흔들리는 것을 구경했다. 코제트가 마리우스에게 바싹 몸을 붙이고 서 속삭였다.

"이건 꿈이 아니지요? 이제 난 당신 아내가 되었어요."

그들은 말 그대로 찬란하게 빛났다. 젊은 두 사람은 두 송이 백합꽃이었다. 지난날의 모든 아픔이 오히려 그들을 더욱 더 결속시켰다. 아픔도 괴로움도, 두려움도 절망도, 이제는 모두 앞으로 다가올 즐거운 시간을 더 풍성하게 해주는 밑거름일 뿐이었다. 지금까지 고생했던 것에 감사하는 마음마저 들 정도였다. 사람들은 질노르망 씨 집으로 돌아왔다. 집은 잔치 분위기였다. 온 사방이 꽃으로 화려하게 꾸며져 있었다. 질노르망 집안과 친한 수많은 사람들이 와서 코제트 옆으로 몰려들었다. 그리고 서로 앞 다투어 그녀를 남작 부인이라고 불렀다. 장 발장은 아무도 자기를 눈여겨보고 있지 않은 틈을 타서 조용히 일어나 집 밖으로 나와 환한 식당 창문 아래 어둠 속에서 한참을 가만히 서 있었다. 시끄러운 음악 소리가 안으로부터 흘러 나왔다. 노인의 드높고 위엄 있는 말소리, 바이올린 선율, 접시며 유리잔이 부딪치는 소리, 이따금 터지는 웃음소리가 장 발장의 귓전으로 들려왔다. 그 흥겨운 소리 가운데 코제트의 즐겁고 행복한 목소리도 있었다. 그는 그곳을 떠나 자기 집으로 돌아갔다.

집은 텅 비어 있었다. 그의 발소리는 여느 때보다 더욱 크게 울렸다. 그는 먼저 코제트의 방으로 들어갔다. 코제트가 스중히 쓰던 자질구레한 물건들은 모두 질노르망 씨 집으로 옮겨간 상태라 휑뎅그레한 방에 남아 있는 것이라고는 커다란 가구와 벽뿐이었다. 장 발장은 걸음을 옮겨 자기 방으로 들어가 촛불을 켜서 탁자 위에 놓았다. 그리고 한시도 곁을 떠난 적이 없는 작은 가방을 꺼냈다. 주머니에서 열쇠를 찾은 다음 가방을 열었다. 그 속에는 십 년 전 코제트가 몽페르메유를 떠날 때 입었던 옷들이 들어 있었다. 제일 먼저 자그마한 검은 드레스, 검정색 목도리, 장식이 달린 구두, 능직 속옷, 주머니가 달린 앞치마, 털양말이 차례로 나왔다. 양말은 장 발장 손바닥 정도밖에 되지 않았다. 빛깔은 모두 까만색이었다. 그 옷가지를 사서 몽페르메유까지 가져갔던 일을 생각하기 시작했다. 그때는 겨울이었고 몹시 추웠다. 코제트는 누더기를 걸치고 벌벌 떨고 있었다. 불쌍하게도 그 자그마한 발은 나막신 속에서 빨갛게 얼어 있었다. 장 발장은 그 누더기 옷을 벗기고 이 옷들을 입혀주었다. 판틴이 자기 딸이 상복을 입은 것을 보았더라면, 무엇보다도 그렇게 따뜻한 옷을 입고 있는 것을 보았더라면, 저 하늘 위에서도 분명히 기뻐했을 것이다. 그런 생각을 하면서 그는 또 몽페르메유의 숲을 생각했다. 둘이서 그 숲을 헤치고 가로질러 왔던 그 길을. 그때 날씨며 낙엽 진 나무들, 새 한 마리 없던 나무들과 별 한 개도 보이지 않던 어두운 밤하늘을 생각했다. 그래도 그들은 즐거웠다. 커다란 인형을 안은 채 행복하게 웃던 코제트의 손을 잡고 그는 걸었다. 그때 그녀한테는 의지할 사람이라고는 장 발장밖에 없었다. 그 생각에 미치자 장 발장은 더 이상 견딜 수가 없어서 얼굴을 코제트의 옷에 파묻고 흐느껴 울기 시작했다.

고백

결혼식 이튿날 정오에 포슐르방 씨가 마리우스를 찾아왔다. 문지기는 융숭한 태도로 그를 응접실로 안내했다. 장 발장의 얼굴은 몹시 창백했다. 눈은 푹 꺼져 있었다. 그의 검정색 옷은 밤새도록 입고 있던 탓인지 구겨진 상태였다. 문에서 소리가 났다. 마리우스가 들어왔다. 반듯한 자세에 입가에는 행복한 미소를 가득 머금고 있었다.

"아, 아버님이셨군요. 일찍 오셨습니다. 코제트는 아직도 자고 있습니다."

그에게서 말이 샘솟듯 흘러나왔다.

"정말 잘 오셨습니다. 어제는 아버님께서 말씀도 없이 일찍 돌아가셔서 얼마나 섭섭했는지 모릅니다. 저희들은 하루 종일 아버님 이야기를 무척 많이 나눴습니다. 코제트가 아버님을 얼마나 사랑하는지 모르겠더군요. 우리 집에 아버님 방을 마련해 놓았습니다. 저희 바로 옆방입니다. 모든 준비가 다 되어 있으니까 그저 오시기만 하면 됩니다. 코제트는 아버님이 쉬시라고 안락의자까지 마련해 두었습니다. 그 방에는 햇볕도 잘 듭니다. 할아버지께서도 아버님을 무척 좋아하십니다. 두 분은 서로 잘 통하실 겁니다. 같이 사십시오. 저희들은 행복하게 살아가기로 굳게 약속했습니다. 아버님도 저희들과 행복을 함께 나누면서 행복하셨으면 합니다."

"사실은…"

불쑥 장 발장이 입을 열었다.

"할 이야기가 있소. 난 전과자요."

마리우스는 무슨 말인지 갈피를 잡지 못하고 멍하니 서 있었다. 그러다가 더듬거리며 말했다.

"도대체 그게 무슨 말씀입니까?"

"난 감옥살이를 했던 사람이란 뜻이오."

"그럴 리가!"

마리우스가 소스라치게 놀라면서 말했다.

"퐁메르시 군. 사실 난 19년 동안 징역을 살았소. 절도죄였소. 그 뒤에 다시 한 번 무기징역을 선고받았소. 역시 절도죄였소. 현재의 입장은 감시 위반자요."

마리우스는 눈앞에서 자기에게 짐 지워진 끔찍스러운 운명이 아른거림을 순간적으로 느꼈다.

"무슨 말씀이십니까? 누가 뭐라 해도 당신은 코제트 아버지십니다."

장 발장이 위엄에 넘치는 태도로 몸을 똑바로 폈다.

"내가 지금부터 하는 말을 믿어야 하오. 내 말을 믿어주시오. 난 코제트 친아버지가 아니오. 내 이름은 포슐르방이 아니라 장 발장이오. 코제트와는 아무런 관계도 없소. 안심하시오."

마리우스가 말없이 그를 쳐다보았다.

"코제트는 고아였소. 그래서 내가 그 아이를 길렀소. 이제 코제트는 퐁메르시 부인이 되었소. 그게 더 코제트한테 행복한 일이오. 모든 일이 다 잘되었소. 그리고 60만 프랑에 대해서도 걱정하지 마시오. 그건 내가 맡아 가지고 있던 돈이오. 어떻게 그 많은 돈을 맡게 되었는지는 알려고 하지 마시오. 난 맡았던 돈을 코제트에게 돌려준 것뿐이오."

마리우스는 이해할 수 없었다. 혼란스럽기만 했다. 그는 자기 앞에 나타난 새로운 사태에 너무 놀라 원망하듯 부르짖었다.

"그런데 왜 이런 말씀을 하시는 겁니까? 가만히 비밀로 간직하시지 않고 무슨 까닭으로 일부러 고백하시는 겁니까?"

"무슨 까닭이라…"

장 발장은 마리우스에게 이야기한다기보다는 자신에게 이야기하는 것처럼 나직하고 희미한 목소리로 말하기 시작했다.

"무슨 까닭인가 하면 그 대답은 간단하오. 정직해지고 싶어서요. 내가 멀리 떠나가 버릴 수만 있다면 이런 이야기를 하지 않아도 되었을 거요. 떠나기만 하면 되었을 테니까. 그렇게 되면 당신들은 행복하게 살 수 있소. 하지만 난 미련을 버릴 수가 없었소. 이곳, 코제트 옆을 떠날 수가 없었단 말이오. 당신은 이 집에 내가 머무를 수 있는 방까지 마련해 놓고 와서 살라고 하고 코제트는 안락의자까지 가져다 놓았다고 했소. 당신 할아버지께서도 나를 좋아하셔서 모두 함께 살자고 권유하시고 말이오. 모두가 한 식탁에 둘러앉아 함께 식사를 하고, 겨울에는 벽 난롯가에서 이야기꽃을 피우고, 여름엔 가까운 들로 산책을 나가고 참 즐거운 일일 거요. 그것이야말로 진정 행복한 삶이라는 걸 잘 아오. 그 이상 더 무엇을 바라겠소."

장 발장의 목소리가 갑자기 격해졌다.

"그러나 분명한 것은 지금 내가 하는 말이 모두 사실이란 거요. 나한테는 가족이 없소. 가정도 없소. 난 당신 집안 식구가 아니오. 이 세상 누구와도 한 가족이 될 수 없는 사람이오. 난 불행한 사람이오. 따돌림을 당한 사람이오. 내게 부모가 있었는지조차 의심스러울 정도요. 코제트를 결혼시킨 그날로 모든 것은 끝났소. 코제트가 행복하고, 그 아이가 사랑하는 사람과 함께 있는 것을 보았을 때 나는 더 이상 이곳에 끼어들 수가 없다는 걸 알았소. 당신들을 모두 속이고 포슐르방 씨로 그냥 지낼 수도 있었소. 하지만 거짓말을 할 수가 없었소. 그 까닭은 바로 내 양심 때문이오. 이렇게 털어놓는다는 것은 정말 힘든 일이오. 난 밤새도록 내 욕심과 싸웠소. 모든 것을 털어놓지 않고 전처럼 살아가고 싶은 마음에서였소. 하지만 그렇게 할 수는 없었소. 내 주위 사람들은 기쁨이 넘치겠지만 내 영혼 밑바닥은 역시 암흑 그대로 있을 것이오. 사람은 행복한 것만으로는 부족하오. 만족을 느껴야 하는 것이오. 정직한 척하면서 당신 가정에 형무소를 끌어들이고, 언젠가 정체가 드러나면 반드시 내쫓길 걸 알면서도 당신들과 한 식탁에 마주앉을 수는 없소. 나한테는 그런 행복을 누릴 권리가 없소. 난 인생에서 따돌림을 당한 사람이오."

장 발장은 방안을 서성이고 있었다. 그는 거울 앞에서 걸음을 멈추고 한동안 꼼짝 않고 있다가 이윽고 다시 말했다.

"퐁메르시 군, 한 번 상상해 보시오. 내가 아무 말도 않고 여전히 포슐르방 씨로 있으면서 댁에 들어와 한식구가 되고 평화롭게 살아간다고 칩시다. 그런데 어느 날 당신들과 함께 모여 웃으면서 이야기를 나누고 있을 때 갑자기 '장 발장!' 하고 외치는 소리가 들려오고, 경찰의 무시무시한 손이 어둠 속에서 불쑥 나와 내 가면을 홱 벗겨버린다면!"

마리우스가 부르르 떨면서 자리에서 일어났다. 개의치 않은 채 장 발장이 말을 이었다.

"이것은 오로지 코제트와 당신 가족을 위해서요. 나 같은 사람과 인연을 끊는 것이 가장 좋은 일일 것이오. 당신 가족 중에 전과자가 있다는 이런 무거운 짐을 지게하고 싶지는 않소. 이래야 내 마음이 편할 것이오. "

"가엾은 코제트가 이걸 알게 된다면."

마리우스가 무심코 중얼거렸다. 이 말에 장 발장이 온몸을 부르르 떨었다.

"하지만 제발 부탁이니 그 아이한테는 말하지 말아 주시오. 온 세상 어느 누구에게든 이야기해도 좋소. 하지만 그 아이한테만은 말하지 마시오. 알면 몹시 놀랄 거요. 전과자라니!"

그는 의자에 쓰러지듯이 주저앉아 두 손으로 얼굴을 가렸다. 소리는 들리지 않았지만 어깨가 떨리는 것으로 보아 울고 있는 것이 분명했다. 소리 없는 눈물이야말로 가장 큰 슬픈 눈물이었다. 그는 경련 같은 발작을 일으키며 중얼거렸다.

"차라리 내가 죽어버렸으면 얼마나 좋을까."

"안심하십시오."

마리우스가 힘주어 말했다.

"이 비밀은 혼자 간직하겠습니다."

장 발장은 말을 꺼내기를 망설이는 듯 가만히 있다가 우물우물 입 속으로 중얼거렸다.

"당신은 이제 모든 사실을 알았소. 그런데 한 가지 묻겠소. 당신은 코제트 남편으로서 내가 다시는 코제트를 만나면 안 된다고 생각하시오?"

"만나지 않는 것이 좋겠지요."

마리우스가 냉정하게 대답했다.

"그렇게 생각한다면 다시는 만나지 않겠소."

힘없는 목소리로 장 발장이 중얼거렸다. 그런 다음 자리에서 일어나 문 있는 데로 걸어갔다. 그는 손잡이를 잡았다. 문을 열고 잠시 동안 서 있다가 마리우스 쪽으로 고개를 돌렸다. 그의 얼굴은 이제는 핏기가 없는 정도가 아니라 납빛이 되어 있었다. 이미 눈물은 말라 있었지만 슬픈 불꽃이 눈에서 타오르고 있었다. 목소리도 이상할 정도로 가라앉아 있었다.

"그렇지만, 그래도 괜찮다면 그 아이를 만나 보러 오고 싶소. 정말 그러고 싶소. 코제트를 만나고 싶은 생각이 없었다면 당신에게 이런 고백은 하지도 않았을 거요. 아무 말 없이 어디론가 가버렸을 거요. 사실 코제트와 가까운 곳에 살면서 언제까지나 코제트를 만나고 싶었기 때문에 당신에게 모든 것을 털어놓지 않을 수 없었던 거요. 내 말을 알아들으시겠소? 난 지난 9년 동안 그 애와 함께 있었소. 우린 한 번도 떨어져 있어 본 적이 없었소. 난 그 아이 아버지였고 그 아이는 내 딸이었소. 이제 다른 곳으로 떠나 다시는 얼굴을 볼 수도 없고, 이야기를 나눌 수도 없고, 영원히 헤어져야 한다고 생각하니 너무도 가슴 아파 견딜 수 없소. 당신이 나를 그다지 나쁘게만 생각하지 않는다면 가끔 코제트를 만나러 오고 싶소. 그렇다고 자주 찾아오지는 않겠소. 오래 있지도 않겠소. 진심으로 부탁하오. 앞으로 얼마 동안만 코제트를 만나고 싶소. 아주 가끔 만이오. 그것 말고는 아무 소원도 없소."

"매일 저녁에 오셔도 좋습니다."

마리우스가 대답했다.

"코제트도 기다릴 겁니다."

"고맙소."

마리우스는 다가가 장 발장의 손을 가만히 잡았다. 마치 행복이 절망을 문까지 배웅하는 모습이었다. 그런 다음 두 사람은 헤어졌다.

오해

　마리우스의 마음은 복잡했다. 장 발장에게 수수께끼 같은 면이 있다고 늘 느껴왔는데 이제야 그것이 풀렸다. 그 수수께끼란 바로 더러운 부끄러움이었다. 포슐르방 씨의 정체는 악명 높은 전과자 장 발장이었다. 행복한 순간이 가장 절정에 올랐을 때에 이런 비밀을 알게 되다니, 눈앞의 현실은 그에게 너무 가혹했다. 결혼으로 인해 한 전과자의 짐마저 짊어지게 된 것이다. 물론 코제트에 대한 그의 사랑이 식거나 변한 것은 아니었다. 하지만 그녀의 유일한 혈육, 장 발장에 대해서는 말할 수 없는 혐오감을 느끼게 되고 말았다. 마리우스는 골똘히 생각에 잠겼다. 종드레트 집에서 일어났던 사건, 자베르가 왔을 때 장 발장이 달아난 이유에 대해서도 이제야 대답을 찾을 수 있었다. 하지만 아직도 이상한 점은 남아 있었다. 장 발장이 왜 바리케이드에 왔을까 하는 점이었다. 그는 아무 이유도 없는 그곳에 왜 왔던 것일까? 그는 홀로 바리케이드에 와 있었다. 그러나 싸우지는 않았다. 이런 의문 앞에 한 유령이 나타나 대답했다. 자베르였다. 마리우스는 묶여 있던 자베르를 바리케이드 밖으로 끌고 나가던 장 발장의 음산한 뒷모습을 기억 속에서 꺼낸 다음 몸서리를 쳤다. 길모퉁이 뒤에서 들려왔던 무서운 총소리가 귀에 쟁쟁했다.

틀림없이 자베르와 장 발장은 서로 증오했을 것이다. 그래서 장 발장은 복수하기 위해 바리케이드를 찾았던 것이다. 모든 것이 분명해졌다. 어쨌든 장 발장이 자베르를 죽인 것은 확실했다. 그는 급기야 장 발장에 대한 공포감에 사로잡히고 말았다. 마리우스는 민주주의자였지만 형법상의 문제에 대해서는 아직도 엄격한 사회제도를 지지하고 있었다. 미처 법률과 인권의 차이를 깨닫지 못하고 있었다. 이런 사고방식으로 분석하자 장 발장이 흉측하고 소름끼치게 다가왔다. 장 발장은 하느님에게 버림받은 사람이었고, 죄수였고, 살인자였다.

이튿날 해질녘에 장 발장은 약속대로 질노르망 댁의 문을 두드렸다. 다음 날도 같은 시각에 다시 찾아왔다. 마리우스 말고 그 기막히고 비극적인 내막을 눈치 챈 사람은 아무도 없었다. 그렇게 몇 주일이 지나갔다. 그러는 동안 새로운 생활이 조금씩 코제트 마음을 사로잡았다. 결혼 때문에 새로 사귀게 된 사람들, 그들의 방문, 즐거운 오락 등 일상생활이 그녀 마음을 가득 채웠다. 하지만 그녀의 즐거움은 오직 한 가지, 마리우스와 함께 있는 일이었다. 그녀는 더할 나위 없이 행복했다. 마리우스는 이곳저곳 법정을 오가며 변호사 일을 하고 있었고 할아버지는 아직 건강했다. 질노르망 큰아가씨는 신혼부부 곁에서 조용히 만족스러운 생활을 보내고 있었다. 장 발장은 날마다 찾아왔다. 그는 아직도 롬 아르메 거리에 살고 있었다. 코제트가 살고 있는 근처에서 멀어질 결심을 도저히 할 수가 없었다. 어느 날 그는 보통 때보다 좀 더 오래 머물러 있었다. 그런데 그가 찾아와서 코제트와 늘 시간을 보내는 방의 벽난로에 불이 꺼져 있었다. 처음 있는 일이었지만 장 발장은 아마 4월이라 불을 그만 피우는 모양이라고 생각하고 대수롭지 않게 생각했다. 문득 코제트가 아버지에게 이상한 말을 건넸다.

"아버지, 그이가 저한테 이상한 걸 물어봤어요."

"무슨 말을?"

"우리한테는 매년 3만 프랑의 연금이 들어온 대요. 2만 7천 프랑은 제 지참금에서 나오는 거고 3천 프랑은 할아버지께서 주시는 거래요. 그런데 저더러 3천 프랑만 갖고서 살아나갈 수 있겠느냐고 묻는 거예요. 그래서 전 그이하고 함께 있을 수만 있다면 한 푼도 없어도 괜찮다고 대답했어요."

장 발장은 뭐라고 대답해야 할 지 혼란스러웠다. 코제트는 아마 아버지한테서 어떤 설명을 기대했던 모양이었다. 하지만 그는 그저 침울한 얼굴을 하고서 입을 다문 채 있을 뿐이었다. 곧 바로 롬 아르메 거리의 집으로 돌아가 여러 가지 추측에 사로잡혔다. 마리우스는 코제트의 그 60만 프랑이 어디서 났는지 의심을 품고 무언가 깨끗하지 못한 곳에서 나온 돈이 아닌가 싶어 꺼림칙하게 여기고 있는 것이 분명했다. 그래서 의심스러운 재산을 갖고 있기가 불편하고, 수상쩍은 돈으로 잘 사느니 차라리 코제트와 둘이서 가난하게 사는 편이 좋다고 마음먹었는지도 모른다.

다음날, 여느 때와 마찬가지로 질노르망 씨 댁 아래층 방으로 들어간 그는 충격을 받았다. 안락의자가 치워지고 없었던 것이다. 거기엔 의자라고는 아무것도 놓여 있지 않았다.

"어머나, 의자가 어디 갔을까?"

코제트가 들어오면서 소리쳤다.

"오늘 손님이 오나 보지? 그래서 다른 방으로 가져갔겠지."

"아니에요, 오늘은 아무도 안 와요."

"그래?"

"요즘 그이가 참 이상하네요. 어제는 벽난로 불을 끄게 하더니 오늘은 의자를 치워버리게 하고."

장 발장은 아무 말도 할 수 없었다. 아니, 말할 기운도 없었다. 그는 힘없이 밖으로 나왔다. 이번에는 그도 알 수 있었다. 이튿날 그는 코제트를 찾아가지 않았다. 코제트는 바쁜 나머지 밤이 되어서야 비로소 그 사실을 깨달았지만 조금 섭섭하게만 생각했지 곧 잊고 말았다. 그 다음날도 그는 가지 않았다. 하지만 코제트는 그 일을 별로 마음에 두고 있지 않았다. 여느 때와 다름없이 저녁 시간을 보내고 밤에 잠을 자고 난 뒤에야 생각이 들었다. 그녀는 너무나도 행복했기 때문에 주위 사람들 역시 모두가 행복할 거라고 굳게 믿고 있었다. 그녀는 곧 하녀를 아버지 집으로 보내 왜 자기를 만나러 오시지 않았는지 알아보게 했다. 하녀는 돌아와 장 발장이 곧 여행을 떠날 예정이라서 준비에 바쁘다는 전갈을 전했다. 코제트는 장 발장과 마리우스 사이에 있었던 일을 전혀 모르고 있었다. 그녀는 순수하게 마리우스가 원하는 대로 움직이고 생각했다. 아버지를 잊은 것은 아니었지만 결혼 생활에 바쁜 나머지 미처 생각지 못하고 있었다. 아버지도 무척 사랑했지만 남편을 더 사랑하고 있었다. 때때로 그녀는 아버지가 보고 싶어서 깊은 우울함에 빠졌다. 그럴 때마다 마리우스는 그녀 마음을 가라앉혀 주며 이렇게 말했다.

"집에 안 계시는 모양이오. 또 여행을 떠나신다고 하셨소."

그러면 코제트는 그런가 보다 하고 생각했다. 두서너 번쯤 롬 아르메 거리로 아버지가 여행에서 돌아오셨는지 알아보기 위해 하녀를 보냈다. 그때마다 장 발장은 아직 돌아오지 않았다고 전하라고 말했다. 코제트는 더 이상 묻지 않았다. 그녀에게 있어서 이 세상에서 가장 필요한 것은 오직 마리우스 하나뿐이었다. 마리우스는 코제트를 차츰 장 발장에게서 떼어놓고 있었다. 코제트는 그렇게 되어 가는 대로 그대로 따랐다.

그리움

 그해 늦봄에서 초여름에 걸친 몇 달 동안 마레 구역의 상인이나 행인들은 단정하게 검은 옷을 차려입고 걸어가는 한 노인의 모습을 종종 볼 수 있었다. 노인은 날마다 똑같은 시각 해질 무렵이면 롬 아르메 거리에서 나와 한참 걸어서 생 루이 거리로 들어가는 것이었다. 거기에 도착하면 노인은 발걸음을 늦추고 얼굴을 앞으로 내밀고 아무 것도 보지도 듣지도 않고, 눈은 언제나 똑같은 곳을 뚫어지게 쳐다보았다. 마치 그곳에 별빛이라도 반짝이고 있는 양 그렇게 한참을 보았다. 그러다가 피유 뒤 칼베르 거리의 모퉁이에 이르게 되면 그의 눈은 점점 빛을 더해 갔다. 마음속에 무슨 기쁨이라도 떠오르는지 눈이 점점 환해졌다. 그리고 매혹되고 감동된 표정을 짓고 입술을 가늘게 떨었다. 노인은 희미한 웃음을 띤 채 되도록 천천히 걸음을 옮겼다. 그곳에 가기를 간절히 바라면서도 그곳에 닿는 순간을 두려워하는 사람처럼 걸었다. 그의 마음을 끌어당기는 그 거리 모퉁이에서 대 여섯 집을 남겨두면 걸음은 훨씬 더 느려져 어떨 때는 걷고 있지 않는 것처럼 보였다. 그러나 아무리 걸음을 늦추어도 결국에는 도착하게 되는 것이다. 그는 걸음을 멈추고 몸을 떨면서 맨 끝 집 모퉁이에서 우울하고 겁먹은 태도로 고개를 내밀고 그곳을 바라보았다. 그럴 때면 그 슬픈 눈에는 실망만이 떠올랐다. 이윽고 눈에 고인 눈물이 차츰 굵은 방울이 되어 뺨을 타고 흘러내렸다. 그는 그렇게 한참을 돌처럼 서 있었다. 그러다가 다시 그 길을 되돌아 집으로 가는 것이었다. 차츰 거기에서 멀어져가면서 그의 눈은 초점을 잃어갔다.

노인은 점점 그 모퉁이까지 가지 않게 되었다. 생 루이 거리 중간쯤에서 걸음을 멈췄다. 어느 날 그는 멀리에서 그 모퉁이를 바라보더니 마치 못 볼 거라도 발견한 듯 황급히 오던 길을 되돌아갔다. 차츰차츰 그는 생 루이 거리까지도 가지 않게 되었다. 날마다 같은 시각에 집을 나와서 같은 길을 갔지만 그 길을 끝까지 가지는 않았다. 점점 거리는 짧아지고 있었다. 그의 얼굴에는 이런 행위가 무슨 소용이 있겠나 하는 실망감만이 떠올라 있었다. 빛나던 눈빛도 어느덧 사라져 반짝이지 않았다. 눈물도 이제는 메말라버려서 눈가에 괴는 일조차 없었다. 생각에 잠긴 듯 우수 깊던 두 눈은 이제는 말라붙어 있었다. 흔들리는 턱과 여윈 목덜미의 주름살은 보기에도 가슴 아팠다. 이따금 날씨가 흐린 날에는 우산을 옆에 끼고 있었지만 그것을 펴는 일은 없었다. 이웃 아낙네들은 그 노인이 머리가 좀 돈 모양이라고 말했고 아이들은 킬킬거리며 그의 뒤를 따라다녔다. 노인은 어느 날인가부터 방에서 나오지 않았다. 그 이튿날은 침대에서도 나오지 않았다. 그에게 식사를 만들어주던 문지기 할멈이 그가 손대지 않은 접시를 보고 소리쳤다.

"아니, 이를 어째. 어제는 아무 것도 안 잡수셨군요."

"물을 마셨소. 물밖에는 먹고 싶지 않구려."

일주일이 되어도 노인은 침대에서 일어나지 못했다. 친절한 할멈은 아무래도 의사를 불러야겠다고 걱정을 늘어놓았다. 어느 날 저녁 노인은 팔꿈치를 짚고 몸을 일으키는 데도 고통을 느꼈다. 숨은 가빠지고 헐떡이기까지 했다. 자신이 어느 때보다 더 쇠약해져 있음을 느낄 수 있었다. 가까스로 침대에서 일어나 옷을 입었다. 옷을 입는 데도 힘이 들어 이마에서 식은땀이 비 오듯 흘러내렸다. 간신히 작은 가방을 열고 코제트의 옛날 옷을 꺼내 침대 위에 늘어놓았다.

주교가 준 촛대는 언제나 난로 위에 놓여 있었다. 서랍에서 초를 두 자루 꺼낸 다음 촛대에 꽂았다. 가구를 붙들고서 한 걸음 한 걸음 옮기는 것도 너무나 힘이 들어서 그는 결국 주저앉고 말았다. 거울에 비친 자신의 얼굴을 바라보았다. 코제트가 결혼하고 난 뒤 불과 한 해가 지났을 뿐인데 서른 살은 더 나이를 먹은 것처럼 보였다. 이마에 새겨져 있는 주름은 노인의 주름살이 아니라 죽음을 알리는 신비로운 표시 같았다. 그는 원망 가득한 표정으로 허공을 바라보았다. 그는 슬픔의 마지막 단계, 즉 이미 괴로움도 없는 상태에 빠져 있었다. 어느덧 밤이 되었다. 그는 탁자 위에 앉았다. 주교의 촛대에 꽂힌 촛불로 밝혀진 탁자에 팔꿈치를 괴고 가만히 펜을 들었다. 떨리는 손으로 천천히 다음 같이 몇 줄을 썼다.

'내 사랑하는 코제트야, 너에게 하느님의 축복이 함께 하시기를 바란다. 이제부터 내가 설명하는 것을 잘 들어라. 네 남편은 훌륭한 청년이다. 내가 죽은 뒤에도 항상 깊이 사랑하도록 해라. 퐁메르시 군, 내 사랑하는 아이를 언제까지나 사랑해주길 바라오. 코제트, 너한테 꼭 해야 할 이야기를 적겠다. 내가 너한테 준 돈은 분명히 네 것이다. 그 돈은 내가 정직하게 번 돈이니까...'

그는 쓰던 손을 멈추었다. 펜이 손가락 사이에서 힘없이 떨어졌다. 이따금 가슴 밑바닥에서 솟아오르는 절망적인 흐느낌 소리가 들렸다. 가엾은 사나이는 두 손으로 머리를 감쌌다.

'모든 것은 끝났다. 이제는 코제트도 만날 수 없다. 그 아이는 내 인생에 스쳐지나간 단 하나의 웃음이었다. 난 이제 두 번 다시 그 아이를 만나지 못하고 어둠 속으로 들어가겠지. 1분만이라도, 1초만이라도, 그 아이 목소리를 듣고, 그 아이 옷을 만지고, 그 아이 얼굴을, 그 천사 같은 얼굴을 볼 수만 있다면. 그런 다음에 죽을 수만 있다면! 죽는다는 것은 아무것도 아니다. 하지만 견딜 수 없이 무서운 것은 그 아이를 만나지 못하고 죽는 일이다. 그 아이는 나한테 방긋 웃어줄 텐데, 내게 말을 걸어줄 텐데, 하지만 이젠 끝났다. 영원히, 나는 이렇게 혼자일 뿐이다. 이제 다시는 그 아이를 만나지 못할 것이다.'

이때 누군가가 문을 두드리는 소리가 들려왔다.

의문의 방문객

 바로 그날 저녁 마리우스가 막 저녁을 먹고 난 참인데 문지기가 편지 한 통을 들고 와서 말했다.
 "이 편지를 가져 온 사람이 응접실에서 기다리고 있습니다."
 마리우스가 편지를 받아들었다. 편지에서는 고약한 담배 찌든 내가 났다. 그는 그 냄새를 확실히 기억하고 있었다. 겉봉에는 '퐁메르시 남작 각하'라고 쓰여 있었다. 그는 그 글씨체도 쉽게 기억해 낼 수 있었다. 종드레트의 다락방이 눈앞에 떠올랐다. 마리우스는 재빨리 편지를 뜯어 읽었다.

 '남작 각하, 저는 각하와 관계가 있는 어떤 인물에 대한 비밀을 알고 있습니다. 각하께 도움을 드리고자 찾아왔습니다.'

 "들어오시라고 해."
 낮고 단호한 어조로 마리우스가 말했다. 문지기가 손님을 응접실로 안내했다. 손님은 낯선 노인이었다. 머리는 희끗희끗했고 등은 구부정했다.
 "무슨 일인가요?"

노인은 짐짓 아양을 떨면서 상냥하게 대답했다.

"전 남작 각하를 잘 알고 있습죠."

"난 당신을 본 적이 전혀 없는데요."

"단도직입적으로 말하자면 각하께 팔고 싶은 비밀을 갖고 왔습니다."

"그게 뭡니까?"

마리우스는 상대편 말을 들으면서 유심히 그를 살펴보았다. 노인이 비실비실 웃으며 말했다.

"남작 각하의 새로운 가족에 관련된 비밀입죠."

"글쎄, 그 비밀이란 게 뭐요?"

"이건 공짜로 우선 말씀드리겠습니다. 각하께서는 집안에 강도와 살인자를 두고 계십니다."

마리우스는 순간적으로 등골이 오싹해졌지만 애써 태연함을 유지하며 말했다.

"내 집에? 천만에!"

"아니요, 제 말씀이 옳습니다요. 분명히 살인자이자 도둑놈입니다. 가명을 써서 교묘하게 각하의 신용을 얻은 다음 거의 가족이 되었습죠."

"그 사람이 누군지 들어봅시다."

"그놈의 이름은 장 발장이라고 합니다."

"그건 나도 알고 있소."

"네?"

노인이 놀라는 표정을 짓더니 이내 평상심을 유지하면서 재차 말했다.

"그런데 그 자가 어떤 인물인지는 모르시겠지요?"

마리우스가 관심 없다고 쌀쌀맞게 대답하자, 이 낯선 사나이는 분노에 찬 눈초리로 그를 힐끗 쳐다보았다. 한번 보면 영영 잊혀 지지 않을 그런 눈초리였다. 마리우스는 그것을 놓치지 않고 지켜보았다.

"2만 프랑만 내시면 그 비밀을 말씀드리겠습니다."

"그 비밀이 뭔지도 난 알고 있소."

사나이 눈에서 새로운 빛이 번뜩였다. 그는 큰 소리로 말했다.

"아니, 굉장한 비밀입니다. 1만 프랑만 내십쇼."

"난 당신이 뭘 말하려는지 이미 알고 있소. 게다가 당신 이름도 알고 있소."

"제 이름을요?"

"테나르디에!"

"네?"

사나이가 당황한 듯 웃음을 터뜨렸다. 하지만 개의치 않고 마리우스가 말을 이었다.

"당신은 노동자 종드레트이기도, 배우 파방투이기도 했소. 그리고 실상은 몽페르메유에서 여관을 운영했던 테나르디에요."

"그렇지 않습니다."

"게다가 당신은 상종 못할 악당이기도 하오."

마리우스는 주머니에서 지폐 한 장을 꺼내 당황하는 기색이 역력한 그의 얼굴에 던졌다.

"친절하시네요, 남작 각하. 5백 프랑이라니요."

사나이는 계속 비굴하게 굽실거리며 지폐를 움켜쥐었다. 그의 두 눈은 번들거렸고 얼굴에는 보기 흉한 주름이 잡혀 있었다. 테나르디에는 마리우스 옆방에 살고 있으면서도 한 번도 그를 본 적이 없었다. 앞에 앉아 있는 퐁메르시 남작이 마리우스라고는 상상도 하지 못했다. 그는 우연히 마리우스와 코제트가 결혼하는 것을 성당에서 보게 되었고, 혹시나 무슨 좋은 일거리가 생기지 않을까 해서 그들의 뒤를 밟아 갖가지 조사를 했다. 마침내 모든 비밀의 실마리를 잡아내는 데 성공했고, 언젠가 대하수도 속에서 만났던 사람이 누구였는가 하는 의문도 풀었다. 또한 퐁메르시 남작 부인이 코제트라는 사실도 알아냈다. 그로서는 협박할 수 있는 커다란 구실이 생긴 것이었다.

한편, 마리우스는 다른 생각에 잠겨 있었다. 드디어 테나르디에를 만난 것이다. 이제야 아버지 유언을 지킬 수 있게 되었다. 이 비열한 빚쟁이 손아귀에서 아버지의 영혼을 풀어놓아 줄 수 있게 되었다는 사실이 무엇보다 기뻤다. 그 일 말고도 그는 또 해야 할 일이 한 가지 더 있었다. 될 수 있으면 장 발장의 60만 프랑이 어디서 난 것인지도 밝히고 싶었다. 테나르디에는 틀림없이 무언가를 알고 있을 것이다. 마침내 마리우스가 침묵을 깨뜨렸다.

"테나르디에 씨, 당신이 내게 팔려고 가져온 그 비밀이라는 것을 내가 말해 보겠소. 나도 여러 가지를 알고 있소. 장 발장은 도둑이고 살인자요. 도둑이라는 것은 그가 마들렌이라는 시장이자 돈 많은 공장주를 파산시키고 그 재산을 훔쳤기 때문이고, 살인자라는 것은 자베르 경위를 살해했기 때문이오."

"무슨 말씀을 하시는지 모르겠네요, 남작 각하."

어리둥절한 표정으로 테나르디에가 말했다.

"그럼 알게 해 주리다. 1822년 몽트뢰유 쉬르 메르에 마들렌이라는 시장이 있었소. 그는 가난한 사람들을 위해 병원을 세우고 학교를 만들고 은혜를 베풀었소. 그런데 바로 장 발장이 그 사람의 과거를 알고 있었소. 마들렌이라는 사람은 전과자였소. 그래서 바로 장 발장이 그 비밀을 폭로한 후 그를 감옥으로 보내고 그의 돈을 훔쳐냈던 거요. 게다가 장 발장은 바리케이드에서 자베르를 죽였소. 내가 바로 그 자리에 있었소."

테나르디에가 웃음을 터뜨렸다.

"남작 각하, 이야기가 좀 잘못된 것 같습니다. 장 발장은 마들렌의 돈을 훔치지 않았습니다. 자베르를 죽이지도 않았습니다."

"무슨 소리요?"

"우선, 첫째로 마들렌은 다름 아닌 장 발장 자신이기 때문에 그 돈은 훔친 것이 아닙니다."

"뭐라고요?"

"그리고 자베르는 자살했기 때문에 장 발장은 그를 죽이지 않았습니다."

"그게 무슨 말이요? 증거가 있소?"

마리우스는 자기도 모르게 고함을 쳤다.

"경위 자베르는 퐁 토 샹즈 다리 밑에서 익사체로 발견되었습니다."

그렇게 말하면서 테나르디에는 호주머니에서 커다란 봉투를 꺼냈다. 거기에는 잡다한 종이쪽지들이 들어 있었다.

"여기 기록이 있습니다."

그가 침착하게 말을 이었다.

"남작 각하. 전 각하를 위해 장 발장에 대해 철저히 조사했습니다. 하지만 장 발장과 마들렌은 같은 사람입니다. 그리고 자베르를 죽인 사람은 장 발장이 아닙니다. 제 이야기는 증거가 있어서 드리는 말씀입니다. 증거도 보통 증거가 아니라 바로 인쇄된 신문입니다."

마리우스는 누렇게 퇴색한 데다 담배 냄새에 찌든 두 장의 신문지를 뚫어지게 쳐다보았다. 한 장에 실린 기사는 장 발장이 붙잡혔을 때의 기사로서 마들렌 씨가 장 발장과 같은 사람이라는 것을 확인해 주고 있었다. 또 한 장에는 자베르의 자살과 생전의 자베르가 시경국장에게 보고한 사실에 대한 기사가 실려 있었다. 그 보고에 의하면, 그는 샹브르리 거리 바리케이드에서 포로가 되었는데 어떤 한 폭도가 그를 풀어주고는 공중에 총을 쏘아서 그의 목숨을 구해 주었다는 내용이었다. 신문에는 분명한 날짜가 적혀 있었다. 마리우스는 자기도 모르게 탄성을 질렀다.

"아아, 이럴 수가! 그분은 진짜로 훌륭한 사람이었어! 그 재산은 모두 정말로 그분 것이었어. 바로 그 분이 그 지방의 보호자인 마들렌 씨였어. 게다가 자베르를 구해 준 장본인이시라니, 정말 영웅이고 성인인 분이야!"

"아닙니다. 그는 그래도 명백한 살인자요, 도둑놈입니다."

제법 위엄을 부리면서 테나르디에가 끼어들었다.

"왜요?"

"장 발장이 자베르를 죽이지는 않았다지만 그래도 그놈은 엄연한 살인자입니다. 바로 일 년 전인 1832년 6월 6일, 폭동이 일어났던 다음 날 저는 파리 대하수도 속에서 장 발장을 우연히 만난 적이 있습니다. 저한테는 그곳에 드나들 수 있는 열쇠가 있었거든요. 그런데 저녁 여덟 시쯤 그 안에 몸을 숨기고 있다가 그를 보았습니다. 어깨에 시체를 메고 있더군요. 아마 뭔가 훔친 뒤 그 사람을 죽였겠지요. 시체를 강에 던지려고 했던 걸 겁니다. 그런데 무거운 시체를 짊어지고 어떻게 그곳을 빠져나왔는지 정말 알 수 없는 노릇입니다. 목숨을 걸어야 하는 굉장히 위험한 일이니까요."

마리우스는 자기도 모르게 의자를 앞으로 끌어당겨 앉았다. 지나간 기억이 희미하게 떠올랐다. 사실 지금까지 그는 바리케이드에서 자기를 구해 준 은인이 누군지 모르고 있었다. 기억나는 것이라고는 바리케이드에서 정신을 잃었던 일뿐이었다. 집안 식구들도 그날 그를 데려온 사람이 누구인지 전혀 모르겠다고 했다. 그런데 테나르디에가 하수도 이야기를 하자 문득 머리를 스쳐 지나가는 것이 있었다.

"저하고 마주치게 되자 열쇠를 내놓으라고 장 발장이 위협하기에 할 수 없이 열쇠를 주었습니다. 하지만 전 그 시체를 유심히 살펴보았습니다. 얼굴이 온통 피투성이라 알아 볼 수가 없었습니다. 그래도 장 발장이 눈치 채지 않게 몰래 시체 윗도리에서 천을 조금 잘라 냈습니다. 나중에 구실을 만들 좋은 기회니까요. 장 발장은 그 시체를 둘러메고 밖으로 나갔지요. 그 윗도리 조각이..."

테나르디에가 여기까지 말하더니 시커멓게 더럽혀진 검은 넝마조각을 주머니에서 꺼내들었다. 마리우스의 얼굴이 새하얗게 변하기 시작했다. 그는 검은 넝마조각을 뚫어지게 쳐다보면서 아무 말도 하지 않고 벽 쪽으로 뒷걸음질 친 다음, 떨리는 손으로 벽장문을 더듬어 열었다. 그 동안에도 테나르디에는 계속해서 지껄이고 있었다.

"남작 각하. 전 그 살해당한 청년이 장 발장의 함정에 걸려든 부자라는 근거를 갖고 있습니다."

"이럴 수가, 그 청년이 바로 나였어! 여기 그 윗도리가 있어!"

마리우스가 정신없이 소리쳤다. 그리고는 벽장에서 피투성이 검정 옷을 꺼내어 마루에 내던졌다. 테나르디에가 서둘러 손에 들고 있는 넝마조각을 옷자락에 맞추어 보았다. 찢어진 자리는 꼭 들어맞았다. 어처구니가 없는지 테나르디에가 입을 쩍 하고 벌렸다. 마리우스는 부들부들 떨며 절망하다가 벌떡 일어났다.

"이 파렴치한 거짓말쟁이 같으니라고! 네놈은 그분한테 죄를 뒤집어씌우려다가 오히려 그분의 무죄를 증명했구나. 네놈이야말로 천하에 둘도 없는 도둑놈이다, 테나르디에! 난 마음만 먹으면 네놈을 지옥으로도 보낼 수도 있어. 이 집에서 썩 꺼져버려라."

그렇게 말하면서 그는 주머니에서 지폐 한 장을 꺼내 테나르디에 얼굴에 던졌다.

"이걸 갖고 꺼져라. 네놈은 정말 악독한 놈이다. 짐승보다도 못한 놈. 내일이라도 당장 미국으로 가거라. 네놈이 정말로 떠나는지 내 눈으로 지켜보겠다. 그리고 그때 네 소원대로 2만 프랑을 주마."

"남작 각하,"

테나르디에는 무슨 영문인지 모르지만 신이 나서 머리가 땅에 닿도록 절을 하기 시작했다.

"이 은혜는 평생 잊지 않겠습니다."

그 뒤, 테나르디에는 마리우스의 주선으로 이름을 바꾸고 가족을 데리고 미국으로 떠났다. 후일담이지만 미국에 가서 그는 진정한 악인이 되었다. 마리우스에게서 받은 돈으로 노예 상인이 되었던 것이다. 테나르디에가 나가자마자 마리우스는 미친 듯이 고함을 치면서 코제트가 있는 정원으로 달려 나갔다.

"코제트! 코제트! 이리 와요! 빨리 오란 말이요! 아아, 이럴 수가, 이럴 수가!"

달려가는 마리우스의 모습은 누가 보더라도 정신이 완전히 나간 사람 같이 보였다.

영원한 이별

 누군가 뛰어 들어오는 소리가 다급하게 들려왔다. 이윽고 세차게 문이 열리고 코제트가 한걸음에 방안으로 뛰어 들어왔다. 마리우스는 그녀의 뒤쪽 문지방에 그저 묵묵히 서 있었다.

 "코제트!"

 장 발장이 부르짖었다. 떨리는 두 팔을 벌리고 의자에서 일어나려고 노력했다. 코제트가 그의 가슴에 뛰어들었다.

 "아버지!"

 "오오, 코제트, 내 딸! 너로구나! 와주었구나."

 마리우스가 울음을 참느라 입술을 실룩이면서 겨우 말했다.

 "아버님!"

 "아버님이라고? 그럼 당신도 날 용서해주는 거요?"

 장 발장이 조용히 물었다. 마리우스는 뭐라고 대답해야 할지 몰라 주저했다. 아랑곳 않고 장 발장이 다시 말을 이었다.

 "이 아이를 다시는 못 만날 줄 알았소, 퐁메르시 군. 지금 막 이런 생각을 하고 있었소. 이제 모든 것은 끝났다. 난 비참한 사람이다 하고 말이오. 하지만 난 정말 바보였소. 하느님이 주신 선물을 잊고 있었기 때문이오. 하느님께서는 오래 전에 나한테 천사를 보내주셨소. 우리 코제트 말이오. 그런데 이렇게 다시 만날 수 있다니! 정말이지 이따금씩 아주 잠깐 동안이라도 코제트를 만나고 싶었소. 하지만 그러기엔 난 너무나도 보잘것없고 아무 필요도 없는 존재라는 걸 알고 있었소."

코제트가 입을 열었다.

"아버지, 도대체 어디에 갔다 오셨어요? 언제나 돌아오시지 않았다는 전갈만 받았는걸요. 왜 돌아오신 것을 알려주시지 않았어요. 그런데 아버지, 어디 편찮으세요? 전 그것도 모르고 있었어요."

"퐁메르시 군, 이렇게 와주어 고맙소. 정말 날 용서해 주는 거요?"

장 발장이 되풀이해 말하는 용서라는 말을 듣자 마리우스의 가슴 속에 가득 쌓여 있던 것이 한꺼번에 쏟아져 나왔다.

"코제트 들었소? 이 분이 내게 용서를 빌고 있소. 이 분은 내 목숨을 구해 주신 분이오. 그리고 그 보다 더 소중한 당신을 내게 주신 분이오. 나처럼 은혜도 모르는 비정한 놈한테 말이오. 죄인인 나한테 오히려 고맙다고 말씀하고 계시오. 난 일평생 이 분 발 밑에 꿇어 엎드려 지내도 그 은혜를 다 갚지 못하오. 바리케이드, 하수도, 그 더러운 진흙 창을 날 짊어지고 죽음을 각오하고 헤쳐 나오셨소. 아버님, 왜 그런 말씀은 조금도 안 해주셨습니까? 여러 사람 생명을 구해주시고도 끝까지 감추고 왜 자신을 비방까지 하셨습니까?"

"난 진실만 말했던 것뿐이오."

장 발장이 말했다.

"아닙니다. 진실이란 모든 것이어야 합니다. 자베르 씨를 구해주시고도 왜 그 사실을 말하지 않으셨습니까? 또 제 생명을 구해주신 건요?"

"내가 그 하수도 이야기를 했다면 퐁메르시 군 당신은 나를 붙들었을 거요. 그러면 당신 입장이 아주 곤란하게 되었을 거요."

"그런 말씀 마십시오. 아버님을 모셔가겠습니다. 잘못했습니다. 아버님은 코제트 아버지시고 또 제 아버님도 되십니다. 내일 모셔가겠습니다."

장 발장의 눈에는 한 가득 눈물이 고여 있었다.

"아니오, 내일이면 난 이곳에 없을 거요. 난 곧 죽게 될 거요."

코제트와 마리우스가 소스라치게 놀라며 소리쳤다.

"돌아가시다니요?"

"그래, 하지만 그런 건 중요하지 않지. 코제트야, 네 목소리를 들려다오. 이야기를 해 보렴."

마리우스는 돌처럼 굳어서 노인을 가만히 바라보고만 있었다. 코제트가 장 발장의 품을 다시 파고들며 비통하게 부르짖었다.

"아버지, 아버지! 오래 사셔야 해요! 저한테는 아버지가 필요해요!"

"지금까지 많은 고통을 겪으셨지만 이젠 모두 끝났습니다. 오히려 용서를 빌어야 할 사람은 저희들입니다. 저희들이 모셔가게 허락해 주십시오."

마리우스가 외쳤다. 코제트 역시 눈물에 젖어서 말했다.

"아버지는 돌아가시지 않아요."

이때, 문을 두드리는 소리가 나더니 의사가 들어왔다.

"기다리고 있었소. 이 아이들이 내 자식들이오."

장 발장이 말했다. 마리우스가 의사에게 다가갔다. 그는 단 한마디, "선생님!" 하고 부르기만 했다. 하지만 그 말에는 모든 질문이 담겨 있었다. 의사는 의미심장한 눈빛으로 그 물음에 대답했다. 이윽고 장 발장이 말했다.

"퐁메르시 군, 만사가 뜻대로 되지 않는다고 해서 하느님을 원망해서는 안 되오."

얼마 동안 무거운 침묵이 방안을 가득 채웠다. 모두가 가슴이 죄어드는 느낌이었다. 장 발장이 다시 코제트에게 시선을 돌렸다. 그는 그녀의 모습을 영원히 잊지 않으려는 듯 한동안 그렇게 바라보았다. 그는 이미 어둠 속에 잠겨 들어가고 있었지만 코제트를 지켜볼 때에는 아직도 황홀한 표정을 지었다. 그녀의 다정한 얼굴빛을 받아 그의 핏기 없는 얼굴도 환히 빛나고 있었다. 의사가 장 발장의 맥을 짚으며 말했다.

"이분께 필요했던 것은 바로 당신들이었군요."

그리고는 마리우스 귓가에 입을 대고 나지막하게 덧붙였다.

"이미 늦었습니다."

장 발장은 여전히 코제트에게서 눈을 떼지 않은 채 부드러운 표정을 짓고 있었다. 마리우스와 의사가 근심어린 얼굴로 그를 쳐다봤을 때 그의 입에서 알아듣기 어려운 말이 새어나왔다.

"죽는다는 것은 아무 것도 아니야. 살아 있지 않다는 것이 무서운 일이지."

그런 다음, 느닷없이 장 발장이 일어섰다. 이렇게 갑자기 기력이 되살아난다는 것은 때로는 임종이 가까웠다는 증거이다. 그는 비틀거리지도 않고 벽으로 가서 벽에 있는 자그마한 십자가상을 떼어 테이블 위에 놓으면서 큰 소리로 말했다.

"이분이야말로 위대한 순교자요."

순식간에 그의 가슴이 푹 꺼지고 머리는 마치 죽음에 사로잡힌 것처럼 떨리기 시작했다. 코제트는 그의 어깨를 붙들고 무슨 말이라도 하려고 했지만 눈물이 솟구쳐 올라 말을 제대로 할 수 없었다.

"아버지, 떠나지 마세요. 이제 겨우 다시 만나 뵈었는데 떠나려고 하시다니, 어떻게 이럴 수가 있어요!"

장 발장은 혼수상태에 있다가 다시 기력을 회복해서 머리를 흔들고 거의 제정신으로 돌아왔다. 그리고 코제트의 소맷자락을 움켜쥐고 거기에 입을 맞추었다. 문지기 할멈이 빠끔히 열린 문으로 안을 들여다보더니 물었다.

"신부님을 부를까요?"

"아니오, 여기 계시니 모셔올 것 없소."

장 발장이 대답했다. 그리고 그곳에 누군가가 보이는지 손가락으로 머리 위를 가리켰다. 아마 미리엘 주교가 그 임종을 지켜주고 있었을 것이다. 코제트는 가만히 장 발장 허리 밑에 베개를 괴어주었다. 장 발장이 이야기를 계속했다.

"퐁메르시 군, 염려하지 마오. 부탁이오. 그 60만 프랑은 분명히 코제트 것이오. 만약 당신이 그 돈을 쓰지 않는다면 내 인생은 무의미하게 되고 말 거요."

마리우스와 코제트는 그에게 매달리는 듯한, 붙잡으려는 듯한 눈빛으로 그를 지켜보았다. 두 사람 다 그저 절망감에 몸을 떨었다. 시간이 갈수록 장 발장의 기력은 약해졌다. 이따금 숨이 끊기고 조금 헐떡이기만 해도 숨이 막혔다. 손발의 힘이 차츰 빠지면서 영혼의 장엄함이 얼굴 위로 퍼져갔다. 미지의 세계에서 흘러나온 빛이 이미 그 눈동자 속에 깃들어 있었다. 얼굴은 창백해졌지만 웃음은 잃지 않았다. 그는 코제트와 마리우스에게 가까이 오라고 눈짓했다. 분명히 마지막 순간이 온 것이리라. 그리고 가냘픈 목소리로 말하기 시작했다.

"이리 오너라. 난 너희들을 사랑한다. 코제트, 너도 날 사랑하지? 코제트야, 난 네가 언제나 이 늙은이한테 애정을 기울여 주었다는 것을 잘 알고 있단다. 내 허리 밑에 베개를 괴어주다니 얼마나 고운 마음씨냐. 날 위해 넌 눈물을 흘려주겠지. 하지만 너무 울지는 마라. 난 너에게 너무 큰 슬픔을 안겨주고 싶지는 않다. 너희들은 마음껏 즐거움을 누려야 한다. 마차도 한 대 사고, 아름다운 옷도 맞추어 입고, 극장 특별석에서 구경도 하도록 해라. 맘껏 행복하게 살아야 한다. 그리고 저 벽난로 위에 있는 촛대들은 네 것이다. 은촛대지만 나한테는 금이나 다이아몬드보다도 더 귀한 거란다. 그 촛대에 초를 꽂으면 성당의 큰 초와 똑같아 진단다. 그걸 나한테 주신 분이 지금 하늘에서 날 보시고 만족하실지 모르겠다. 다만 난 내가 할 수 있는 모든 일을 다 했다. 그리고 너희들은 내가 가난한 사람이었다는 것을 잊지 말고 어느 땅 한구석에 묻은 다음 비석만 하나 세워다오. 이게 내 유언이다. 비석에는 이름도 새기지 마라. 코제트가 가끔 와준다면 그것만으로도 난 기쁘다. 퐁메르시 군, 당신도 같이 오시오. 두 사람 모두 내겐 똑같이 사랑스런 사람들이지. 당신에게 깊이 감사하고 있소. 당신이 코제트를 행복하게 해주리라는 걸 알고 있소. 벽장 속에 5백 프랑짜리 지폐가 한 장 들어 있소. 그걸 쓰지 않고 두었소. 가난한 사람을 찾아 전해 주시오. 코제트야, 저 침대 위에 네 자그마한 드레스가 있지? 너 기억나니? 벌써 10년이 흘렀구나. 세월은 정말 빨리 가는구나. 우린 참 행복했단다. 그러나 이제는 모두 끝났구나. 자, 울지 말거라, 난 그렇게 멀리 가는 건 아니니까. 그곳에서 너희들을 보고 있겠다. 밤이 되거든 하늘을 올려다보기만 해라. 분명히 내가 웃는 것이 보일 테니까. 코제트, 몽페르메유 일을 기억하고 있니? 숲속에서 무서워 떨고 있었지? 내가 물통 손잡이를 들어주었던 일도 생각나니? 그리고 그 커다란 인형도? 그걸 수녀원에 가져

가지 못해서 몹시 섭섭했었지? 이제 모두가 지나가버린 그림자가 되었다. 테나르디에 집안은 모두 나쁜 사람들이었다. 하지만 그들을 용서해라. 그리고 이제 네 어머니 이름을 말해 줄 때가 되었구나, 어머니 이름은 판틴이시다. 잊지 말도록 해라. 어머니 이름을 입에 올릴 때는 꼭 무릎을 꿇어야 한다. 어머니는 너를 위해 무척 고생을 많이 하셨단다. 그건 모두 하느님께서 정해 주신 운명이었다. 하느님께선 저 하늘 위에서 우리들을 내려다보고 계신다. 자, 이제 난 가야겠다. 서로 사랑해라. 그보다 더 중요한 것은 없다. 그리고 여기서 죽은 이 가엾은 늙은이도 가끔 생각해 다오. 아, 코제트! 얘들아, 이제 눈이 잘 보이지 않는구나. 이따금 날 생각해다오. 그런데 이게 어떻게 된 거냐? 눈앞에 무언가 환한 빛이 보이는구나. 좀 더 가까이 오렴. 난 행복하게 떠난다. 사랑스러운 머리를 이리로 내밀어주렴. 내 손을 그 위에 얹을 수 있게."

코제트와 마리우스는 눈물에 젖어 장 발장의 손을 잡으면서 무릎을 꿇었다. 그의 성스러운 손은 이제 움직이지 않았다. 그는 반듯이 누워 있었다. 촛대의 어슴푸레한 불빛이 그의 얼굴을 비춰주고 있었다. 그의 하얀 얼굴은 하늘을 보고 있었다. 그의 두 손은 코제트와 마리우스가 입을 맞추는 대로 맡겨놓고 있었다. 그는 그렇게 죽었다. 그날 밤은 별도 없이 아주 캄캄했다. 아마 그 어둠 속에서 어떤 커다란 천사가 날개를 펴고 한 영혼을 기다리고 있었을 것이다.

이제 이 거룩하고 아름다운 이야기를 마쳐야 할 때가 되었다. 페르 라셰즈 공동묘지 쓸쓸한 한구석에는 벽을 따라 갯보리와 이끼에 섞여 메꽃 덩굴이 기어 올라간 커다란 나무 밑에 돌이 하나 놓여 있다. 이 돌은 오랜 세월 동안 곰팡이며 이끼 따위로 더러워졌다. 근처에는 오솔길도 없고, 풀도 무성하게 자라 있어서 아무도 찾지 않는다. 햇빛이 조금 비쳐 들면 도마뱀들이 이따금 찾고, 봄이면 휘파람새가 나무에서 지저귈 뿐이다. 이 돌에는 아무 장식도 없다. 손질한 흔적도 없고 이름도 없다. 다만 몇 년 전 누군가가 연필로 시를 적어 놓았는데 그것도 비와 먼지 때문에 점점 읽기 힘들게 되어 아마 지금은 거의 지워져 없어졌을 것이다.

'그가 이곳에 잠들어 있다. 기구한 운명이었지만 그는 살았다. 하지만 자기의 천사를 잃었을 때 그는 죽었네. 올 일은 결국 오고야 마는 것, 낮이 지나면 밤이 찾아오듯이.'

작가소개

빅토르 위고

'가장 유명하고 가장 대중적인 프랑스 작가 빅토르 위고는 기상천외한 인물이었다. 장수하며 방대한 문학 작품을 써낸 작가이자 재능 넘치는 데생 화가이며, 정치에 적극적으로 뛰어든 정치인이자 만족할 줄 모르는 만인의 연인으로 세기의 전설이었다. 그의 삶은 그가 살았던 시대의 역사와 긴밀하게 맞물려 있다. 그는 역사의 현장 속으로 직접 뛰어들었으며 급작스럽게 정치적 성향을 바꾸면서도, 인도주의적인 자신의 신념만큼은 충실하게 지켰다. 정치적이기보다는 이상주의적이었던 그는 권력가라기보다는 자유와 정의를 섬기는 사상가였다'

- 델핀 뒤샤르

1802년 2월 26일 브장송에서 출생. 부친은 나폴레옹 휘하의 장군, 모친은 왕당파 집안의 출신이었다. 유년시절, 부친을 따라 코르시카·이탈리아·에스파냐 등지로 전전하면서 살다가 부모의 문제로 1812년부터 파리에 정주하였고 그때부터 기숙학교에서 교육을 받았다. 부친은 군인이 되기를 희망했지만 문학에 흥미를 갖고 제2의 F.R.샤토브리앙을 꿈꾸었다. 1817년 아카데미 프랑세즈의 콩쿠르, 1819년 투르즈의 아카데미 콩쿠르에서 시로 입상하면서 그 해, 형 아베르와 함께 낭만주의 운동에 공헌한 잡지 《Conservateur Litt?raire》를 창간하였다.

1822년 소꿉친구였던 아델 푸세와 결혼하고 같은 해 《오드, 기타 Odes et po?sies diverses》를 냈는데, 이 작품으로 루이 18세와 가까워져서 연금을 받았다. 이 무렵 그는 왕당파이자 가톨릭성향이었다. 이 밖에도 《오드와 발라드 Odes et ballades》(1826), 《동방시집 Les Orientales》(1829), 소설 《아이슬란드의 한 Han d'Islande》(1823), 희곡 《크롬웰 Cromwell》(1827) 등을 차례로 발표하였다.

이때부터 낭만주의자들이 그를 중심으로 하여 모여 들고 이른바 '세나클(클럽)'을 이루어, 사실상 낭만주의자들의 지도자가 되었다. 1830년에는 희곡 《에르나니 Hernani》의 상연을 계기로 고전주의 지지파와 격렬한 투쟁을 벌여 승리를 거두기도 하였다.

1830년 7월 혁명이 일어날 무렵, 위고는 인도주의와 자유주의로 기울어 시 《가을의 나뭇잎 Les Feuilles d'automne》(1831), 《황혼의 노래 Les Chants du cr?puscule》(1835), 《마음의 소리 Les Voix int?rieures》(1837), 《빛과 그림자 Les Rayons et les ombres》(1840)와 희곡 《마리옹 드 로름 Marion de Lorme》(1831), 《왕은 즐긴다 Le Roi s'amuse》(1832), 《뤼 블라 Ruy Blas》(1838), 《뷔르그라브 Les Burgraves》(1843)와 걸작으로 꼽히는 소설 《노트르담 드 파리 Notre Dame de Paris》(1831)를 발표하였다.

1843년 사랑하는 딸 레오포르딘이 남편과 더불어 센강에서 익사하자, 비탄에 빠져 그로부터 약 10년간 문필을 중단하고 정치에 관심을 쏟았다. 1848년의 2월 혁명 이후는 공화주의에, 1851년에는 루이 나폴레옹이 쿠데타로 제정을 수립하려 하자 이를 반대, 결국 기나긴 19년간의 망명생활이 시작되었다.

그 망명생활 동안 나폴레옹 3세를 비난하는 《징벌시집 Les Ch?timents》(1853), 딸과의 추억과 철학사상을 노래한 《정관시집 Les Contemplations》(1856), 인류의 진보를 노래한 서사 《여러 세기의 전설 La L?gende des si?cles》(1859), 장편소설 《레 미제라블 Les Mis?rables》(1862), 《바다의 노동자 Les Travailleurs de la mer》(1866), 《웃는 사나이 L'Homme qui rit》(1869) 등을 발표하

였다.

　위고에게는 이 망명기간이 인생에서 가장 충실한 시기였으며, 파리에 돌아온 이후에 발표한 대부분의 작품이 이 시기에 집필된 것이라고 한다.

　1885년 그가 죽자 국장으로 장례가 치러지고 판테온에 묻혔다. 위고의 생활과 사상의 기조를 이루는 것은 웅대하면서도 낙천적인 성격이다. 다른 낭만파 시인에게서 볼 수 있는 감상적인 요소는 그의 작품에서는 부수적인 역할에 지나지 않는다. 생애의 반은 인류의 무한한 진보, 이상주의 사회건설 등의 낙관적인 신념으로 일관되어 있다.

작품해설

'법률과 풍습에 의하여 문명의 한복판에 지옥을 만들고, 인간의 신성한 숙명을 복잡하게 만드는 한, 어떤 지역에서도 사회적 진실이 통하지 않는 한, 다시 말하자면 더욱 넓은 의미에서 지상에 무지와 비참이 존재하는 한, 이 세상에 빈부 격차가 남아있고, 가난 때문에 사람들이 삶의 밑바닥에서 허덕이고, 굶주림으로 여자들이 몸을 팔고, 빛이 닿지 못하는 곳에서 어린 아이들이 위축돼 제대로 자라지 못하는 한, 이 소설은 오래도록 살아 있을 것이다.'

빅토르 위고는 대하소설「레미제라블(Les Miserables)」의 서문을 통해 빈부 문제에 대한 자신의 오랜 생각을 털어놓는다. 이 빈부 격차 문제는 그가 살던 18, 19세기는 물론이고, 20, 21세기를 관통하면서 전 세계적 현안으로 떠올랐다. 이 작품은 그래선지 일찍부터 장 발장 또는 레미제라블이라는 표제로 국내에 소개돼 많은 이들에게 읽혔다.

프랑스 사람들의 무한한 존경과 사랑을 받고 있는 위고의 문학적 권위와 영향력은 가히 절대적이라 할 수 있다. '짐이 곧 국가다'라고 스스로 말한 태양 왕 루이 14세의 권위와 비교하여 그를 문학의 태양 왕이라 부르는 사람도 있을 정도이다. 정치인으로 활약하던 위고는 1851년 루이 나폴레옹이 쿠데타를 일으켜 제2제정을 수립하자 망명을 선언, 이후 19년간 벨기에와 네덜란드 등을 떠돌게 된다. 그 시절 고행의 산물로 완성된 걸작이 바로「레미제라블」이다.「레미제라블」은 1845년 본격적인 집필을 시작한 후, 16년만인 1861년에 완성된다.

재미있는 사실은 역사상 가장 유명한 소설 중 하나지만 이를 완독한 사람은 의외로 찾아보기 힘들다는 점이다. 우리가 흔히 알고 있는 장발장과 은촛대에 얽힌 이야기를 시작으로 축약이나 각색이 아닌 무삭제판「레미제라블」 전권은 총 5권에 해당하지만, 완역본을 읽을 시간이 없는 독자이거나 비교적 젊은 독자층인 청소년들을 위해 여기에서는 개정본을 실었다.

19세기 프랑스 낭만주의 작가 중 대표주자인 위고의 대표작으로 꼽히는「레미제라블」은 표제 그대로 '불쌍한 사람들'인 밑바닥 인생에서 허덕이는 비참한 서민들의 이야기다. 이야기는 허기진 가족과 어린 조카들을 보다 못한 한 청년이 가게에서 빵 하나를 훔친 죄로 19년간 옥살이를 마치고 출옥하는데서 시작한다.

「레미제라블」의 무대가 된 1789년 7월의 대혁명 당시 프랑스는 국가 재정이 바닥난 상태였고, 흉작과 물가 폭등으로 민중의 삶은 도탄에 빠졌다. 그럼에도 성직자와 귀족들로 대표되는 구체제 옹호자들은 기득권 유지에 혈안이 되어 있었다. 그런 시대적 배경 속에서 날품팔이 노동자 장발장은 누이동생과 조카 일곱을 부양하다 빵을 훔친 죄로 3년형을 선고 받는다. 가족 생계가 걱정돼 탈옥을 시도하다 13년 만에 만기 출옥한 장발장은 자신에게 호의를 베푼 미리엘 신부의 은그릇을 훔친다. 하지만 미리엘 신부는 그를 용서한다. 용서의 힘은 컸다. 장발장을 새사람으로 거듭 태어나게 한 것이다.

그러나 법은 어떤 상황에서도 반드시 지켜져야 한다고 믿는 자베르 경감에게 장발장은 감시 대상인 전과자일 뿐이다. 법의 수호신과도 같은 자베르 경감은 집요하게 장발장의 뒤를 쫓는다. 장발장이 어느 소도시의 시장이 되자 자베르는 그가 과거에 탈옥수였다는 것을 공개하려고 한다. 때 마침 프랑스 혁명이 발발하고 장발장을 존경하던 청년대원들은 자베르를 총살하려 한다. 하지만 장발장은 자베르의 총살을 말리고 그를 용서한다. 자베르가 그 이유를 묻자 장발장은 이렇게 답한다.

"이 세상에는 넓은 것이 많이 있소. 바다가 땅보다 더 넓고 하늘은 그보다 더 넓소. 그러나 하늘보다 더 넓은 것이 있지요. 그것은 바로 용서라는 관대한 마음이오."

　용서를 외면하고, 사랑과 관용을 무시하고, 기득권층의 이익만을 옹호해 주고, 민중들의 고통과 한숨을 보지 못하고, 약자의 항변에 귀 기울이지 못하는 법을 추호도 의심하지 않고 믿었던 자베르는 강물에 뛰어들어 스스로 목숨을 끊음으로써 장발장에게 용서를 구한다.

　잔잔한 감동을 주는 이 소설은 1862년 발표되자마자 전 세계로 번역돼 많은 독자를 확보했고, 성경의 뒤를 이었다고 할 만큼 그리스도의 사랑이 듬뿍 담긴 명작으로 사랑을 받았다. 또한 그리스도와 함께 살아가는 사제나 수도자들의 삶 역시 읽은 이들로 하여금 끝모를 감동과 함께 심신의 정화를 불러일으킨다. 특히 프랑스 혁명기를 배경으로 가난한 사람들의 삶과 그 체취를 세밀하고도 밀도 있게 묘사했다. 악에서 벗어나 자비로운 마음으로 선량하게 살아가려는 사람의 이면을 추적하는 심리 묘사는 마치 탐정소설을 읽는 것과 같은 묘미를 준다.

　젊은 시절부터 사회 고발 소설을 구상했던 빅토르 위고는 프랑스 혁명기를 배경으로 한 「레미제라블」 속에 자신의 모든 것을 담아냈다고 해도 과언이 아니다. 당시 프랑스 사회의 다양한 문제들에 대한 빅토르 위고의 고민과 견해가 작품 전체에 고스란히 반영되어있는 것을 독자들은 낱낱이 확인할 수 있다.

뚜렷한 개성과 인간군상의 다양함을 보여주는 소설「레미제라블」은 오늘날에 이르러 영화, 연극, 뮤지컬 등 새로운 장르로 각색되어 여전히 큰 인기를 끌고 있다. 영화는 그동안 30회 이상의 다양한 버전으로 제작되었고, 특히 뮤지컬은 세계 4대 뮤지컬로 평가받으며 1985년 초연 이래 무려 1만회를 넘는 공연기록을 수립, 최장기 공연된 뮤지컬 기록을 보유하고 있다.

연표

1814~18년	코르디에 기숙학교 등에서 수학
1819년	투르즈 아카데미에서 시 입상
1822년	아델 푸세와 결혼. 처녀 시집 '오드, 기타'
1823년	소설 '아이슬란드의 한'
1826년	시집 '오드와 발라드' 소설 '뷔그 쟈트갈'
1827년	희곡 '크롬웰'
1831년	시 '가을의 나뭇잎' 소설 '노트르담 드 파리'
1832년	희곡 '왕은 즐긴다'
1835년	시 '황혼의 노래' 희곡 '앙젤로'
1840년	시 '빛과 그림자'
1843년	기행문 '라인강'
1845~51년	정계에 진출. 상원·입헌의회 의원, 쿠데타 이후 추방되어 망명 생활
1856년	'정관시집'
1862년	소설 '레미제라블'
1874년	소설 '93년'
1885년	5월 22일 사망. 국장으로 판테온에 매장